CURRENT

OBSERVATION EXPERIMENT

U1020797

现在的故事

任凭海妖唱什么歌，任凭阿喀琉斯混在女孩堆里冒用什么名字，饶是费解的谜，也总能猜破。

——托马斯·布朗

STORY

目录

CONTENTS

男人躺在地上，嘴角流出深红色的液体，让人有点分不清那是红酒还是血液。若不是他那双睁大却无神的眼睛，周围的人大概会以为他不过是个喝醉了的酒鬼。

教室里的空调在往外呼呼地送着凉气，像是在故意营造令人汗毛直竖的气氛。

“李老师不是早就回家了吗？我刚去小卖部的时候还看见他出了校门，他怎么出现在这儿？”

“是畏罪自杀吧？不是有传言说他因为语言暴力害死了学生吗？”

“那怎么能选择死在自己的班里啊？大家还上不上课了？”

“就是，要死也应该死自己家里啊……”

……

陈歌站在围观的学生中间，意料之外又意料之中，她默默地握紧了拳头，心里再也无法平静下来——

第二十次了，为什么无论自己怎么做，李老师都是这样的结局？

提前告诉老师他有生命危险，却还是会被人毒杀；跟踪老师保护他直到回家，却会遭到入室抢劫；试着提前阻止疑犯，拯救老师，却总是选错疑犯……陈歌的心脏像是被人紧握在手中狠狠揉捏一般。

为什么，为什么，为什么无论如何我都救不下来？如果利用时间倒流来挽回一切不过是一场自欺欺人的骗局，那为什么要给我这样的能力？

陈歌咬紧嘴唇，有些迷茫。她弄不懂自己为什么就是阻止不了死亡，她也不明白为什么同学们的反应一次比一次冷漠。

同学们从第一次的尖叫、呕吐、哭泣，到现在的议论、谈笑……可是，明明时间重置了啊？明明大家是第一次见到这种场面，为什么好像跟经历了千遍万遍的自己一样冷漠？

陈歌像是被人抽走了全身的力量，双腿一软，疲惫地瘫坐在地上："搞砸了，全搞砸了……好想放弃……有没有人能帮帮我……"

你看着透明容器里瘫坐在地上的女孩，她的心声、她的绝望似乎能透过厚厚的容器瓶传达给你。你回味着这个不明不白的片段，意识到马上你便会掌控这个叫陈歌的少女的命运。

你咽了口唾沫，你的脑海里出现了这样的声音：

现在由你来操纵这位少女，你是否能找出凶手，改变她以及其他人的命运？

你不知道该说什么，只知道短暂的沉默后，你脑子里那个机械化的声音重新响起：

Loading

初始记忆清除中……50%，80%……初始记忆清除完毕，游戏开始。

第一章 起因

01

你叫陈歌，是若曼大学的一名大三学生，正在备战研究生考试。为了能进入心仪大学的研究生院，你进入了一所考研集训学校学习，有专门的老师负责一个考研班，就像上高中那样，每天不是在上课就是在去上课的路上。

“枯燥的小学，枯燥的初中，枯燥的高中，枯燥的大学……”你叹了口气碎碎念着，“什么时候这枯燥的生活才能结束啊？”你这样希冀着，却没想到，很快，你枯燥且平静的生活就要结束了。

……

意识到自己有了让时光倒流的能力是在三个月前。

那天你像是度过所有平常的早晨那样，起床洗漱，吃了顿匆忙的早饭，然后飞奔去学校……唯一的不同大概就是，这天忘了写作业，却又不巧被老师给抽查到了。

“墨菲定律害死人。”你咒骂，天知道为什么一向是抽查绝缘体的自己，偏偏今天却被抽中了。“喂，小胖，把你的作业借给我。”你低下头假装在抽屉中翻找着作业，实则在跟同桌说着悄悄话，但这话里却有着威胁。

“不给，我的字迹跟你的又不一样。”小胖死死护住自己的作业本，生怕被你抢走。

“你！”你气不打一处来，其他被抽查到的学生都乖乖上交了作业，唯独你还在座位上翻找，老师从刚才到现在，在讲台上已经盯着你足足有一分钟了，这个小胖居然不救你，亏你平时还会分吃的给他。

“陈歌，还没找到？”高数老师在讲台上抬高音量问，这一问又把你吓出一身冷汗。

你把脑袋从抽屉里缓缓地抬上来，面色通红，有些口齿不清地说道：“我……我，好像，把作业落在家里了。”

“嗯……那你中午放学的时候回去把作业拿过来吧，作为课代表可要起好带头作用。”老师略带威严地开口，但表情依然和蔼，话语之间似乎是打算饶过你一回，这让你不禁长舒了一口气。

你捂着怦怦直跳的心脏，稍稍坐稳等待着心脏恢复平静，顺便斜眼白了同桌一眼，却不想这略带炫耀的一瞟让小胖直接喊出了声：“老师，陈歌没写，她刚才还想拿我的作业当她的作业！”

小胖这话一出口，你只感到脑袋像是突然炸裂一般，浑身的血液直冲向脑袋，整个大脑嗡嗡直叫，让你分不清这是耳鸣还是脑鸣。

“陈歌！”老师在讲台上皱起了眉头，你觉得老师其实早看出来你并没有写作业，但听小胖这么一说，就突然生起气来。不知道是不是为了给其他同学以警示，一向不怎么发脾气的老师，一下子吼出声来。

你只觉得胸口闷得慌，把头低得极低，像是一只想要把头埋在土里的鸵鸟，又气又委屈，心里不断咒骂着小胖：我不就看了他一眼吗，他怎么这样？我之前对他那么好，他却故意让我出丑……要是能时光倒流就好了，要是能时光倒流的话，我一定把作业补完；要是能时光倒流的话，我一定再也不分零食给小胖，也不给他抄作业了……

你低着头等待着老师的审判，但直到你的眼泪流干了，脖子低酸了，你才发现周围安静得有些异常。

不，除了安静之外，似乎还有一个熟悉的声音：

“插播一条快讯，南翔镇昨日失踪的一名少年，今早在附近水库中被打捞出……”

早间新闻？

你一点点把头抬起来，却发现自己不知何时已经回到了家里。你侧耳细听，客厅传来地方台早间新闻的声音，厨房则传来妈妈在叮叮当当准备早饭的声音。

“我……什么时候回家了？”你呆呆地看着周围的一切，你正穿着睡衣坐在床上，床头的手机显示着此刻的时间：五点十分，距离第一堂课还有不到三个小时的时间。

你不知道自己刚刚经历的那些是梦还是现实，你只知道自己来不及多想，慌忙掀开被子从床上跳起来，满屋子翻找着高数作业。

没写，没写，真的没写！

你看着从床底翻出来的数学作业，心脏怦怦直跳。你的脑海中不断地浮现出刚刚被同桌举报的场景，还没等脑子反应过来，手便拿起笔在纸上写了起来。

刚刚，到底是怎么回事？

你补完了作业，脑子才得空思索这些。

是预知梦吗？但体验也太真实了吧？

难不成我真的经历了这些？是我有了什么超能力吗？这怎么感觉比预知梦还要扯。

你摇摇头，从思索中回过神来，发现距离上课时间不到一个小时了。

“完了完了，要迟到了要迟到了。”你慌忙收拾好书包，顾不上吃早饭便朝着学校的方向冲去。

十五分钟后，即便你拼尽全力冲向了学校，还是迟到了。讲台上的老师一脸怒气地瞪着你：“怎么现在才来？别进来了，在外面站着听课吧！”

这下好了，梦里作业没写被罚站，现实里因为迟到而被罚站了。

你看着脸色阴沉的老师，站在原地手足无措，不知道该怎么办。

今天真是倒霉到家了！唉……要是能回到过去就好了……

回到过去？

你突然记起好像在梦里你也这么祈祷过，还没等你回过神来，你就发现自己已经回到了家里的床上，面前可怕的老师不知何时被一只棕色的小熊玩偶所替代。

“插播一条快讯，南翔镇昨日失踪的一名少年，今早在附近水库中被打捞出……”

你坐在床上，身体有些僵硬，客厅依然传来新闻的声音，厨房里依然传来妈妈做早饭的声音。你缓缓地扭过头看向枕边的手机，上面显示着此刻的时间：五点十分。

不是梦！这不是梦！

你从床上跳下来，翻找出数学作业，上面一片空白，和之前你看到的一模一样。

你咽了口唾沫，脑子里突然有了一个大胆的想法：或许，我拥有了倒流时间的能力。

02

该怎么形容意识到拥有超能力的心情呢？

激动？兴奋？开心？

你不知道，你只觉得如果有人突然告诉你中了五百万，你的反应跟这也差不了多少。

又狂喜又难以置信：为什么我会拥有这种能力？我可以用它来做什么？通过买彩票成为百万富翁？记住考试的答案让自己成功通过研究生考试？又或者……拯救世界？

你花了一个小时让自己冷静下来，看着面前空白的高数作业，你发热的脑子终于冷却了下来：如果刚刚的都不是梦，那就是说我确确实实经历了被罚站的窘事。

你思索了一番，在本子上提笔写了几道题，毕竟你不愿意因为高数作业而再重来一次。

你时间卡得很准，半个小时之后你收拾好书包，从厨房拿了两片涂好果酱的面包和一瓶鲜奶，和往常一样微笑着向妈妈告别，正常得宛如这是普普通通的一天。

哦，对了，还有一件事。

你突然停住了脚步，想了想，从药柜里翻出一盒泻药装进了书包，你心里发出反派的笑声：坏小胖，让你告状，看我怎么整你！

对了，还要拿一把小刀，如果泻药不好融化，可以拿小刀切成粉末倒进去。这刀可是父母去瑞士旅游带回来的，虽然你搞不清这是什么材质，但这小刀确实好用，虽然小但切什么东西都不费劲。

这次一切都很顺利：你没有迟到，没有被关在门外，也在老师检查作业前补完了作业。不仅如此，你还趁小胖不注意的时候把泻药丢进了他的水杯里，而他也毫无察觉地喝了下去。

“到底是课代表，作业的准确率比其他人高多了。”检查完作业的高数老师赞许地看着你，“你们以后都跟课代表学学。”

你有些害羞地低下了头，但心里却开心得不得了，还忍不住轻声哼起了歌。

超能力也太好用了吧！等着吧，下次的全校第一就是我了！

“砰！”

突然，你的同桌小胖一下子从椅子上摔了下来，脸色苍白地捂着肚子蹲在地上。

你被吓了一跳，条件反射般地从座位上弹起，而后站在过道，手足无措地看着小胖。

“李旁你怎么了？”高数老师忙从讲台上下来，看着满脸痛苦的小胖担心得皱紧了眉头。

“疼，疼，肚子，疼……”小胖似乎连话都说不利索了，只能重复着这几个词。

“陈歌，不，你估计架不动他。王明宇，你把李旁送到医务室去。”高数老师下达着命令，你站在一旁不知所措。

泻药的威力，这么大吗？

你看着王明宇把小胖背到背上，一路小跑冲向医务室，心不由得提到了嗓子眼：马上，小胖就会被检查出来是喝了泻药，而小胖的桌上还留着半杯没喝完的水，你的罪证还留在那里。

“陈歌，快坐好。”

你猛地回过神来，点了点头慌忙坐好，但你的注意力却全在那个保温杯上——罪证，那是罪证。

两节课，你上得坐立不安，即便课间休息的时候你把小胖杯里的水倒掉，还彻彻底底清洗了一通，但这却并没有让你轻松下来。因为小胖还没有回来，王明宇也没有回来。你看着空掉的位置，突然有些害怕，这个小小的恶作剧似乎造成了你无法挽回的后果。

不然，还是回到过去吧？我写完了作业，小胖就不会故意揭发我，我们是好朋友，我不应该给他放泻药的，他以前也会把自己的零食分给我吃，我不能因为在上个时间线他揭发我，就在这个时间线给他吃泻药……

不知道是悔恨还是害怕，你突然有些难过，开始后悔自己的这个行为。

让我回去吧，要是能回……

“大家安静一下，给大家介绍一位新同学。”班主任的话打断了你的胡思乱想，你抬头看向讲台，班主任的身边站着一个笑得很好看的男孩子。虽然是新同学，却一点儿也没有害羞局促的样子，反倒像是与大家许久不见一般笑得温柔又亲和。

“大家好，我叫许诺。”男生在讲台上落落大方地介绍着自己，你看着他的样子突然觉得自己慌乱的心情似乎舒缓了一些。

秀色可餐。你在心里默默评价道。

“老师！老师！”许诺刚自我介绍完，王明宇便从外边气喘吁吁地跑了进来，“李旁他……他在医务室输了两瓶液，结果还是疼，医务室老师说让他去医院看看，要我来帮他办张假条。”

变严重了吗？你的心又揪成了一团。

“怎么回事？”班主任走到王明宇面前，“我先给你写张假条，你拿着去找校领导盖章，我去医务室那边问问情况。”

问情况？！

你的心脏开始扑通扑通地乱跳，仿佛自己是一个做了坏事的凶手，马上就要被侦探给指出来一般。

让我回去吧，让我回去吧，再补一次作业也可以，让我再回去一次，要是我没有给小胖放泻药就好了……

“我挑几个人，被我点到名字的同学把数学作业拿过来让我检查……”

你猛地睁开眼睛，不可思议地看向讲台，黑板上方悬挂的钟提醒着你时间：八点整。

怎么回事？为什么在这里，不是应该在家里吗？

“最后再点一个……陈歌，把你的作业拿过来。”听到高数老师点你的名，你猛地回过神来，顾不上多想，慌忙翻找着书包。

说实话，你现在也不知道自己的作业本上到底有没有字迹。

为什么会回到这个时候？我明明没想回到这个时候啊？那回到这个时候了，我的作业呢？之前写的作业还有吗？

你一边胡思乱想着一边在书包里翻找着作业，找到作业的同时，你看到书包里还有一盒你带来的泻药。

泻药？！

你把作业本拿出来放到桌上，顾不得查看作业有没有写，慌忙打开藏在书包里的泻药。

少了一粒！

你慌忙看向一旁的小胖，他的保温杯还放在桌子上，你舒了一口气——他还没喝。

“陈歌，你的作业呢？”高数老师催促道。

“啊，哦，马上。”你慌忙把泻药往书包的深处塞了塞，然后拿起桌上的作业本站起来，刚准备走过去，你就看见小胖拿起自己的保温杯……

“别！”你低声惊叫，忙伸手夺过了小胖的保温杯。

“陈歌你……”小胖满脸不解地看着你。

“你的水不热了，我给你再接点。”你一手拿着作业一手拿着小胖的水杯，朝讲台上走去。

一切进行得很顺利，你的作业完成得很好，你也把那杯加了泻药的水倒在了教室角落的废水桶里，洗干净后又从饮水机里接了杯新水，虽然小胖和老师都一脸蒙，但好歹没出什么岔子，老师也没有说你什么。

“呼——超能力救我‘狗’命。”你松了口气，在心里暗暗感慨道，同时又生起了一丝疑惑，为什么这次没有回到早间新闻那里而是回到了抽查作业那里？为什么这次我的作业竟然莫名其妙写完了而之前却要补作业？

“这次作业完成最好的是课代表，希望大家以后多向课代表学习……”讲台上高数老师夸赞你的声音又一次响起，还没等你骄傲地接受表扬，就听见“砰”的一声。

又是椅子摔在地面的声音，小胖又一次脸色苍白地捂着肚子蹲在地上。

你被这声音惊到，看着蹲在地上缩成一团的小胖，心中满是疑问。

为什么？为什么明明倒了药水小胖还是会这样？是杯子没洗干净吗？

你呆愣地看着王明宇又一次背走了小胖，高数老师又一次讲着你听过的课。

所以小胖肚子疼跟我无关吗？

半晌，你终于迟钝地回过神来，想明白了这些后你松了口气，如释重负。但马上你就又开始纠结另一个未解决的问题：为什么这次回到了检查作业的时间而不是回到五点十分？是可以自由选择回到过去的时间吗？还是有什么契机或者限制让我不得不回到这个时间点？

你纠结了两节课，直到班主任的声音从讲台上传了过来：“大家安静一下，给大家介绍一位新同学。”

你像是想起了什么，猛地抬起头来，却不想，正好对上新同学的目光，这目光像是早已认识你一般，热切又期待。你来不及多想，只是稍做停留，眼睛便移向了挂在黑板上方的钟上。

“大家好，我叫许诺。”

钟表发出轻微的“噔”声，提醒着你，现在是北京时间十一点整。

十一点、八点、八点十分、五点十分……

正好是三个小时！

你计算着这其中的差值，立刻意识到这两组数字有一个共同点，那就是正好差了三个小时。

所以，我的能力只能倒流到三个小时前吗？但是，我被关在校门口那次，时间应该是七点左右，不到八点十分，为什么还是回到了五点十分？

你虽然猜到了其中一条规律，但还是有点弄不太懂。你摇摇脑袋，打算回头找个时间好好试验一下自己的能力。毕竟实践总好过自己盲目的推测。

“老师，李旁好像要住院动手术，他妈妈让我帮他收拾一下他的东西。”王明宇不知道何时站在了教室门口，脸色严肃地给班主任汇报着情况。

“你去吧，等会儿我去他妈妈那里了解下情况。”班主任点点头，收拾东西准备出去。

“老师，请问我的座位在哪里？”许诺叫住想要离开的班主任，问道。

“哦……我今天太忙了忘了给你申请桌椅，你……不然你等他们收拾完了，先坐李旁的位置吧，这周跟下周学校都有采访拍摄，前边空出一个位置不太好看。”

“嗯，好。”

这个对话，我有听过吗？

你迷茫地看着走过来帮小胖收拾东西的王明宇和许诺，有些想不通到底是哪里出了问题。明明老师和同学们们说的话都一模一样，偏偏到了小胖的事情上就变得不一样了。为什么？难不成是因为我没让他喝泻药而有了改变？但也不应该是变严重吧？

你抓着头发，觉得脑袋要炸了。就在这时，有人拍了拍你的肩膀。你转头看向身侧，新同学坐在小胖的位置上微笑着看着你，脸上满是友好。

“你好，我叫许诺，是你的新同桌，我们又见面了。”

“……我叫陈歌。”对于这种突然的搭讪你有些不知所措，尴尬而又机械地自我介绍道，但立刻你便意识到了什么，“等等，你刚刚说什么？又……见面？”

03

超能力使用手册第一条：只能回到三个小时前的过去，无法前往未来。

你在本子上认真地记录着。

“你不记得我了吗？”许诺笑得温和，带着浓浓的少年气息，阳光得让人自感黯淡，“小学的时候我们经常一起去上学。”

小学？你合上本子，在大脑中搜索着关于这个人的一切，可是什么都没有。

似乎见你并没有想起什么，许诺倒没太在意，依然微笑着帮你回忆：“你可能不太记得了，你当时只在那里上了一年的小学，后来你就搬家了，我当时没来得及见你最后一面，为此还哭了好久呢。”

你有些尴尬地笑笑，可能太过久远，你怎么也想不起相关的记忆，但你隐约记得父母之前因为工作原因总是到处奔波，因此你就读的小学也总是在到处换。初中之后一切似乎稳定了下来，于是你们便在这个城市定居到现在。

“好像，有点印象……”你有些犹豫地说道。

“没关系，想不起来很正常，毕竟是好多年前的事情了。”许诺依然笑着，即便看出来你在敷衍他，他也为你找着借口。

真乐观啊……你不禁在心里这样感叹，然后默默给这个新同桌贴了个标签：好人。

王明宇赶在最后一节课的时候回到了教室，你从作业本上撕下一页，有些犹豫要不要问问关于小胖的情况。尽管小胖“背叛”你的行为还历历在目，但重来之后他依然是你的好同桌，没有“背叛”也没有见死不救。

没有实施的背叛算背叛吗？

你想不明白，纠结了半天还是给王明宇写了张纸条："小胖怎么了？"

不一会儿，你便收到了王明宇扔回来的纸条，上面歪歪扭扭地写着三个字："不清楚。"

你：……

"好像是吃坏了肚子引发了急性肠胃炎，不过我也听到有人说他是阑尾炎要做手术，反正具体不清楚。"像是意识到自己说得太过简略，王明宇又补充了一张纸条。

这样啊……你若有所思地看着这张纸条，不论怎么想小胖的病痛都与你无关，你稍稍松了口气，之前投放泻药而产生的愧疚感也渐渐消失不见。

如果说小胖的事情跟自己没什么关系，那其实不管回不回到过去都不会改变什么。

"等会儿一起去吃饭吗？"许诺轻声问。

你收起手中的纸条，摇了摇头："不了，我等下还有事情要做。"

许诺轻笑："我只是想参观一下校园，既然你这么忙，那我只能祈祷自己别迷路了。"

"不会。你去找班长，他会很乐意带你参观校园的。"你安慰性地回答，心里却在默默计算着时间，想要找机会好好测试一下你的超能力。

最好是没什么事情发生的时间段，就算回到过去也不会造成大的改变的那种……

你盯着挂在黑板上方的钟，思索着挑哪个时间段：十二点到下午三点？一个小时吃饭时间，一个半小时的午休时间，还有半个小时未知的下午课……不不不，比起未知的课，不如找上过的课。现在是十一点五十五分，还有五分钟就结束了。既然无事发生，课也足够无聊，不如就选十一点半到下午两点半这个时间段好了。

“你在想什么？”许诺又一次开口，“是和时间相关的问题吗？”

你不可思议地看向许诺，或许你的表情太过惊讶，你还没想好怎么问，许诺就抢先回答了。

“你的眼睛总是时不时瞥向钟，但没有做任何放学的准备，比如收拾书桌之类的行为，那就说明你不是在期待着放学或者期待着午饭，而是……仅仅关注着时间。”许诺认真分析，然后突然看向你，笑得一脸无害，“我说得对吗？”

你后背升起一丝寒意，你不明白这个人怎么突然就对你的行为开始了分析，你也不明白他这么说的意思是什么。你咽了口唾沫，确定自己的异常没有暴露给他，轻声笑道：“你这是在干什么？学柯南吗？”

“柯南？”许诺皱了皱眉，脸上露出疑惑的表情。

“……就是一个动漫人物。你没看过吗？”

许诺疑惑地摇了摇头：“没有。”

你撇撇嘴，又抬头看了眼时间，此刻距离下课不到一分钟。“我觉得你有时间可以去看看，你应该会喜欢的。”你调侃着，极其自然地转移了话题，然后在响铃的前一秒拍了拍许诺的肩膀，“朋友，你可要学会与时俱进啊。”

这话刚说完，你便明显感觉到许诺身体一僵，不知道是不是因为你拍的那下力气太大，不仅拍得许诺一顿，连老师都跟着不悦地瞪了你一眼。

“丁零零……”

下课的铃声准时响起，老师似乎懒得跟你计较，只推了推眼镜说：“下课吧。”

你吐了吐舌头，庆幸逃过一劫，收拾好东西，友善地给许诺提醒道："要是找不到班长就跟着大家走，反正学校就这么大，你总能找到食堂的。"

说罢，你便朝教室外走去。

三个小时的时间要做什么呢？你摸着下巴思索着，不如做一下那些从来不敢做的事情？反正可以重来。

要做什么呢？

你绕着学校转了一圈又一圈，教学楼里的学生走得差不多了，只剩下个别还在认真学习的学生。

现在应该算是"最佳测试"时间吧？于是你决定——

逃学出去玩！

作为家长口中的乖乖女、老师眼中的模范生，你一直都觉得自己活得过于压抑和刻板，而这次时光倒流的能力给了你做回真正的自己的机会。

你咬了咬牙，想起了学校男生关于如何翻墙出校的讨论，你下定了决心，朝着那个最佳"翻墙"点走去。

"陈歌！"

你刚走出教学楼，就听到有人喊你的名字，你像是做坏事被抓现行的贼一样，被吓得立刻往后跳了一步，慌忙转过头，却发现四周一个人影也没有。

"陈歌！往上看！"那个声音又响了起来，这次你听清楚了，这是高数老师的声音。你摸着自己惊吓过度的心脏，不知道这个时候高数老师叫你是为了什么，你抬起头，向教学楼的顶部看去。

咚，咚，咚。

你的心脏有节奏地快速跳动着，你看见教学楼的天台处，高数老师正站在那里。

"李……"

"砰！"

“老师”两个字还没来得及说出口，下一秒你就看到那个原本在天台上的身影坠到了你的面前。

你呆愣地站在原地，看着落在你脚边的李老师，脑袋像是卡住了一般，一片空白。

一秒，两秒……不知过了多久，你的身体才反应过来，腿脚瘫软地坐到地上，然后眼泪一点点上涌，发出了一声刺耳的尖叫。

回去。

回去。

回去。

回去。

你手脚并用地想要逃离这个可怕的现场，眼泪糊住了你的眼睛，鼻涕封住了你的嗅觉，但你依然可以闻到空气中那浓重的血腥味，你的脑子里此刻除了“回去”这个词再无其他。

……

“陈歌，陈歌，陈歌！”

你的视线慢慢由模糊变得清晰，你看见许诺一脸担忧地看着你，他手里拿着纸巾，有些手足无措地想要帮你擦一擦。

“你就这么不喜欢我吗？”许诺的表情有些懊恼，“老师刚说让我坐你旁边，你就哭成这样。”

“……不，不是。”你哆嗦着嘴唇，吐字有些不清，你的鼻子已经闻不到那股令人恶心的血腥味，但那味道却像是刻在你的脑海中一般，怎么也消散不了。

“那你怎么了？是哪里不舒服吗？”许诺将手里的纸巾递给你，想了想又指着自己的鼻子提醒道，“那个，擦擦这里。”

“陈歌你怎么了？”班长也满脸关心地走了过来，“谁欺负你了吗？”

你接过纸巾，用力擤了擤鼻涕，拿开纸巾，又用力吸了一大口空气——没有血腥味的空气真是令人愉悦。

“我没……”你努力让自己恢复平静，本来想说自己没事，但想了想觉得自己的状态怎么也不适合上下一节课，于是你干脆说了谎，“我有点不舒服，想去医务室躺一会儿，班长你等会儿能帮我给老师请个假吗？”

“嗯，没问题。”班长点点头一口答应。

“我陪你去吧？看你状态好像不怎么好，一个人去不了吧？正好我也想认识一下去医务室的路。”许诺自告奋勇地站了出来，二话不说搀住你半软的身子。

这时你才意识到自己还没有从刚刚的惊吓中缓过神来，腿脚依然软得撑不起身子。

“我刚刚……反应很大吗？”在前往医务室的路上，你问许诺。

“有点……”许诺想了想说道，“你刚刚就像是看到了什么特别恐怖的东西一样，但你已经没有力气尖叫，只剩下哭泣和喘息……”许诺一边搀扶着你一边仔细回忆着，“说实话，当时真的把所有人都吓了一跳呢……”

你咬着嘴唇没有说话，大脑里几乎乱成一团。你搞不明白为什么李老师会突然这么做，你也弄不清楚为什么李老师偏偏要叫你的名字。

“你说，一个人临死前，站在天台上叫住楼下的某个人，从楼上跳下，让这个人亲眼见证他的死亡，这是为什么？”你打断许诺的话，如此没头没尾地问道。

“啊？”许诺被问得有点蒙。

“我只是突然想到昨天晚上看的一本小说了，没有看到后边的内容，以至于这些问题一直在脑子里转。”你意识到自己的问题太过奇怪，慌忙解释道。

“嗯……我个人倾向于这是一场‘报复’行为。”

“报复？”

“嗯，因为对这个人无能为力，只能用自己的死亡来惩罚这个人，让自己成为这个人一辈子的阴影。比如有些极端的人看见昔日的爱人有了另一半，就会用死亡的方式来试图引起对方内心对自己的愧疚；再比如对父母痛恨到极点的子女，会选择死在他们的面前，以此来惩罚他们，让他们意识到自己的过错……这些都算是‘报复’。”

“那如果这两个人并没有什么过多的交集呢？只是普通的师生或者同学关系呢？”你又问。

“报复”的说法实在无法说服你，你无法接受平日里待你亲和友善的老师会对你生出如此之大的恶意。

“普通关系……”许诺抿紧嘴巴，思索着开口，“对不熟悉的人产生敌意，最大的可能性是嫉妒吧？除此之外，我觉得应该会有一个更深的缘由吧，一个你自己都没有发现，却会对当事人造成巨大伤害的缘由。”

许诺的这番话像是在卖一个巨大的关子，你听得似懂非懂，不知道该如何接话，想了想又问了一个最为关键的问题：“那假如这个主角有时光倒流的能力，她该如何去阻止那个人的死亡？又该如何去弄清楚藏在背后的缘由？”

许诺扭过头盯着你的眼睛，表情严肃。

“怎……怎么了？”你被他盯得有些发慌。

“噗……”许诺忍不住笑出声来，“你刚刚的语气搞得好像你就是这个主角一样，我有点被吓到了。”

你心里一惊，想着自己是不是透露过多，忙笑着解释：“怎么会，是这个小说还在连载中，我太想知道结局了，才这么说的。再说了，现实世界怎么会有时光倒流的能力啊，这又不是超级英雄的世界。”

许诺撇撇嘴：“说不定未来就是个超级英雄的世界呢。”许诺打趣着，表情缓和了许多，“你说的这个小说如果逻辑正常的话，我觉得主角应该先想办法和死者谈谈吧？”

“谈谈？谈什么？怎么谈？”你追问，语气急迫。

“医务室到了。”许诺在医务室门口停下脚步，摆出安抚的表情，笑得温和，“等你休息好了我们再讨论这个小说吧！”

“嗯。”你点点头，从许诺肩膀上移开自己的胳膊。

你回来的时间是十一点零五分，也就是许诺刚进班级结束自我介绍的时候，那李老师出现在天台的时间应该是两点左右。

两点……自己居然在校园里转悠了这么长时间吗？

等等，李老师不是班主任，不用时刻关注班级情况，下午也没有他的课，为什么李老师在上午课程结束之后不回家？

你慌忙甩开许诺，朝着数学老师的办公室跑去。

“喂，陈歌！你的病……”许诺迅速反应过来，对着你的背影喊。

“我没事！你先回去上课吧，我等会儿就回去。”你转过头边跑边对身后的许诺说道。

三楼，三楼，数学老师的办公室在三楼……

你顺着教学楼的楼梯一跨三步地往上跑，虽然学校里有每日跑操的要求，但一口气跑到三楼办公室还是让你有些喘不过气。

你深吸几口气，努力平稳自己的呼吸。你走到办公室门口，抬起手，刚想敲门却突然停住了：见到老师要说什么呢？要怎么才能问出自己想知道的东西呢？

你站在门口犹豫不决，你甚至开始质疑自己是不是搞错了，也许老师只是看到了你喊了你的名字，只是因为当时在楼下的恰好是你，如果不是自己，老师也会喊其他人的名字……或许你和老师的死亡一点儿关系都没有，自己现在这么做完全就是多管闲事！

你停在空中的手慢慢缩了回去，犹豫之时，你听到了那个熟悉的噩梦般的声音：“陈歌？”

你的大脑里一下子浮现出之前那恐怖的场景，你忙往后跳了一步，这才看见从走廊走来的李老师。

“你怎么在这里？怎么不去上课？找我有事吗？”李老师一边朝你走过来，一边整理了一下自己手中的资料。

“没……不是，我……”你突然不知道要说什么，脑子里一片空白，你看着李老师越来越近的身影，眼泪突然不受控制地掉落。

看见你这副表情，李老师吓了一跳，忙小跑几步到你面前，努力让自己严厉的声音变得轻柔一些：“别哭别哭，怎么了？”

“老师……求你，求你不要走……”你声音哽咽，脑子里全是之前那血红色的场景。

“嗯？”李老师一脸迷惑地看着你，“你怎么知道我刚辞职的事情？”

“辞职？”你有些惊讶，“老师你……你要辞职？”

看你惊讶，李老师也跟着惊讶起来：“你刚刚说的我要走不是这个意思吗？”

“没……我只是，想跟您确认一下。”或许是在紧急状况下人的脑子反而会转得飞快，你未加思索便说出了一套理由，“我听人说您是因为不喜欢我们才想辞职的……”

“怎么会。”大概是因为李老师极少表现出温情的一面，他略带僵硬地伸出手揉了揉你的脑袋，“不是因为你们，你们都是很好的孩子。”

“那是为什么？”你睁大眼睛看着李老师，生怕他下一句的回答是“因为不想活了”。

“嗯……”李老师收回他的手，有些害羞地开口，“其实也不是什么不能说的事。我之前一直从事理论物理方面的研究，成果之一便是基于广义相对论与量子理论，提出超光速粒子的约束模型。根据这个模型，理论上只要施加特定的能量场，就可以对物体甚至人类实现高精度的时空传送……”

“什么意思？”你觉得自己的大脑跟不上节奏，于是不得不打断老师的话。

“简单来说就是一个实验，这个实验能够让一个物体在超光速运动中不被撕裂，从而实现可控的时光回溯。”

“意思是……时光倒流？！老师您之前是研究这些的吗？”

你突然变得无比兴奋，一是没想到这么厉害的人居然是你的高数老师，二是终于有个人可以对你的能力给出可解的说明。

“也可以这么理解。不过实验失败了，我们没有制造出这个时光通道，再加上当时的资金出了问题，这个实验也被迫停了下来。也是那次实验的停止，让我突然意识到我似乎把自己的前半生浪费在一些看不见尽头的事情上了，于是我就辞职打算做一些我认为有意义的事情。”

“有意义的事情，是说当老师吗？”

“是的。”李老师点了点头，“教书育人大概是我能想到的最有意义，也最让我不孤单的事情了。”

“那老师您为什么要教我们数学而不是物理呢？”

“一方面数学是一门基础学科，它很重要，必须要学好才能更深入地学习物理；另一方面大概是偏见吧，我不希望你们像我一样把时间浪费到这些事情上，所以我如果来教物理，势必会把自己的不满灌输到学科之中。学科、知识都是无罪的，我不想因为我的观念影响了某个孩子的一生，于是我就来教数学了。”

“那您现在为什么又要辞职呢？”你继续追问。

“因为……我又看到了希望。”李老师的眼睛中闪着光芒。

“希望？”你皱着眉头猜测着老师的话的意思，“您是说实验重启了吗？”

“不，实验没有重启，但我的一位同事找到了一个自称有时光倒流能力的俄罗斯少女，我们打算一起过去研究一下。”

“研究？怎么研究？解剖吗？而且对方可以时光倒流，第一次你抓到她，她完全可以倒流时光躲开你，这样你永远也不会抓到她。”你想要说出口的秘密一下子哽在喉咙，原以为遇到了能帮你了解这个奇怪能力的人，结果却没想到李老师竟会因为听到有人拥有这个能力而如此兴奋，甚至可以立刻辞掉工作，不顾一切地奔往俄罗斯。你只觉得自己像是砧板上的肉，一旦说出了自己的秘密，就会任人宰割。

“这个……算机密吧。”李老师表现出为难的表情。

“那……老师您什么时候走？”见李老师似乎不愿意再深入谈下去，你也不强求什么，想起李老师之前的行为，你越发觉得他不像是自杀。

既然不是自杀，那是不是说明在这个学校里有想要伤害李老师的人？

想到这些，你不得不跟李老师确定一下他的离校日期。

“就这几天吧。”

“这么急？”

“嗯，我想早一点儿过去。”李老师朝你笑了笑，“我会想念你们的。”

“老师……”你想了半天，只蹦出这么一句话，“一路顺风。”

“嗯，会的。”李老师这次笑得亲和又自然，“快回去上课吧，别耽误了。”

“老师您还是能笑得很好看的嘛。”你调侃道，但下一句语气又变得伤感起来，“老师我会想你的。”

“别急着难过，我还有几天才会走呢。”李老师也跟着你调侃。

“那老师您能给我留一个您的联系方式吗？以后万一有什么事情，我可以联系您一起商量。”

“可以啊。”李老师从手上的资料页中随手撕下一片，在上面写下一串数字，“这个是我的手机号，社交软件我都不经常用，对我来说这些东西太耽误时间，总而言之，你如果要找我给我打电话就行。”

你捏紧那片纸，低头看向上面的数字，迅速地记在脑海里。

这个号码，以后说不定会非常有用。如果老师真能研究明白时光回溯，那个时候你或许能弄清楚为什么自己会突然拥有这样的能力。

04

或许是松了一口气的缘故，你意识到李老师并没有自杀的想法之后，反而一下子困了起来。

你打了个呵欠，打算去医务室睡一觉，反正现在距离放学时间也近了，说不定刚坐到椅子上就放学了。这样一想，自己实在没有必要回去上课。

你伸了个懒腰，重新折返回医务室，要求医生给你输一些葡萄糖，然后躺在床上昏昏睡去。

“老师老师！出大事了！”

你被声音吵醒，躺在床上揉了揉眼睛。

“教高数的李老师，跳、跳楼了。”

什么？！

你猛地从床上坐起，面前的钟表提醒着你此刻的时间：一点五十五分。

为什么？为什么？刚刚跟李老师的谈话不是梦吧？

你摸了摸口袋，那里还放着一张写有李老师号码的纸片。

这不是梦。

你咬着牙，努力使自己冷静下来。李老师兴致勃勃地要去俄罗斯，所以他不可能自杀，唯一的可能性就是有人想要伤害他。

两次的死亡时间都发生在两点左右，也就是说凶手是找准了这个时间，那么重来一次之后只要在这个时间点保护好老师就可以了。老师，他可能是唯一了解时光倒流能力的人。

这次，不光要救老师，还要揪出凶手。除此之外，还要问出更多的关于时光倒流的信息。

你咽了口唾沫，耳朵旁尽是嘈杂的声音，跑动声、哭喊声、叫嚷声不绝于耳，但这些并不能动摇你已下定的决心。

重来，重来一次吧。

……

“你好，我叫许诺，是你的新同桌。那个……可以让我进去吗？”

你手背上还隐隐有着输液结束的微疼感，新同学的声音却已经在你的耳旁响起。

“啊……嗯。”你慌忙站起身，给许诺腾出进去的空间。

你看着许诺坐到里边的位置上，不由得想起之前跟他的对话内容。

“怎么了？”许诺坐好后转过头发现你正出神地盯着他，不禁摸了摸脸，“我脸上有什么奇怪的东西吗？”

“没有，我刚刚想事情想出神了。”你晃了晃脑袋，重新坐好，大脑里依然计算着时间——

两次李老师都是在两点左右出事的，而最后一节课的时候李老师似乎是去提交了辞呈。那也就是说，等到这节课结束，我就直接去找李老师，或者在天台守株待兔，这样肯定就能阻止悲剧发生。

你打定主意，从桌子里拿出你的笔记本记下印刻在你脑海中的李老师的电话。

万一遇到了什么突发情况，就给老师打电话来了解信息。

你深吸一口气，像是准备奔赴战场的勇士。你不知道自己会有什么样的命运，也不知道结局是好是坏，但你知道自己一定要做。

“喂！”许诺轻轻拍了拍你的胳膊，“你怎么了？表情那么严肃。”

“啊？有吗？”许诺的话把你一下子拉回到现实，你拍了拍自己的脸，笑得有些尴尬，“我在头疼自己的未来。”

“未来？”许诺颇有兴趣地看着你，笑意温和，“说起来，你对未来有什么规划？”

“……其实我没什么规划，我觉得做一个普通白领就很好了。”你耸了耸肩，并不愿意多跟许诺探讨这个问题。

“可是我却觉得，你在未来是一个会改变世界的人物。”许诺认真道。

“为什么？”

“嗯……你给我这么一种感觉。”

“……那未来一定会因为我而变得很糟糕。”你调侃道，对于许诺这种过于认真的人，你总觉得跟他聊不起来。

上课铃声拯救了你，你终于结束了这场无聊的对话。

你拿出笔记本假装自己在认真听讲，实则在上面写写画画，计算着天台、办公室、教室这些位置的距离，想着自己如何跑动才能不重复、高效率地走过每一处。

你觉得此刻的自己仿佛是拯救世界的超级英雄，心脏激动得怦怦直跳。

或许许诺说得没错，我真的有改变世界的力量。

你这么想着，不由得幻想起自己抓住凶手被大家视为英雄的情景。

“丁零零……”

下课铃声准时响起，你合上书本，摆好桌上的东西，迅速起身朝着数学办公室的方向跑去。

五分钟后，你发现李老师不在，办公室空无一人。于是你逆着人流朝天台的方向跑去。

老师一定要在天台，一定要在啊。

天台的门长期被锁着，你看着被锁住的门，尝试着拽了拽锁，结果你发现这个锁不过是个摆设，用力一拽就会被打开。

“这也太……”你有些无语地拉开天台的门，估计是喜欢跑天台的“坏学生”太多了，这个锁早就被他们给鼓捣坏了。

但这也太豆腐渣了吧？学校不是最近还要接受电视台的采访吗？

你暗暗吐槽，走到天台环顾四周发现李老师并不在这里。你有些丧气，但又不知道要做些什么，于是干脆找了个角落坐在地上，打算守株待兔。

“你启发了我，我突然想到如果这个通道建立太过困难，我们完全可以通过一个人的时空回溯来实现整个世界线的重启，这样工程量就少了不止一半了，我们就可以在有限的资金里重启实验。什么？你说还招募了一批生物工程方面的专家？太棒了！所以我们下周就动身前往俄罗斯继续实验？”

下午一点四十，天台走进来一个男人，你原本坐在地上等得有点昏昏欲睡，李老师这番话却彻底惊醒了你。

他的声音不大，但你却迅速理解了他话中的意思：李老师是打算做人体实验！

所以他说去俄罗斯研究超能力少女的话都是假的，他其实是打算赋予一个少女这样的能力。

你不可置信地睁大眼睛，想了想从角落里走了出来。

“老师。”你叫道。

你看到正在打电话的李老师身体明显吓得一顿，但他却依然不慌不忙地跟电话那头的人说了句“回聊”，然后挂断了电话。

“陈歌？你怎么在这儿？”李老师看着从角落里走出来的你，一脸惊讶地问，“现在不是午休时间吗？”

“老师，我想问您一个问题。”你并没有回答李老师的问题。

李老师站在原地，眯缝着眼睛表情严肃地看着你，既没有说可以也没有说不可以。

“您是因为要做人体实验，所以才辞职的吗？”

“你什么意思？”李老师的眉头皱得更深了。

“我问您，您的时光回溯项目实验是不是打算用到人体上？”

“我不懂你在说什么。”李老师语气开始变得急促，这是他发怒的征兆。

“您是怎么想的呢？让人拥有时光倒流的能力，却又把他们当作工具？您是打算让他们听命于您还是有其他什么更为可怖的打算？”你也变得暴躁起来，仿佛此刻的你就是他们的实验对象。

“陈歌，我不知道你是从哪儿听到这些消息的，但我希望你能忘掉这些，安安心心学习你该学的东西。”李老师深吸了一口气开口道，这是他在强压自己愤怒的表现。

“那如果我说我就是您一直想要找的超能力者呢？”

“你什么意思？”

“我就拥有时光倒流的能力。”你看着李老师，一字一顿地说道。

李老师看着你，呆若木鸡，不知过了多久，他突然爆发出一声大笑：“怪不得你知道我要辞职，还知道我的部分实验内容。你之前调查过我吧？”

“不，是您自己告诉我的。”你依然盯着李老师，颇有剑拔弩张的架势，“我回答了您的问题，那请您告诉我，现在，知道了我的能力的您，打算怎么做？”

“怎么做？”李老师皱紧眉头，“陈歌，你根本没有意识到问题的严重性。如果你拥有了这个能力，这说明我们的实验成功了，你被强行赋予了这样的能力。如果你被监视着，那就说明你是我们的试验品，你已经成了观察对象；如果没有，那你最好隐藏好自己的能力，平平凡凡地过一辈子。”

“为什么我的能力就一定是你们赋予的？”

“不然呢？是谁赋予你的？上帝吗？如果你拥有这个能力，那说明我们实验成功了。你作为试验品，已经利用时光回溯的能力回到了过去，而未来的我此刻一定在外边观察着你对这个世界的影响……”

你突然觉得自己脊背有些发凉，你想象着无垠的天空中有一只巨大的眼睛，正观察着你的一举一动，你不禁冷汗直流。

“所以我……被观察着？”

“这很有可能。”李老师目光炯炯地看着你，“所以这次的俄罗斯之行，我更是非去不可了。”

“不！”你爆发出尖锐的叫喊声，“不可能，我是一个有血有肉的人，我不可能是一个被改造出来的怪物。时光倒流是像超级英雄一样的能力，是天赋！并不是被人为制造出来的！”

李老师冷漠地看着你，良久转身走下天台，边走边开口：“反正你是在自欺欺人，随你怎么想。”

“站住！我要给你证明，我不是人为制造的试验品！”你声嘶力竭地试图叫住李老师，见他还在往外走，你不知从哪来的力气，一口气冲过去，一下子改变了李老师的行走轨道。

而他，就在这巨大的冲击中，从天台跌落。

“没有了你，我还有倒流的能力，那就说明我与实验无关。”你看着天台上消失的身影自言自语道。

不知过了多久，你听到教学楼中的尖叫声才回过神来，像是突然梦醒一般，你慌忙跑到天台边缘，往下看去。

“我……我都做了什么啊？”你看着下面的景象，忍不住一阵阵干呕，“我不是来救李老师的吗？为什么变成是我……是我做的了呢？”

你跌坐在天台上，只觉得大脑一片空白，脑子里只有这么一行字：重来重来重来重来……

“呕……”你转过身没忍住一下子吐了满地。

“你没事吧？”你感觉到一只手拍了拍你的背，你擦了擦嘴转过头，看见许诺熟悉的脸，一下子泣不成声，用力地抱住他。

“许诺……你虽然不讨喜，但我现在觉得能再见到你真的太好了。”你吸着鼻子带着哭腔，语不连贯，眼泪鼻涕还一个劲地往许诺身上抹。

“是吗？”许诺并没有生气，反而温柔地拍着你的背，一边拍一边打趣，“那我没让你讨厌也真的是很不容易呢。”

“陈歌你怎么了？”班长走过来，看着吐了一地还泣不成声的你，忙说，“那个谁，你送她先去医务室，我们把教室打扫一下，尽量不影响大家上最后一节课。对了，新人，你知道医务室在哪儿吗？”

许诺点点头：“好像有点印象。”

“那行，你快送陈歌过去，等会儿我帮你俩请假。”

许诺点点头，背着你就往医务室的方向走。

你觉得自己此刻身体虚弱，大脑一片混沌。你只知道自己想好好地睡一觉，什么也不想，什么也不做。

“你认识去医务室的路吗？”你努力睁开眼，许诺的身体偏瘦，骨头硌得你有些不舒服。

“印象里好像来过。”许诺开口。

你眯起眼睛，努力看清周围的建筑，这才发现许诺走的路线完全正确。

这是怎么回事？按理说他一个新来的学生应该不知道才对啊。

“也许是做梦？我印象里好像有送你来过医务室。但我今天才转过来，是不是很神奇？”

你有些困了，你转不动脑子了，你只知道自己此刻似乎应该想一些什么记一些什么才对。

可是，你都想不起来了……

“滴，滴，滴……”

你睁开眼，发现自己正躺在医务室的床上，你手上扎着管子，瓶子里的液体正一点一点往你身体里滴，你失去的力量似乎也因为这些药剂而慢慢回来了。

“现在几点了？”你推了推坐在你旁边的许诺问。

“啊？”许诺头猛地一低，一下子从梦中惊醒，虽然被吓了一跳但他还是立刻反应过来，给你报着时间，“一点五十了。”

“你一直都在这里吗？”你看着许诺有点没睡够的样子，有些惭愧地问。

“没有没有，我中间还去食堂吃了个饭，顺便从便利店给你带了点面包。”许诺指了指一直放在他怀里的塑料袋。

“你认识路啊？”

“其实我不认识，但我总感觉之前我好像模模糊糊有走过，就按着记忆里的来，结果没想到还真找到了。”许诺笑眯眯地从塑料袋里拿出一盒酸奶和一个面包，递到你面前，“快吃吧，不然下午该没力气了。”

你点点头，接过面包，一边吃一边回想着自己到底遗漏了哪些东西。

自己的能力还在，但是似乎每次倒流都会给当事人留下一些印象。

许诺会记得自己在这个时间线从来没去过的食堂和医务室的路线，班长这次似乎对许诺这个新来的学生变得熟悉起来……那李老师呢？他会不会有那种模糊的“是陈歌把我推下去”的印象呢？

对了，数学老师！

你看向许诺，刚想张口问一问李老师的事情，却又一次被喊叫声打断。

“有人跳楼了！”

你只觉得自己的心脏猛地一缩，像是突发心脏病那般的疼痛，你脑海里再次出现李老师坠在你面前的场景，它和你把李老师推下去的场景重叠……

“这次，不是我做的吧？”你自言自语道。

你坐起身，看向医务室的挂钟，那上面显示着让你觉得像是噩梦般的时间：两点。

你吞了吞口水，你想起你当时回去的时间似乎是：十一点零五。也就是说，第一次你说要回去的时间是两点零五。你不知道错过了这个时间点会发生什么，你盯着挂钟，不知道要不要重来。

重来吗？那万一救不下来怎么办？如果到最后发现其实凶手就是自己怎么办？

不重来吗？眼睁睁地看着对自己很好的李老师就这么死去，然后让自己的能力永远变成一个谜吗？

你盯着挂钟，眉头越皱越紧：

要重来吗？

A.重来（请跳转至40页阅读剧情5）

B. 不重来（请跳转至59页阅读剧情9）

（每一次选择都会影响结局的走向，请慎重选择。）

05

你深吸一口气，即便不知道结果是什么，但你依然想要重来。

你想要弄清楚自己到底为什么会有这个能力，你也想知道自己有没有被监视着，你还想知道老师说的“人体实验”真的是自己以为的那种吗？在那种情况下，老师跟自己一样头脑发热说了胡话也说不定……以及，拯救一个人哪有那么多的理由。

“你好，我叫……”

“我知道你叫许诺是我的新同桌。”你快速地打断许诺的话，然后在对方一脸蒙的状态下给了他一个异常闪耀的笑脸，“我也很高兴认识你。”

说罢，伸出手抓着他的指尖象征性地握了握手，然后道：“我下一节课不上了，麻烦你帮我请个假。”紧接着你大步跨出教室，这一次，你打算从开始就一直守护着李老师，无论怎样，你都要保证李老师能够顺利地活过两点零五。

你轻车熟路地站在数学组办公室的门口，面朝走廊等待着李老师的到来。

十，九，八，七……你在心里默默数着时间，倒数结束，李老师准时出现在了走廊上。

“老师！”你朝李老师招了招手。

“怎么了？你怎么没去上课？”李老师手里拿着资料，不自觉地加快了步伐。

“我有事找您。”

“什么事？”李老师皱了皱眉，似乎怕你提出什么奇怪又难以回答的问题。

“我听说您要走了，您……能不能别走？”你纠结了半天，意识到李老师吃软不吃硬，于是打算慢慢询问你想知道的事情。当然问不出来也没关系，只要李老师能顺利活下来，这些问题你迟早有一天会问出来。

“这个……”李老师眼带慈爱地看着你，叹了口气，“你就是因为这个逃课吗？”

你摇了摇头，眼里带泪：“老师，我们都很喜欢您，您来了之后我们的高数成绩都提高了很多，尤其是我……我不想您走。”

李老师伸手摸了摸你的脑袋，这次他的动作变得没有那么僵硬了：“离别总是不可避免的。”

“那您之后是打算做什么呢？我能去找您吗？”

“我打算研究一些比较高深的技术，大概率是在俄罗斯那边，如果有机会的话，我当然很乐意你来找我啊。”

“高深技术？什么高深技术啊？老师您能给我详细说说吗？”

似乎是因为你对答案太过急迫，这次，李老师反而不愿意告诉你，他只是收回了手说：“现在给你说你还不明白，等你上了大学，读了物理方面的专业，我或许愿意跟你仔细讲讲。”

“物理吗？”你歪着脑袋，一边重复着老师的话，一边考虑着如何能让李老师远离天台。

“现在外边还没有完全回春，你先跟我进办公室吧，小心冻感冒。”李老师缩了缩脑袋，似乎有冷风往他脖子里钻。

你点点头，跟着李老师进了办公室，却发现办公室里空无一人。

“随便坐吧，我去把空调开开，然后我们好好聊聊。”李老师从柜子里拿出一次性杯子，接了点热水递给你，转过身去找空调遥控器。

“老师，我想知道如果这个时代有人拥有时光倒流的能力，您觉得从科学的角度来说，这个能力是怎么来的呢？”

“科学的角度？”李老师找不到遥控器，只好放弃，走到空调旁边按了机身上的按钮，“我是一个坚定的无神论者，所以我不认为这种能力会凭空产生。如果真的有的话，我更愿意相信是人为制造的。但科学，这我倒真不知道要怎么讲。”

“嗯……”你深吸一口气，继续跟老师聊着，“那假如这个超能力者发现她的老师死了，第一次第二次她都尝试着救老师，结果都没成功，第三次却发现是她自己杀了老师，那她还有重来的意义吗？第一次和第二次的凶手又是谁呢？”

“你在说些什么啊？我又不是侦探。”李老师摆出一副难以理解的表情。

“我只是在说小说里的情节，我最近在写科幻主题的小说，自己都把自己给绕晕了，想听听您有什么看法。”

“你还自己写小说？很厉害嘛。”

“就随便写写，没什么成绩。”你笑得有些尴尬，虽然扯谎这种事情你实在不擅长，但不知为什么你一紧张反而会把谎言说得跟真的似的。

“时光倒流这种主题的小说其实有点难写，因为对于理工科学生来说，怎么说它都有一些逻辑自洽的问题。比如就你说的这个事件，也许是不同时间线互相重叠，主角杀死了老师，在其他时间线的主角看到了被主角杀死的老师，但这就又涉及另一个问题，不同时间线的主角出现在同一个时空，那么不同时间线的老师、同学、路人可能都挤在同一个时空……”

你听得有些迷糊，但却听出来了这么一个可能性：杀死李老师的，可能自始至终都是你。

你不由得全身发冷，不知不觉出了一身冷汗，细微的冷风从窗户缝隙里钻进来，你只觉得这冷风让你整个人都止不住地轻颤起来。

是我吗？

你晃了晃脑袋又觉得有些不对：如果是自己的话，那么第一次，是谁做的？是第二次重来的自己吗？所以第一次的自己目睹了第二次的自己杀了老师？但如果这一次自己跟老师都完完全全远离现场呢？老师还会出事吗？

“陈歌？”李老师在你面前摆了摆手，“你是……想到了什么？”

“哦，没有。”你回过神来，慌忙解释道，“我只是在思考老师您刚刚说的话，总感觉这里边似乎有点什么问题，可我总想不明白，就好像眼前蒙着一层雾，只要一点点风就能看清楚雾后边是什么，但就是没有风。”你述说着自己的想法，不知道这种说法会不会显得太过抽象。

李老师点点头，一副了然的样子；“不过我也只能给你提供这些帮助了，更专业的我还没有研究到，但如果你要写小说的话，这些应该够用了。”

“嗯。”你乖巧地点点头，“谢谢老师。”

李老师看了眼时间继续道：“时间不早了，你快回去吧，之后你有什么问题可以随时来找我，当然还是要以学习为主，不要耽误学习啊。”

“嗯，好。”你应道，大脑却在飞速旋转着，“那老师，如果您一定要走的话……今天中午我能不能请老师您吃顿饭？”你恳切地看着老师，你觉得这是目前你能想到的唯一一个可以让你和老师都远离事发地的方法。

“今天中午？”老师皱了皱眉，“那你只能请我去食堂吃喽。”

“啊？老师是中午有事？”你只觉得心一沉，生怕李老师说自己中午有事要去天台。

“没什么大事，等会儿我要联系我的一个老同学，讨论一下在俄罗斯那边的研究事项，出去吃的话可能时间会有点对不上。”

“嗯，食堂也可以，只要能和老师说说话就好。”你舒了一口气，心里暗暗祈祷老师千万要在那个事发时间远离事发地，你想，或许过了那个时间，老师就不会出事了。

李老师又看了眼时间，本打算催你回去上课，但发现距离下课时间已经很近了，便无奈地摇了摇头："不如，我们现在过去？现在人少也不用排队。”

“好！”你点点头，只要能盯着老师不让他出事，一切都好说。

说实话，你不知道自己这么努力到底能不能拯救李老师，你甚至不知道如果真的拯救成功，会不会因为蝴蝶效应反而给这个世界带来更大的灾难。

这样一想你又变得紧张起来。

“既然是去食堂吃，那就我请你吧，我可不能让我的学生给我买单。”李老师笑着开口，“你喜欢吃什么？”

“嗯……卤肉饭。”你脑子里还在纠结着蝴蝶效应，大脑没来得及反应，张口便说出来个答案。

“这么巧，我女儿也喜欢吃卤肉饭。”李老师笑眯眯地开口，言语之间变得亲和不少。

“老师您有女儿？”

“嗯，你应该会见到她，她刚毕业，现在在我们学校里实习。”

“是吗？”你一下子感兴趣起来，“那她也是个数学老师咯？”

“这倒不是。”

“不教数学吗？那教什么啊？”

“秘密。”

“什么啊，这种事也要搞神秘？”

……

你和李老师有一搭没一搭地聊着，你的心情也慢慢变得放松起来。李老师帮你打了一碗卤肉饭，笑容满面地放在你面前：“也没请你吃什么好吃的，下次有机会再请吧。”

“老师，之后有机会，我可以去俄罗斯找您吗？”你看着李老师，开口问道。

“当然，说不定到时候我还能带你参观我的实验室。”

你点点头：“等研究生考试结束后我就过去！”

“好啊，那我就预祝你考个好成绩。”

一顿饭还没吃完，李老师的手机便响了起来。你心里一沉，想起了那个让李老师前往天台的电话，脸瞬间黑了下来。

“我接个电话。”李老师看了眼手机，本想直接挂断，但看到来电显示后，犹豫了一下还是按了接通键。

“老……”你伸手想要抓住李老师的衣袖，但他却自顾自地走了出去。

只是接个电话，应该没问题吧？你缩回了手，自我安慰道。

“陈歌，不好意思，同事告诉我那边实验有新进展，我得快点赶过去跟他讨论……”李老师急匆匆地走进来，手忙脚乱地收拾着桌上的残羹。

“可是……”你想留住李老师，却不知道用什么方法，现在距事发时间还有二十分钟，这个时间足够李老师从食堂走到天台了。

现在离开绝对不行，快想想，有什么办法可以留住老师。

泻药！对，泻药！我身上还带着泻药！

“啪！”

李老师刚要转身离开，就听见打翻碗筷的声音，你跌坐在地上，满脸痛苦。

“怎么了？”李老师忙蹲下身子查看你的情况。

“老师，我肚子疼……”你皱着眉头捂着肚子，努力装出一副痛苦的样子。刚刚你趁老师不注意吃了泻药，虽然现在是靠你的演技来拖延时间，但马上就可以靠着泻药来拖延时间了。

一粒泻药换一条人命，值了。你大义凛然地想。

“别怕，老师带你去医务室。”李老师拽起你就想往身上背。

“不用，一会儿就好了……”你推托着，当然主要原因还是因为你怕到了医务室，医生什么也查不出来，发现你在装病。

“别硬撑。”

你刚想再拖一会儿，却发现自己的肚子真的疼了起来，疼得你满头大汗，眼冒金星。

“我……疼……”你说不出完整的话，胃里开始翻江倒海，你疼得几乎要晕倒。

“老师？陈歌？”熟悉的声音传来，你抬起头，看见许诺不知什么时候走了过来。

“老师，需要帮忙吗？”许诺看了你一眼，立刻弄明白了情况。

“她好像吃坏了肚子，我这边刚好有急事，麻烦你把她送到医务室吧。”李老师语速飞快，听得出他确实是有紧急的事情。

“好的，没问题。”许诺点点头，搀扶着你就要往医务室的方向拽。

你气不打一处来，不知道许诺在这个时候凑什么热闹，咬着牙开口：“老师，许诺是新来的，他估计不认识路……”

“没事，我认识，去食堂的时候班长告诉我怎么走了。”许诺打断你的话回复道。

你再次被这个新来的学生气到头疼，不知道他此刻在热心些什么。

“那就好，辛苦你了。”李老师拿好桌上的东西，留下一句话就匆匆离开了。

“李老师！李老师……”你想伸手拽住李老师的衣袖，却没想到此刻药劲发作，你的肠胃猛地扭成一团，疼得你龇牙咧嘴。

“陈歌，再坚持一下，我带你去医务室。”见你表情这么痛苦，许诺不再犹豫，立刻拽着你往医务室走去。

“李……”

你只觉得你离李老师越来越远，心也越来越凉。

你叹了口气，暗骂自己怎么那么蠢，白白吃了泻药，还什么事都没有办成。

但好在之后你吃了点缓解的药物，肚子也就没那么疼了，只是，李老师……

你皱紧眉头，盯着医务室墙上的挂钟，这么多次的重来让你意识到回到过去，似乎只能回到三个小时前。假如此刻是十一点，那么回到过去是直接回到了八点，但若是超过了当初开启时间倒流的时间，也就是假如到了十一点十分，回到过去便只能回到十一点。

以三个小时为一个阶段，一旦跳出了这个阶段，就再也回不到上个阶段了。

你看着分针一点点地走动，心里纠结着此刻是要跑过去看看老师的情况还是重来。可是去找老师的话，时间跟得上吗?

“你在想什么？”许诺伸手在你眼前晃了晃。

“没什么……”

“有人跳楼了！”你还在出神地思考，就突然听到外边的叫喊声，而后医务室内也变得嘈杂起来。

你一下子顿住了，心底只觉得一凉，指向两点的时针默默地告诉了你这个人是谁。

你捂住胸口，微微张开嘴呼吸，你不知道自己一次次重来到底有没有意义，你也不知道千百次的重来到底能不能救下老师，你只觉得心口难受呼吸不畅。

然而跳动的秒针告诉你现在已没有时间继续难过，你离进入下一个阶段只有不到十分钟，错过了就再也无法改变什么了。

要重来吗?

A.重来（请跳转至49页阅读剧情6）

B. 不重来（请跳转至59页阅读剧情9）

06

这一次你获取的信息和前几次相比并没有多出什么有用的东西，你还是按照上次的方法，和老师去食堂吃饭。

不同的是，这次你意识到李老师中间会因为电话离开，于是提前在他的饭里偷偷拌了点泻药。

如果出了事就重来吧。你这样想着，心里的罪恶感算是稍微减轻了一些。

“我接个电话……”李老师刚开口，眉头便皱了起来，他的背弓了起来，像是一只被烤熟的龙虾。

“老师您怎么了？”你忙跑过去看李老师的情况，顺手把手机上的来电给挂断了。

“电话……”李老师直起身子想要去拿手机。

“我给您拿着手机呢，刚刚对方挂断了，等会他要是再打来我立刻给您，现在最要紧的是老师您的身体，老师我们还是先去医务室吧。”你快速地将手机塞进自己的口袋，为了防止再次来电，你直接把手机给按了关机。

只要过了两点十分就好，只要过了两点十分就好……

你在心里默默祈祷着这段时间千万不要出什么岔子，搀扶着数学老师往医务室赶。

“爸！你怎么了？！”

刚到医务室的门口，一个校医打扮的女人便小跑着来到你们的身边。

“爸？”你看看校医又看看李老师，一下子明白了，“她就是老师您的女儿？”

李老师点了点头，还没说话就被校医给扶着往病床旁走。

你坐在病床边看着忙碌的校医，眼睛时不时瞟向墙上的钟。

两点。

再多等等，再等十分钟，千万别出事。

“同学？同学？”

你猛地回过神来，一脸蒙地看向校医：“怎么了？”

“哦，我是说你上课是不是要迟到了？我看你一直看时间，你要是急的话现在过去就行了，我爸，咳，李老师没什么大问题，吃点药休息一下就好了。”

“嗯，啊，我不急，我多待一会儿，没事的。”你笑得有些尴尬。

见你这样，校医也不再坚持，转而继续去查看李老师的状况。

两点五分。

李老师吃了药躺下，校医说要再观察一下情况，如果没有好转最好是去校外的医院看看。

你点点头，看了眼时间，还有五分钟。

你盯着时间，开始紧张起来。

千万不要出事啊，千万不要。

嗒，嗒，嗒……

两点十分，这个时间段结束，李老师平安无事，你长舒了一口气。你心里的大石头终于放下了，像是冬日里泡了一个温泉般轻松舒畅。

“哦对了，这是老师的手机。”你看了眼在床上休息的李老师，把口袋里的手机递给校医，朝她招了招手，“既然校医姐姐在，那我就先回去上课了，老师再见。”

像是怕被抓到你就是导致李老师肚子疼的凶手一般，你匆忙地说了再见，远离了现场。

出了医务室，你伸了个懒腰，感到前所未有的轻松，像是让你纠结了好久的数学题终于被你完美解答出来一般。

你哼着小曲朝着教室的方向走去，雀跃又兴奋。

但，事情却没有你想象中的那么简单。

虽然李老师活过了十一点十分到两点十分这个时间段，但在下一个时间段里，他又出事了。

是的，这仿佛是一个永无止境的诅咒，活过了两点十分，并不代表他能永远活着，在下一个三小时的时间段里，李老师可能会因为其他种种意外而丧命。

车祸、广告牌掉落、被抢劫……

你突然分不清楚是真的有人想要杀死李老师，还是只是你在不断地重来，为李老师找寻一个死法。

但你清楚地意识到一点：你无法拯救他，你不是英雄。

你突然有些精疲力尽，老师曾经对你说过："当你觉得有些事情变得特别困难的时候，可能就是需要你再坚持一下的时候。"可老师也曾对你说过"及时止损"。

周围的人对李老师的印象变得越来越奇怪，甚至有人会看着李老师的背影偷偷地讨论："我记得李老师不是去世了吗？难不成是我记错了？"

"我也好像模模糊糊记得李老师被入室抢劫的强盗给杀害了。"

"胡说，明明是跳楼！"

你听着这些讨论，脑子里一片混乱，这个世界似乎也变得混乱起来。

到底要不要继续拯救李老师？还是放弃，让世界重回正常的轨道？

A.拯救李老师（请跳转至52页阅读剧情7）

B. 放弃拯救（请跳转至56页阅读剧情8）

07

你大概就是不撞南墙不回头的人吧，即便经历了这么多次失败，依然坚持继续，毕竟已经拯救了那么多次，不差这一次。

你认真回忆着之前的种种，将一切曾经发生过的灾难统统避免。高空坠物，那就在中间拉住老师，让他避免被广告牌砸到；车祸，就想办法让老师换一条路走……

你像是一个守护者一般，守护着老师，让他渡过一次又一次的危机。

一个月后。

李老师在校门外叫住了你，他已经办好了所有的离职手续，准备前往俄罗斯："陈歌，这个是我在俄罗斯的地址，你可以随时来这里找我。"

你接过那张纸条，脸上绽放出如释重负的神情，一个月的守护说不上长也说不上短，但这段时间足以让你明白做英雄真的不是一件易事。

"这段时间辛苦你了。"李老师伸手揉了揉你的头发，"我总感觉你像是我的幸运天使一样，原本我可能被广告牌砸到，结果你正好叫住了我……"

"有吗？"虽然对于老师能够意识到你一直在保护他这件事，你感到很欣慰，但你还是要假装无事发生一般。但装傻实在不适合你，毕竟一个月的守护不仅让你熬出了黑眼圈，头发都多掉了好几把。

"对了，老师，我一直有个问题想问您。"

"嗯？"

"我听说您去俄罗斯是去做人体实验，我想知道是真的假的？"

“啊？哈哈哈哈哈……”李老师突然笑了起来，“怎么说呢，说是也不是。我们的实验通俗点说就是研究时光倒流，目前大家普遍认为的实现时光倒流就是以超越光速的速度运动，这样就能实现时间跨越。但我们有了一种新的想法，那就是通过一个人的时空回溯来实现整个世界线的重启。我们有一个初步的实验构想是只让一个人拥有回到过去的能力，让他对过去进行改变，从而实现时光倒流改变未来的构想。但这个实验不可控的因素太多，很多想法都只存在于理论层面，没办法实现。不过俄罗斯那边有可以让我们进行模拟实验的实验室，所以我们可以暂时在那边进行人造宇宙的观察实验。”

“人造宇宙？”

“其实就是给人类啊宇宙啊建个模，通过观察他们来看实验结果。但怎么说呢，他们只能算是人造人类，或者说人造生物，他们的作用其实跟小白鼠差不多。但具体的实验内容我没办法给你讲更多，一方面是你没办法完全理解，另一方面是这属于机密，总之你知道这个所谓的人体实验其实就是小白鼠实验，并不存在任何道德上的问题就好啦。”李老师认真地跟你解释着，一如他本人严谨的风格。

你听得似懂非懂，但你知道李老师并不是坏人，你突然庆幸自己如此坚持拯救老师，果然在巨大的矛盾冲突面前如果能冷静地问一问对方的真实想法，很多时候能避免很多问题。

你送别了李老师，继续着自己平凡又不平凡的生活，偶尔你会去医务室通过校医姐姐了解一下李老师的近况，但你却不再想当英雄了。对你来说，只要你自己知道自己曾经当过英雄，拯救过一个人，这就够了。

大学毕业的那一年，你不仅收到了自己心仪学校的研究生录取通知书，还收到了李老师发来的邮件，他邀请你去俄罗斯参观他的研究，虽说实验进行得缓慢且不顺，但多多少少还算有点成绩。

你看着邮件，突然想起当时李老师离开的时候给你讲的人造宇宙，当时你就对这个人造宇宙很感兴趣，你想象不出来那么庞大的宇宙，老师到底是怎么把它们按照比例缩小成可以观测的样子的？还有那些“人类”呢？是不是要用放大镜观察才行？

你这样想着，兴奋地给李老师回了句“不久会去拜访”，便立刻上网查找近期飞往俄罗斯的机票。

8月份的时候你和父母一起飞到了俄罗斯去拜访李老师。但与想象中不同的是，李老师并没有来接你们，你甚至根本找不到他当初告诉你的实验室地址。你们在俄罗斯逗留了将近一周，李老师的女儿才打电话告诉你们李老师的所在，她说李老师住进了当地的精神病院。

精神病院？！

你难以置信地听着这个消息，而后想办法进了医院去看望李老师。你想知道这短短的一个月，到底发生了什么，居然能让一个意气风发投入实验的人进了精神病院，而那个实验室也像是人间蒸发了一般，什么痕迹也找不到。

“老师？”你小心地喊着李老师，你看见他那双无神的眼睛在看到你的一瞬间，有了一丝的光亮，“老师，这一个月到底发生了什么？为什么您会在这里？是实验出了什么问题吗？”

“不。”李老师摇了摇头，他的眼睛又浑浊了下去，“实验很顺利，只是……没必要进行下去了。”

“啊？为什么？”你不解。

李老师侧过脸，眼神复杂地看着你，而后，缓缓地说出了几个字：“因为，我们的世界，是假的。”

“什么？”你听不懂李老师说的话。

“假的，知道吗？我们居然妄图在假的世界里寻求规律与真相，你不觉得可笑吗？”李老师一下子变得激动起来，护士不得不跑过来压住激动的李老师。

而你也因为旅游签证时间即将到期，不得不抓紧离开，时间太过紧迫，你甚至连细细追问的机会都没有。

你想不明白李老师给你说那番话的意思，你也想象不出来这一个月里究竟发生了什么。你只知道你会一直探究下去，直到有一天挖掘出真相，因为从那一天起，你的耳边总是有这样一个声音：

这个世界，是假的。

【End：真相的碎片】

08

当英雄真的是一件令人精疲力尽的事情。如果那些漫画、电影里的英雄在现实里真实存在，或许他们早就放弃成为英雄了吧？

你有些颓丧地坐在角落，感受着时间一点点地流逝，回忆着之前你所经历的一切。

等等……

你突然想到，第一次，李老师到底是因为什么跳下去的？如果这次自己只在旁边观察，始终不出现，那么是不是就能找到真凶？仔细想想，李老师经历的那些所谓的天灾人祸，所谓的意外，似乎都可以人为操纵。如果李老师不是必死无疑，如果我不是在和神鬼对抗，那么，一切的行为是不是都有人在操纵？

这个人就是第一次让李老师跳下来的人！

那……这个人会是我吗？一个世界会出现两个我吗？

你心脏怦怦跳了起来，剧烈得让你不得不捂住胸口。

现在还来得及，什么都不做，就像第一次那样，自己只要躲在阴影里，看清楚凶手就好。

是的，哪怕救不了老师，我也一定要弄清楚最初的凶手是谁！

如果无法拯救，那我起码要知道真相。

你深吸一口气，然后朝着天台的方向飞奔而去。

你躲在天台的角落里，眼睛死死盯着李老师原本会坠落的地方，等待着李老师的到来。

“你启发了我，我突然想到如果这个通道建立太过困难，我们完全可以通过一个人的时空回溯来实现整个世界线的重启，这样工程量就少了不止一半了，我们就可以在有限的资金里重启实验。什么？你说还招募了一批生物工程方面的专家？太棒了！所以我们下周就动身前往俄罗斯继续实验？”李老师打着电话走了进来，这话你熟悉得很，就是这话让原本濒临崩溃的你彻底崩溃。

然而这次不一样了。

你眼睛眨也不眨，死死盯着李老师的背影，丝毫没有因为李老师这话而有任何的情绪波动。

“下周不行吗？没事，那就慢慢来，只要……”

“李一鸣。”

李老师还在打着电话说着什么，你听到有一个陌生的声音叫着李老师的名字。

“谁？”李老师转过头，一脸迷茫地看着眼前的人。

你从小角落里探出身子，努力想看清来人，但因为角度原因你始终看不到李老师面前的那个人。

“凶手。”

你听到那个声音咬牙切齿地发出这两个音节。

“你在说什么？你到底是谁？”李老师皱着眉头，依然搞不清楚状况。

“我是你的被害者。”那人从角落里走出来，你只看到一个高瘦的背影，一个对你来说完全陌生的人。这个陌生人抬手看了眼手腕上的表，开口道：“没时间了，李一鸣，再见了，你的死将拯救千千万万的人。”

没等李老师反应过来，那个人就猛地撞向李老师，速度快到你来不及反应。

“李……”你捂住自己的嘴巴，生怕被凶手发现。

“别藏了，陈歌。”那个陌生人看向你躲藏的地方，然后一步步朝你走来，“你以为我刚刚说的没时间，是什么意思？”

你睁大眼睛，危险的气息不断向你逼近，你来不及去思考这其中的种种事情，只能不断地嚷着：回去，回去，回去！

但你的超能力像是消失了一般，无论你怎么做，都没办法让时光倒流。

“陈歌，我那句话，说的是你。你的能力在整点差一分的时候会失效，也就是任何时间段的五十九分，都是无效的。陈歌，我比你还要了解你的能力，我也比任何人都了解你周围的所有人……既然这次我抓住了这个机会，既然我当着你的面做了，就不会给你机会让你倒流回去了。”

陌生人越走越近，将你逼到天台的角落。

“对不起……请你消失吧……请你给未来一个光明吧。”

这是你听到陌生人说的最后一句话，而后你便永远地闭上了眼睛。

当……当……远处的大钟报着此刻的时间：两点整。

【End：未来的罪人】

09

你咬着嘴唇，听着周围人的声音，你听不清他们在讨论些什么，也不知道他们有没有更多地关注数学老师的事情，你只知道此刻的自己像是一只把头埋在地里的鸵鸟。

李老师不在了，我就不是试验品了；如果数学老师还在，那我永远有是一个试验品的可能性。

你深吸一口气，慢慢地重新躺下，伸手，将医务室的被子缓缓盖在头上，然后下一秒便泪如泉涌。

我不是英雄，我是恶魔。

可是，即便如此，我也不愿意成为一个试验品，一个人造英雄。

不，我不是恶魔，我只是做不到，我救不了人，我只是个无能的英雄。不，不是无能，是失误，超级英雄也会有失误的时候，更何况我呢？

你为自己开脱着，但心情却没有因此有丝毫的好转。

你一直躺着，直到自己身体发麻再也躺不下去了，才从床上坐起来。

“没什么大问题，压力太大。我给她写个证明，你去帮她请个假让她回去好好休息几天。复习虽然很紧张，但也不要太累了。”校医对许诺交代着什么。

“陈歌你醒了？”听见你这边的动静，许诺转过头，看见你坐起，忙跑过来查看你的情况，见你似乎没什么大碍他才松了口气解释道，“陈歌你知不知道你刚刚多吓人，缩在被子里疯狂发抖，我碰你你也不让我碰，嘴里好像在念叨着什么。那个时候校医去厕所了，吓得我差点冲进女厕所把校医喊过来……”

见许诺这么慌张的样子，你突然觉得有些好笑。从见到他开始，他就总是一副不慌不忙微微笑着的样子，现在这样的表情很少见。

“你笑什么？刚刚吓死我了。”许诺轻皱了下眉头。

“我有笑吗？你看错了。”你伸手揉了揉自己的脸，摆出一副面无表情的样子。

你和许诺斗着嘴，心情似乎好了点，但心头却总感觉被一块大石头给压着。

“你叫陈歌对吧？”校医打断了你们两个的对话，一边填着表一边问你。

“嗯。”你点点头。

“我好像有听过。”校医用笔抵着脸颊，“你这两天有来过医务室吗？”

“这两天？没有吧，我只有今天来了。”你在头脑里梳理着时间线。

“哦，那大概是我记错了，我是昨天刚来的，这里的学生我都不认识，但就很奇怪，我看到你总模模糊糊觉得我好像见过你，而且似乎就是在不久前见到的。”

你听着校医的话，突然想起之前许诺也说过类似的话，比如他对你有点印象，又比如他记得去医务室的路……

果然，自己每次重来，之前发生的事情都会在这些人的脑子里留下模糊的印象，一次次重来之后班长对许诺变得熟悉起来，也不是你的错觉。

你有些不安，你突然开始庆幸自己没有在老师的事情上过多探究，如果次数过多，说不定在大家的脑海里便会刻下你是凶手的印象。

但同时你又担忧起来，你不知道之后自己会不会再因为什么原因不断地重来。这个能力对你来说是福还是祸，你自己都变得迷惑起来了。

“好了，把这个给你的班主任，班主任同意了你就可以回家了。”校医将写好的证明递给你。

“可……”你看着这张纸犹豫着要不要回去。

“你现在精神状态很不好，我建议你回去好好休息两天调整下状态，不然以你现在的状态，不管做什么只会是事倍功半。”校医严肃地教育着你。

你不知道说什么，只能点点头。

许诺跟着说道：“校医说得没错，你不要不当回事。”

“你怎么跟我妈似的。”你有些不满地碎碎念。

听你这么说，许诺一下子停住了，撇了撇嘴：“我才不乐意当你妈，我要去趟厕所，等我回来陪你去找班主任请假。”

你点点头。

你坐在椅子上手里攥着校医开的药，东张西望半天你突然又想起了什么，支支吾吾地问道：“刚刚我休息的时候好像听到有人喊说数学老师自杀了？这是怎么回事？还是我在做梦？”

“数学老师？”校医姐姐皱起了眉头，“我没听说啊？难不成我就出去这么短的时间就发生了这么多事？”校医碎碎念着，拿出手机打开聊天界面：“我问问。”

你看着校医的手指在键盘上飞舞，眉头不由得皱到了一起，不祥的预感渐渐侵袭你的全身。

一分钟后，校医抬起头，一脸迷茫地问：“没有啊？你刚刚是不是做梦了？”

不可能！

你不知道用什么表情，也不知道回什么话。你清清楚楚地记得，你听到有人叫喊的声音。

是做梦吗？

做梦的话自己怎么可能躲在被窝里哭？

你呆坐在椅子上，努力回想着一切，多次时间倒流已经让你的记忆有些错乱，但你仔细回忆了一番，确定这一切并不是梦境，你确定地开口：“不……”

“叮咚！”

校医的手机提示音响起，她皱着眉头看着手机上的信息，而后抬起头，一脸迷惑又奇怪地看着你：“刚刚发生了一起事件。”

“事件？什么事件？”

“你刚刚问我的那个事件。”校医的眉头皱得更深，“但不是在学校里，而是发生在校外。这才刚发生，学校里没多少人知道，你是怎么知道的？”

“我……”你突然不知道怎么解释。

“陈歌，我们回去吧？”许诺适时地出现，打破了这凝重的氛围。

校医看了眼许诺，表情复杂地开口：“你先带陈歌回去吧，我这边还有点事要处理。”

你有些反应不过来，木木地被许诺搀着往教学区走，虽然脑袋里一团糨糊，但你努力将它们理清楚：

那些叫喊声并不是幻觉，可是为什么会提前那么多？学校里没多少人知道为什么我会听到？或者这真的是我的幻觉？我其实预言了老师的死亡？

不不不，这确实是事实，并不是幻觉，我记得很清楚，那些叫喊声和议论声，不可能是幻觉。

你越想越纠结，只觉得自己的脑袋快要炸裂开来。

“唉……”你叹了口气，放弃了思考，觉得或许自己确实应该回家好好休息一下了。

顺利请了假，出校门没多久，你的手机铃声便响了起来，你看着一串熟悉又陌生的号码，想了想按了接通键，那边却什么声音也没有。

“喂？喂？”那边还是没有回应，你有些莫名其妙，顺手挂断了电话，捧着手机无聊地刷着动态，走向地铁站，几分钟后，你刷到了本市的新闻：

今天下午两点十三分，我市朝红路附近一名中年男子从高处坠落……经查验该死者系本市考研集训学校一名数学老师。

“李老师？”你猛地睁大眼睛坐起，仔细回想着之前的种种。

你记得自己是在两点零五分之前听到有人叫喊的，因为自己在听到声音之后还在纠结要不要再次倒流。

那也就是说李老师应该是两点左右死亡的，可是新闻报道却说是两点十三分？校医也是在自己提出问题之后才收到这个死亡消息。

报道的时间应该不会有太大的误差，可如果自己没有幻听，报道也没有偏差，那这中间的时间差是怎么回事？

难不成……

你脑海中突然冒出一个大胆的想法：会不会是有人知道我的能力故意这样做？我没有回到过去，那之前十一点零五到两点零五中间发生的事情就会变成既定的事情无法改变。对那个人来说在这个时间段里是有什么事情一定要确保不被改变吗？还是说那个人只是单纯想要消耗我的精力，让我误以为李老师死亡，然后让我一遍遍重来，等到我精疲力尽打算放弃的时候再去行凶，以此来愚弄我？

你这样想着，越发觉得自己像是日剧里的笨蛋警官，被凶手简单的障眼法骗得团团转。

但不同的是笨蛋警官总会有一个立刻洞察真相的侦探朋友，而你，只有自己。

你不知道自己什么时候回到了家，你脱了外套，有些疲惫地躺在床上。

“叮咚。”短信提示音打断了你的颓丧，你打开短信发现是班长发来的信息。

“现在感觉怎么样啊？”

“没事。”

“我发现你那个位置真是个‘风水宝地’，早上先是小胖子生病回家，然后下午就轮到了你，之后就轮到了许诺。”

“许诺怎么了？”

“这我就不清楚了，他也没跟我说，你走了之后他好像就也走了，不会是有什么流感在互相传染吧？”

“我只是压力大，哪有什么流感。”你放下手机，叹了口气，说实话你现在对这些乱七八糟的事情已经不怎么感兴趣了。

想当英雄当不来反而逼得自己回了家，想拯救世界也拯救不了反而只能眼睁睁地看着一切照常发生。

不如……

你把视线重新投到手机上，最近有没有足球、赛马之类的比赛？看起来自己的能力只适合去压个比赛的输赢或者买彩票。比起成为英雄，这个能力似乎更适合用来赚钱。

你这么一想，立刻从床上爬起来，走到客厅，看着正在看足球赛的爸爸问：“这个比赛是最近的吗？”

“啊？”爸爸有点迷茫地转过头看你，似乎还没从比赛的余兴中回过神来，迟疑了一秒后，才开口解释，“嗯，刚开始。”

“那……这个要怎么买输赢？”你问。

“输赢？”

“就很多比赛不都会让你去给你觉得优胜的一方下注吗？然后会有概率中奖，就像是彩票那样。”你支支吾吾解释着。

爸爸表情复杂地看着你，你说不清那是迷惑还是不可置信。“你……”爸爸终于开了口，“你钱花完了？”

你有些无语："没有，我就是问一问。"

"哦。"爸爸应了声，"足球好像是可以买足彩，彩票中心应该可以。"

"那……买这个有时间限制吗？"

"足球？好像是开场前一小时还是两小时就不能买了。"

"嗯……"你心里估算着，总感觉买足球什么的好像有点不太稳，想了想又问，"那彩票呢？要怎么买？"

似乎是你的问题太多了，父亲皱了皱眉，从桌子下拿出一根烟，刚想点燃，突然意识到自己在戒烟期，吧唧了下嘴又塞回了盒子里："彩票我只知道最简单的买号码，但具体几组怎么买我不知道，你可以自己去问问。"

你若有所思地点点头，换了鞋打算出去。

"晚上回来吃饭吗？"爸爸在你即将出门前喊住你。

"不用，我在外边吃。"你答。

"嗯。"爸爸应了声眼睛又挪回到电视机前。

你轻叹了口气，低着头出了门。

大概是因为青春期，又或是因为父爱太过内敛，当你和父亲单独待在一起的时候你总会感觉有些莫名的尴尬。然而之前却并不是这样的。

小时候你的父亲经常忙于工作，回家的次数很少，但每次回来都会给你带一些让其他女孩子艳羡的小玩具。在你的眼里，父亲就像是圣诞老人，只要出现就一定有惊喜。

是什么时候开始，跟父亲变得生疏起来了呢？是他在你早已不需要芭比娃娃的年纪带来了芭比娃娃？还是他承诺在放学之后带你去迪士尼玩，结果却找不到你的学校？又或者是在你中学毕业典礼上拍错了人，以至于你永远都没有与学校大礼堂和毕业横幅的合照？还是他不想让人打扰他的工作，于是宁愿让你跟着母亲到处跑，让你不得不频繁换学校？

你不知道，你只知道这一系列的事让你和他越来越疏远，哪怕他现在辞职在家你也不愿意和他多说说话。

但说起辞职你又觉得可笑，他为研究倾尽心血，甚至可以放弃一切，结果到最后却因为和同事闹了矛盾而愤然中止研究回家休息。原来对于他来说，那么重要的研究也是可以说放弃就放弃的啊，怪不得当初他放弃你放弃得那么干脆。

你心里莫名的有些唏嘘，摇了摇头朝着附近的彩票中心走去。

“您好，我想买张彩票。”你走进去看着坐在电脑旁的男人说道。

男人抬起头，干瘦又疲惫，黑眼圈挂在脸上，像是一只饿瘦了的熊猫。

“你有身份证吗？”男人叼着烟含糊不清地开口。

“没有……”你想起自己的身份证前两天就找不到了，还没补办。

“去去去，没有身份证的话就不能买。”男人皱了皱眉头，满脸的嫌弃，而后低下头玩着自己的手机，看也不看你一眼。

此时你要怎么办：

A.找父亲帮忙买彩票（请跳转至67页阅读剧情10）

B.找不认识的人帮忙购买（请跳转至85页阅读剧情13）

C.放弃购买，去附近的商场转转（请跳转至94页阅读剧情14）

【10】

你在附近兜兜转转了半天，还是没想好到底要怎么跟爸爸开口让他给自己买张彩票。

这种奇怪的请求到底要怎么说才不会显得奇怪啊？！

你纠结了半天还是没想到好的理由，但眼看着距离彩票停止售卖的时间越来越近，就算没想好理由你也只能硬着头皮上了。

“爸。”破天荒的，你踏进家门开口喊了声爸。

“你怎么回来了，不在外边吃了？”父亲拿着锅铲从厨房走出来。

“嗯。那什么，我想让你跟我出去一趟。”

“出去？去哪儿？”

“就买彩票的地方，我想买张彩票，但是我身份证掉了不能买。”你实在编不出来，只好老老实实说出了理由。

“你等一下。”父亲走进厨房把中火调成小火，擦了擦手从厨房走出来，“说实话，你是不是缺钱了？”

“没缺钱就不能买彩票了吗？”你弱弱地问。

父亲没说话，坐在沙发上抱着脑袋沉思半晌，你看不出他此刻的状态，但他周围的空气告诉你他此刻似乎有些懊恼。

“行吧，你要是想买我就陪你去。”父亲像是突然想通了一般，从沙发上站起来，去厨房关掉了火，解下围裙换了鞋，一系列动作沉默又沉重。

你不知道这种沉重感到底是从何而来，但想想大概是爸爸因为你小小年纪对彩票有了兴趣而产生了失落感吧。

“晚上想在外面吃吗？”父亲换好鞋问道。

“不用了，不是已经做好饭了吗？”

“也是。”父亲苦笑了一下，打开门走在你前面。

虽然从你家到彩票售卖点并不远，但这一路上父亲却问了你许多问题：

“学习吃力吗？”

“钱够花吗？”

“生活上有什么困难吗？”

“和朋友们相处得还可以吗？”

……

你敷衍着回答，想不明白这个一向不怎么关心你只关心研究的男人，为什么突然对你表达了极度的关切。思来想去你把这归因为是“以为女儿要误入歧途于是父亲苦口婆心企图用爱唤她回头”的桥段。

但不管怎么样，买彩票顺利就好。

你拿着那张自己胡诌出号码的彩票，心里默默感慨：看来自己的爸爸也不是那种没办法沟通的老顽固嘛，等自己看到中奖号码倒流回去，再让他帮忙买彩票就可以了。

你的心情一下子变得很好，但不知道为什么你父亲直到现在状态看起来都不怎么好。

你把彩票塞进口袋，偷偷看了他一眼又一眼，发现他一路上都是眉头紧锁、愁云密布，你想问原因却又不知道怎么开口，只好沉默着跟他一起回了家。

等母亲回来，你们一家人吃完了晚饭，你盯着电视机试探性地问道：“我想看一下彩票开奖。”

父亲沉默着点点头，你吐了吐舌头，把遥控器从父亲那边的桌子上拿了过来，换到彩票直播的频道。

“陈歌，我问一下啊，你不缺钱为什么突然对彩票这么感兴趣？”电视直播马上开始，父亲却突然有些不合时宜地开了口。

“我只是做梦梦见一串数字，就特别想买……”你想快点结束对话好专心记中奖号码，于是随口编了个听起来有点悬的理由。

“做梦？”

“对啊，就只是做梦而已，顺带我也想体验一下买彩票的感觉嘛。”你笑着说，努力表现出一副乖乖女好学生的单纯模样。

“嗯。”父亲又不说话了，你不知道他在想些什么，也懒得问，眼睛盯着电视努力把那串数字印在脑子里。

02 05 14 22……

“中奖了吗？”父亲又开了口。

“啊？”你从高度集中的状态下猛地回过神，愣了两秒才反应过来，摇了摇头老老实实回答，“没有。”

“那我们聊聊吧。”这话不是询问而是陈述。

你在脑子里又回忆了一遍号码，确定自己记住了，这才关了电视。你看了眼手机发现此刻时间已经接近九点四十，你在心里估算了下时间，总感觉如果谈话时间太长，重来后可能会来不及买彩票。

彩票八点停售，自己肯定要回到七点左右，空出来意外时间以及说服爸爸的时间……这么算的话，其实不要开启谈话比较好，不如干脆现在就倒流回去好了，反正谈话肯定是做什么道德教育之类的，不过买了张彩票而已，大人总是容易把小事放大。

你撇撇嘴，在心里默默祈祷着回去。

六点四十。

你从床上爬起来，直奔客厅：“爸！你能跟我一起出去一趟吗？”

“嗯？”父亲把眼睛从足球比赛上移开，有些不解地看着你。

“我想出去买张彩票。”你想起之前爸爸答应得痛快，这次你也直接说了出来。

“不行！不好好学习买什么彩票？”父亲一脸鄙夷地看着你。

“买彩票跟不好好学习有什么关系？爸，你就跟我一起去买吧，肯定能中的……”

“别说了，你先把中奖概率算出来告诉我再考虑买不买吧！”父亲声色俱厉的样子吓住了你。

你在原地呆了两秒，然后气鼓鼓地摔门进屋。

到底哪里出问题了呢？

为什么第一次同意第二次就不同意了呢？

是因为对话方式不对吗？

不同的对话会直接造成不同的结果吗？

你冷静下来，仔细回忆着第一次跟爸爸对话的细节，深吸了口气选择了重来。

“爸……彩票要怎么买？”你从卧室里走出来，装作一窍不通的样子问。

“你要买彩票？你缺钱了？”

跟第一次很相似的对话，你在心里喊了声yes，然后继续着对话。

“没有，我就想问问。”

“有专门的售卖点，具体的你可以去售卖点问问。”

“嗯……”你站在原地纠结着，不知道此刻到底适不适合提议让爸爸帮自己买彩票。

父亲继续把视线投到电视上，但见你似乎没什么动静，又转过头问你：“你不去再休息会儿？下午你回来的时候不是说不舒服吗？”

“嗯，现在好多了。”你想起上一次父亲发了那么大的火你就有点发怵。

“哦。”父亲不再问你什么，把视线又移向电视。

“爸……你能不能陪我出去一趟？”纠结了半晌你还是决定再问一遍。

“出去？做什么？”

“我……我想去买张彩票。”你忐忑不安地回答。

“买彩票？为什么？”

“我昨天做梦梦见一组数字，就……”

你结结巴巴编着瞎话，你的父亲却轻叹了一声：“是你妈给你说了什么吧？”

“啊？什么？”你满脸迷茫。

“算了，没事，你要想买就买吧，但只买这一次，以后不允许了。”这一次父亲纠结了一下还是选择帮你买彩票。

你长舒了口气，额头上渗出了汗珠，你觉得这种对话比考一天的试还难受。

在你的记忆里你很少跟父亲一起出来，大概也是因为这样，你压根儿不知道要跟他聊些什么。两个人只是一前一后埋头往彩票售卖点走去。

“你想买什么号码？”到了地方，父亲终于开了口。

“02 05 14……”你熟练地背出号码。

父亲也没多说，付了钱买了彩票，便直接回了家。

你兴奋地拿着彩票，思考着这笔钱要用来做什么。

首先肯定是给自己买一些好看的衣服还有文具，对了，手机也要换，一直用父母的旧手机难受死了。

再剩下的钱……

你躲在卧室里想着要如何支配这笔钱，心里不禁乐开了花。

“陈歌。”似乎是母亲下班回来了，她敲了敲你的门示意你出来。

“怎么了？”你藏好彩票，走出卧室，“要吃饭了吗？”

“没有，我们出去吃。”

“啊？为什么？是要庆祝什么吗？”你看了眼手机，现在还不到彩票公布中奖号码的时间，应该不是父亲只听一遍就记住了号码然后发现中了大奖要庆祝吧？

“嗯……就是简单地吃个饭。”

你撇了撇嘴，摆出不信的表情，但你看母亲似乎不愿意多说什么，便说了句：“我去换鞋。”

这一天对你来说，似乎除了买彩票之外就没有什么值得说道的事情了，一切平静如常，和没有超能力之前的生活没什么差别。

和父母在外面吃完了饭，你早早地爬上了床，明天就要回学校上课了，父母怎么都不愿意让自己在家里多待。

大概是中奖的兴奋让你忘掉了早前发生的事情，你觉得自己已经恢复得差不多了，于是也不跟父母争辩什么。

然而躺在床上，你却怎么也睡不着，脑子里纠结着要不要把中彩票的事情告诉父母，以及如何去领奖。但说起来，谁枕头底下藏了五百万会睡得着啊？

……

“丁零零……”

闹钟不知响了多少次，终于把分不清现实还是梦境的你唤醒了，你眯着眼睛从枕头下面摸出手机，一看时间瞬间惊得从床上掉下来。

八点五十？！

迟到了，彻彻底底地迟到了。

“爸我迟到了，你怎么不叫我？！”你穿好衣服跑向浴室，边跑边抱怨，但奇怪的是并没有人回应你。

“爸？”你停住脚步，敲了敲父母的卧室门，无人响应，打开门里边什么人也没有。

“爸？”你找了一圈没找到父亲，但你也没有闲工夫去管他去哪儿了，又匆匆忙忙跑进浴室洗漱。

洗漱到一半，你突然像是想到了什么，停下了洗漱，打了个呵欠恢复了懒洋洋的姿态——

反正都迟到了，还是不去了吧，赶在下午上课前过去好了。

“丁零零……”你的手机铃声响了起来，你跑过去拿起来发现是妈妈打来的。

“喂？”

“你去学校了吗？”

你突然有些心慌，咽了口唾沫：“没有，我睡过头了，刚醒。”

“那还行。”

“啊？”你怀疑你耳朵出了问题，妈妈居然没有凶你。

“你爸爸要走了，正好，你去机场送送他吧。”

“啊？走？去哪儿？”继怀疑耳朵之后你又开始怀疑自己的记忆力是不是出了什么问题。

“是昨晚决定的，你爸爸要去国外的研究所工作了。”

“为什么？要多久？”

“大概三五年吧，昨天晚上我们商量了一下，打算让你在国内读完研之后去你爸爸那边工作……”

“你们商量事情都不征求我的意见吗？去哪儿干什么永远都是你们说了算，我对你们来说就是个傀儡，我不配拥有自己的选择对吧？你们两个商量完就算好了？”你只觉得自己胸口有一团火，小时候也是，他们有任何的变动从来都不会问问自己的意见，只会让你跟着妈妈到处搬来搬去，现在也是。

“陈歌，你冷静……”

“照你们这种做法，那你们两个离婚直接告诉我跟谁就完事了！”

“陈歌！你说的是什么话？！”这话似乎激怒了你的母亲，她深吸一口气，开口道，“你爸一直都想再找个工作，他自尊心强，不喜欢整天待在家里，之前这个国外的研究所就邀请你爸爸过去，他本来想等等看国内有没有心仪的研究所也邀请他，但你昨天买彩票的事情让他觉得自己很废物，挣不来钱，也做不好教育，他甚至弄不明白你为什么要去买彩票，最后想来想去归结为你感觉到了家里的拮据，于是试图用这种方式来补贴家里……”

“啥？哪有人用买彩票的方式补贴家用？”

“你也知道，你爸他是个工作狂，这次能在家里待三个月已经是他的极限了，他很早就想出去工作了，但因为放不下家里才一直在等更适合的，其实跟你没什么关系，他只是给自己找一个理由离开。”

最后一根稻草吗？

谁能想到自己买个彩票居然成了压走父亲的最后一根稻草。

“妈！”你憋不住了，“我没有给爸爸施压，我中奖了，我买的彩票中奖了，大概是五百万吧，你能让爸爸别去了吗？”

“中彩票？”妈妈有些惊讶，但她的反应却丝毫没有你想象中的那么惊喜，“你确定？”

“真的，我等会儿拍照发给你，你可以核对一下最新一期的中奖号码，我真的中奖了，我中奖了爸爸是不是就不用走了？”

电话那头沉默了一会儿，你听到母亲的声音又一次响起：“不会，你要知道爸爸跟妈妈不一样，妈妈工作只是为了挣钱，爸爸工作却更多的是他的爱好，挣钱对他来说只是附带的。他下定决心走，其实更多的是因为他希望有一个供他做研究的地方。”

“所以……爸爸不回来了吗？”

你突然觉得有些无力，时光倒流的能力让你得到了一些东西却也失去了更多。中大奖对于你的父母来说，不过就是湖中落入一颗小石子，惊起一丝波澜之后就继续平静如常。

“这是你爸爸的决定，我们应该尊重他。你现在如果愿意，去机场送送他还是来得及的。”母亲柔声安慰着你。

你吸了吸鼻子，点了点头，意识到母亲看不见你的动作，慌忙开口：“嗯，我现在就过去。”

你抹了把脸，换好衣服和鞋子，想了想去屋子里拿出了那张中奖的彩票放到客厅的桌子上，拿杯子压住。

你看着这张彩票，突然意识到，其实对于自己的父母来说中大奖并不会让他们的生活有什么变化，真正能改变一个人生活轨迹的只有他自己。

【解锁道具：一张彩票】

父亲出国后的第二天，你就回了学校。

“休息得怎么样？”你刚坐好，许诺就笑着跟你打招呼，“这么快就来学校了？不多休息两天？”

“在家里更头疼，还不如来学校。”你揉揉发胀的脑袋，怀疑自己是不是个灾星。自从有了这个能力，自己在哪里，哪里就不得安宁——留在学校老师死了，回家待着父亲走了。造化弄人啊，造化弄人。

“怎么了？在家休息得不开心？”

“差不多吧。”你叹了口气，想了想问道，“如果你中了五百万，你家里会是什么反应？”

“五百万？”许诺耸耸肩，“没什么反应吧，也或许会狂喜？说不准，我没经历过，对这方面其实不是很清楚。”

“白问。”你吐槽。

“怎么一来学校就问我这个问题，难不成你中了五百万？”许诺调侃。

“这倒没有。”你摇了摇头，岔开话题，“这节是什么课？讲台上站着的是老师？怎么没见过？”

“高数课。”许诺压低声音回答，“据说之前的高数老师离职了，这个老师是临时代课的。”

高数……

你听到许诺这么说，心脏不知为何猛地一缩，眼睛一酸差点流下眼泪：李老师不在了啊。

是我没有救下他，是我放弃了。

你看着这个新老师，意识到有些事情对于自己来说可能只是一个选择，但对于其他人来说或许就是生与死、走与留的抉择。

如果当初再重来一次就好了，说不定能够救下李老师，说不定再来学校就不会看到一张生面孔了……

“陈歌？”

许诺轻轻唤了你一声，从抽屉里拿出一包纸巾递给你：“你还不舒服吗？”

“没有。”你泪眼蒙眬地接过纸巾，擦了擦不知何时流下来的眼泪，擤了个鼻涕，假装无事发生过，朝着许诺咧了咧嘴，“我没事。”

“嗯……”许诺见你不愿意多说什么，也就不再打扰你。

……

“陈歌在吗？”

新老师正声情并茂地讲着课，一个女人敲了敲门，小声地询问。

校医小姐姐？

你有些惊讶，不知道校医找自己有什么事情。

“陈歌是……”新老师四处张望着，看见你站了起来笑了笑，“有人找，你先出去吧。”

你点点头，朝着校医走去。

“陈歌，你怎么这么快就来了？你们班主任把假条回执发给我，我才知道你来学校了。”

“嗯，我觉得我休息得差不多了。”

“真的吗？”校医上下打量着你，确定你没什么问题这才松了口气，想了想又开口道，“陈歌，我一直有个疑惑的地方。”

“什么？”

“你怎么知道李老师的事情，而且还是提前知道的？”校医皱起眉头，说出了她找你的真正目的。

“李老师……”

你咬着嘴唇，不知道要不要告诉校医真相，但目前看来似乎除了告知真相也没有其他的解释了。

校医可信吗？能告诉她真相吗？告诉的话难不成以后遇到类似的问题也要告诉别人自己有超能力吗？

不告诉的话自己真的可以圆过去吗？不会引发更糟糕的后果吗？保守秘密真的行吗？自己是不是该考虑找一个盟友呢？校医能

成为这个人吗?

你要不要告诉校医真相?

A. 告诉（请跳转至79页阅读剧情11）

B. 隐瞒（请跳转至83页阅读剧情12）

11

“我不知道怎么说。”你感觉自己有点说不清，“我们可以找个地方好好聊聊吗？”

校医看了你一眼，想了想，点点头：“医务室现在没人，我带你过去吧。”而后又轻轻敲了敲门，对着新老师挤出一抹还算和善的笑容，“我要带这个同学去医务室检查一下。”

“嗯，没事。”新老师十分好说话地点点头，回了个和善的微笑。

“走吧，我们边走边说。”校医拽了拽衣服，让自己显得精神一些。

“其实我也不知道要怎么说，我能够让时间倒流。”

“时间倒流？”校医表情复杂，你说不清这是惊讶还是惊恐，但马上她便收敛了自己的神色，假装平静地问道，“所以你预知了李老师的死亡？”

“准确地说，是我在不断阻止李老师的死亡。”

“死亡？那既然你阻止了，为什么还……”校医有些说不下去。

“我不知道，但我真的努力过，可每次都失败，我搞不明白问题出在哪里。”你皱着眉头回忆着之前的种种，但这些错综复杂的细节却让你摸不着头脑。

“陈歌。”校医站定，双手搭在你的肩膀上无比恳切地开口，“如果你说的都是真的，那我希望你能把你每一次拯救我爸的事情仔仔细细地说给我听。”

“爸？！”你有些后知后觉，其实自己早该想到，校医这么急着找自己，一开口就是问李老师的问题，怎么想他们两个都不应该只是普通的同事关系。

"怎么了？"校医不解。

"没事，我只是突然发现你竟然对我的能力一点儿都不感到惊讶。"

"这没什么好惊讶的，一方面这种能力在小说中早被写烂了，另一方面我爸一直都在做这方面的研究，所以这个世界上出现个拥有让时光倒流的能力的人我也不觉得有多惊讶。"校医冷静而理智地分析着，"但你刚刚说你让时光倒流过许多次，目的就是为了救我爸，那也就是说我爸他不可能死于意外。"

"啊？为什么？"

"很简单，如果一个人第一次死于意外车祸，你只要让他错过那个时间或者换一条路，死亡就不会发生。但是你尝试了多次却无法阻止，这足以说明这是一场谋杀。"

"我还是不懂，每次都有意外这也是有可能的啊？而且为什么一定是谋杀？不会是自杀吗？自杀我也同样拯救不了啊？"

"每次意外的概率太低。我举个例子，一个人第一次死于车祸，第二次避开车祸却死于地震，第三次全都避开却死于失足……你觉得这是不是一个极其小概率的事件？另外，我爸的精神状况很正常，他没有任何自杀的动机。所以我倾向于是谋杀。也正因为如此，我更需要你把每一次的细节仔仔细细、原原本本地全告诉我。"

你想了想点了点头，尽量把之前你所经历的事情原原本本地告诉校医，当然，除了你把李老师推下楼的那次。

"这样啊……不过幸好你没有告诉我爸你有超能力的事情，我真怕他做实验做疯了，抓你过去观察研究。"校医揉了揉你的头，笑得温柔，"不好意思啊，我最近状态太差，爸爸的去世让我一度很崩溃。我一度以为是你害死了我爸爸，这才今天过来找你。不过还好你愿意告诉我实情，我也没有那么冲动。"

校医的话把你惊出一身冷汗，这话的意思是如果自己不说实话她就打算向自己寻仇？

这也……太可怕了吧？

你咽了口唾沫，不由得打了个寒战。

“你怎么了？怎么脸色突然这么白？”

“没什么。”你摇摇头，“那个，你不是说李老师是被谋杀的吗？那你有从中得出什么结论吗？”

“我觉得问题出在电话上。”校医摸了摸下巴，给出了结论。

“电话吗？”你觉得自己有点跟不上节奏，但听校医这么一说，你也觉得这通电话好像确实很有问题，李老师死亡之前必接电话。

所以这通电话是造成李老师死亡的原因吗？

“你先回去吧，不耽误你上课了。”校医拍了拍你肩膀，“我最近要忙我爸的事情，等我这边忙完了我就会来找你。”

“找我？”

“对。”

“我有那么重要吗？”

“当然。”

你心里有一丝微妙的悸动，第一次如此被人需要。你在心里暗暗发誓，有一天你一定要用自己的能力帮助到大家。

成为英雄的梦，似乎在这一刻又一次被点亮。

你点点头，伴随着下课的铃声，异常坚定地开口：“好。”

……

“陈歌？”你刚走没多远，就看见许诺朝你走了过来，“你怎么出去这么久？”

“啊？怎么了？”

“你出去的时候我突然想起他们说校医是李老师的女儿。加上有传言说昨天新闻上的那个人就是李老师，而你又在医务室提前问了校医那种事情，我担心校医会觉得你有问题。”

你突然开始佩服许诺敏锐的观察力，他很委婉地告诉你，他觉得校医可能会把你认定成杀害李老师的凶手，再不济也会是个帮凶之类，因此对你不利。

“没有，校医只是找我了解点儿情况。”

“情况？她是想调查李老师的死因吗？”

“你怎么知道？”

“果然是这样。说实话我觉得任何人遇到这种事都会想弄清楚亲人的死因吧，但这种事情警察会调查清楚的，她为什么要抢警察的活来干？”

“或许，她知道一些警察也不知道的事情，而这些事情警方也不会相信？”你试探性地为校医解释。

“不知道。”许诺耸耸肩，“所以你的意思是，你跟校医达成了同盟，你们两个打算用那些警方不会相信的线索自己去破案？”

“啊？”你又一次被许诺强大的逻辑给震惊到了，你张大嘴巴，好半天才合住。

“看来我猜对了。”许诺笑得有些狡黠，“那我可以加入你们吗？我也想看一看李老师这件事到底能查出来些什么东西。”

你想拒绝许诺，但又觉得他的推理能力实在太强了，如果在隐瞒自己能力的前提下有他的帮助，那事情应该会明晰很多吧？

如果能找出幕后真凶，说不定自己也能更好地了解这个能力，毕竟这种低概率的谋杀如果能成功，凶手一定有着更让人不可思议的能力。

校医好感度+1。（请跳转至105页，继续阅读第二章）

12

“我不知道啊，我只是……做了个噩梦，醒来有点分不清梦境与现实，这才说了胡话。”你胡诌着，面上装作一无所知的样子，但心里却紧张到爆炸。

“是吗？”校医微皱起眉头，“正常情况下，你不应该问我李老师怎么了吗？”

“哦，对了，李老师怎么了？为什么他今天没有来上课？”此刻你说话略带心虚。

“陈歌，你真的什么都不知道吗？”校医眼神变得犀利，让你有些害怕。

“我……真的什么都不知道。”你开始语无伦次起来。

校医看了你一眼，叹了口气：“看来你什么都不愿意告诉我，算了，你回去上课吧。”

你站在原地，看着怅然若失的校医，心里突然有些后悔，你在想自己刚刚是不是应该告诉她真相。

但为了一个人的情绪而去倒流时光，你做不到。受了之前那些事的刺激，你意识到不是每一次倒流都会有好结果，甚至还可能会产生更可怕的后果，倒流的能力还是谨慎使用比较好。

“等等。”

你准备进教室的时候校医又叫住了你，你回过头，一脸迷茫。

“你跟我去医务室一趟吧，我再给你检查检查。”

“再检查？学校有这个规定吗？”

“最近流感严重，我只是尽一下我身为校医的义务，毕竟每一个请假返校的同学都要确保是健康的。以前不需要，但最近特殊时期……”

“好吧。”你点点头，朝医务室的方向走去，一边走一边感慨校医真是负责。

“陈歌！”校医猛地又喊了你一声，像是突然想起了什么。

“啊？”你侧身转向校医，却不想一把尖锐的手术刀就这样捅进了你的胸膛。

你不可思议地睁大眼睛，看着眼前这个温柔的校医，怎么也想不明白她为什么要这么做。

“为……为什么？”你问。

“昨天下午，我爸死了，你知道吗？看你的样子是知道的。有人告诉我是你做的，就算不是你，你也是帮凶。不仅如此，这个人还告诉了我一个秘密，说你有时光倒流的能力。”校医眼里的凶狠渐渐消失，“陈歌，我没有伤到你的要害，你不会立即死亡，但是如果你再不倒流回去，你就真的死了。我不是没有脑子的人，只是一切的一切，都让我有足够的理由相信那个人所说的话。所以，你快倒流吧。”

“我……”你大口呼吸着，努力保持着意识。

“如果你真的能倒流，我希望你再来一次可以选择告诉我你所知道的一切。否则，我会再刺你一次。”校医看着你，松开了手，而后慢慢朝你微微鞠了一躬，“对不起。”她说。

可你已经有点听不清了。

【End：被胁迫的重来】

13

没有身份证买不了，那找个有身份证的人帮忙不就好了？。条条大路通罗马，旱路不通走水路。

你灵机一动，将目光投向来来往往的人群，选谁呢？

老大爷？不不不，他看起来很古板的样子，估计不仅不会帮自己买彩票还会把自己训一通。

上班族？不了，他们看起来行色匆匆估计没有时间来搭理自己。

看起来很悠闲的青年？但这个人会不会太痞气了，总感觉自己会被讹诈。

年轻的女孩？嗯，这个不错，她们心地善良又好说话，自己得到帮助的概率似乎会大一点。

这样想着，你便朝着在不远处排队买奶茶的小姐姐走了过去。

“小姐姐你能帮我个忙吗？”你拦住一个刚买好奶茶的衣着时尚的女孩，她既然愿意排队买奶茶那说明她现在应该挺闲的。

“嗯？怎么了？”女孩眨眨眼问。

“我想买张彩票，但是卖彩票的叔叔说没带身份证不能买，就想让你帮我买一张，可以吗？”

女孩抬头看向不远处的彩票售卖点，微笑着点了点头说：“好啊。你要买多少钱的？”

“一注就好了。”你甜甜地说道。

如果第一次这个人愿意帮自己，那等到自己记下来中奖号码之后再来找这个人就肯定能成功。

“那要买什么号码呢？”

“1234567这几个号码。”你本想开口胡诌几个数字，但又怕自己记不住等会儿买的时候女孩又再次问你闹了尴尬，于是你干脆说了这样一串数字。

“哈哈哈，你家里人买彩票还真是随意。”女孩笑弯了眼，跟着你过去买了彩票。

“谢谢姐姐！”你拿着买好的彩票回了家，其间你一直盯着手机计算着时间。

按理说你的能力是三小时为一段，但当这三小时过去了，剩下的时间会以你开启倒流的时间为准，这是你多次测试的结果。

比如你在早上八点整倒流回去，那么就会回到五点整。

但当你过了这个八点，在今天的晚上十一点半回去，就会回到晚上八点半。

也就是说超过了刚开始倒流回去的三个小时，那就可以重新设定时间段的开启与结束时间。

买彩票的时间是七点，开奖时间是九点半，自己在获取中奖号码之后立刻返回去，则是在下午的六点半左右，之后再拿出自己存钱罐里的所有现金，拜托别人买五十注甚至一百注的彩票……

“你不是晚上在外边吃吗？怎么回来了？”爸爸从厨房走出来打断了你的思路。

“哦，临时取消了我就回来了。”你越来越擅长撒谎了，面不改色地编造着理由。

“嗯，那等会儿你妈回来了一起吃饭。”

“嗯。”你看着手机头也不抬，专心查着哪里可以看到最新的彩票开奖资讯。

一切准备就绪，就等着开奖之后倒流回去了。

三分钟后你放下手机，深吸一口气抑制着跳得越来越剧烈的心脏，面无表情假装平静地坐在沙发上切换着频道。

“你妈妈路上堵车，还要半个小时才回来。”爸爸从厨房走出来，抽了张纸巾擦了擦手。

“嗯。”你点点头，想了想又开口道，“爸，如果你突然有了几千万，你打算怎么花？”

“几千万？”爸爸摸了摸下巴，“我大概会想办法在家附近弄个实验室，继续我的研究吧。这样就不用到处跑，也不用离开家太久了。”

“无聊。”你嘟囔，别的人有了这么一大笔钱要么存银行拿利息一辈子不愁吃喝，要么买各种各样喜欢的东西，而你爸爸居然还想着工作。

……

时间过得很快，从七点到九点半也不过两个多小时的时间。你的父母在客厅聊着天看着电视，你自己则待在卧室准备好纸笔等待着电脑上的直播开奖。

电脑时间有些不准，快了整整三分钟，不知道是谁在你不在的时候乱动了电脑。你叹了口气，有些不爽，想把时间调正常，但还没来得及调好直播便开始了。

“02 05 14 22 ……”你中断了时间的调整，眼睛一眨不眨地盯着电脑，连呼吸都不由得放轻了许多。

“陈歌。”妈妈很不适宜地敲响了你的房门，你被这突如其来的声音吓了一跳，但眼睛依然盯着屏幕。

“干什么？！”你有些生气地回应。

“我们有些事想跟你聊聊。”

“等会儿！”你皱紧眉头，手里的笔依然不停。

“爸爸要去外地工作了，要很久，大概三五年。”似乎听出了你的不耐烦，妈妈直接在门外问出了问题。

你的笔一下子停住了，你突然想起小时候跟着妈妈搬来搬去的日子。你瞥了眼时间，放下纸笔打开门，整张脸皱成一团：“为什么？他不是辞职了吗？”

“有另一个地方邀请他过去做研究，这次有点远，可能要出国。”

你沉下脸，想起下午爸爸说自己搞个实验室就不需要离家太远了，突然意识到钱的重要性。

下午的时候你本打算买一注中点小钱，但这下你突然意识到一注的奖金远远解决不了你家里的问题。

要买很多注才行。

你点点头，故作冷静地开口：“嗯，我想想。”

关上门你冲到电脑前，卡着时间迅速记下最新的中奖号码，盯着手机上的准确时间，在九点五十分的时候回到了三个小时前。

六点五十。

你猛地从床上跳下来，随手披了件大学校服外套跑出卧室，看也不看客厅的父亲，边换鞋边说：“爸我出去一趟，大概一个小时后回来。”

“你不是不舒服吗？怎么不好好休息往外跑……”

爸爸的话还没说完，你便关上了家门。

快点快点……

你朝着彩票售卖点一路狂奔，一来你怕自己忘记了脑子里记的数字，二来你怕你错过第一次帮你买彩票的姑娘。毕竟再找个人帮自己买彩票风险太大，蝴蝶效应的结果总是让人猝不及防，自己还是选择最简单的做法比较好。

“小姐姐！”你气喘吁吁地拦住上次那个买完奶茶的姑娘，“可以……可以……请你帮我个忙吗？”

“什么忙啊？”女孩弯着眼睛问。

“我想买彩票，但我身份证忘带了买不了，而且我回去拿身份证的话时间赶不上，你能不能帮帮我？”

“你是让我帮你买彩票吧？好啊！”女孩跟第一次一样痛快地

答应了。

“你要买什么号码？”

“02 05 14 22……”你背着号码，“对了这个号码我要买三十注！”

女孩停下了喝奶茶的动作，似笑非笑地看着你问：“就这一个号码买三十注吗？”

“不是，还有一个号码也要买三十注。”你像是怕被看破能力般，咽了口唾沫又说了上次说的号码，“123456……”

“你确定？”

“嗯，这是他们要我买的我也不知道为什么。”

“哈哈哈，你家人真有趣。不过既然你买这么多那我也买几注好了。”女孩跟着你来到买彩票的地方，将中奖号码和你胡乱编的各买了三十注，自己也买了十几注，递给你的时候女孩随口问：“你是若曼大学的学生吗？”

“啊？你怎么知道？”

女孩努努嘴：“我弟弟也在若曼大学上学，他的校服跟你身上穿的一样。”

“是吗？”

“他叫秦俊，你认识他吗？”

“哦，他是我的班长，人很好，原来你是他姐姐啊？”

“对啊。”女孩笑眯眯地看了眼手机，朝你摆了摆手，“不早了我要回去了，小姑娘再见。”

“嗯，拜拜。”你也朝她招了招手，拿好自己手里的彩票，想了想，到附近的垃圾桶前扔掉了那组1234号码的彩票。

自己是不是太小心了？怕别人起疑居然浪费了五十多块钱。你看着垃圾桶里的彩票不禁为自己的多疑感到无奈。

但无论如何，以后你再也不用面临搬来搬去的生活了。

跟之前有所不同，你的母亲这次没有来敲门，反倒是晚上快十点的时候有人给你打了通电话。

“喂？”

“我是秦俊的姐姐，白天的时候我帮你买了彩票你记得吗？”

“嗯，怎么了？”

“我给你彩票的时候好像给错你几张。”

“啊？你慌忙拿起桌上的彩票跟开奖号码核对着结果。”

02 05 14 22……

前几注数字没有问题，但后边十注却差了个数字。

怎么会这样？那个女孩改了你几个号码买了十几注，但没想到她却给错了。也怪自己没有好好检查。

你看了眼电脑右下角，上边显示着九点五十，正好是自己倒流的时间，看来已经倒流不回去了，看来只能让那个女孩还回来了。

“那你能还给我吗？”你问。

“好啊，我正好在外边，你给我说一下你家地址，晚一点我给你送过来，到时候你记得下来拿。对了，你记得把你买的彩票都拿出来。”

“为什么？”

“因为我比较马虎，我不太记得自己买了什么号码，哪个又是你的，到时候我要核对之后才能把你的彩票给你。”

“是吗？”你想了想觉得这个人的说法似乎没什么问题，于是你便开口说出了自己的小区地址。

挂了电话之后，你心里开始有些忐忑不安，你突然有些后悔告诉那个女孩你的地址。但一想反正在自己家门口应该不会发生什么事，而且人家白天也帮过自己，自己现在这样疑神疑鬼的也太不尊重别人了。

你深吸一口气，坐在电脑前，想看些视频换换脑子，结果却什么都看不进去。

没多久，手机又一次响起，你接通电话说了声自己马上下去，便忙从椅子上跳下来。

会有危险吗？

你有些不安，但仔细想想你九点五十是待在卧室里的，如果出了意外自己也能回到卧室，应该不会有什么危险。想好了这些，你好像突然没有那么紧张了。

走到客厅换鞋的时候你有些犹豫要不要告诉父母自己中彩票的事情。但你想了想觉得等到他们需要钱的时候自己突然拿出一大笔钱，把他们全都吓一跳才好。

这样想着你的心情一下子变得愉悦起来，你轻哼着小曲儿往小区外走。

“小妹妹！”

你刚从小区出来就看见一个人在小区对面的马路边朝着你招手。

是白天那个小姐姐！

你忙跑了过去，从口袋里拿出错误号码的彩票递给她。

“你把所有彩票都带出来了吗？”女孩一边接过你递来的彩票一边问。

“啊？没有，我只把你的彩票拿出来了。后来我想了想，我觉得我记得自己号码是什么就好了，我直接背给你，你直接找到给我就好了，再说了这些彩票在我父母那里，我又不好再问他们要出来，只能要出来有错误的号码了。”

“哦哦，你说得对，之前我脑子没转过来。”女孩像是恍然大悟一般，笑得有些尴尬，她将彩票塞进口袋，然后从包里拿出一沓彩票问：“你把你的号码给我背一遍吧？我找找哪个是你的。”

“02 05……”

“不好意思啊，这边好像有点太暗了我实在是看不清，我们往那边走走吧？”女孩指着不远处的路灯，恳求道。

“哦。”你点点头，跟着女孩往前走，刚走两步你的手机震了两下，你低着头边走边打开信息。

“陈歌你怎么认识我姐姐的？她刚刚问我要你的手机号了。”班长给你发来了微信，“她是我爸前妻的女儿，很早就辍学了，现在跟着她妈妈整天问我爸要钱，据说还认识一些小混混，刚刚她找到我逼问你的电话我就给了，实在对不起，你一定要小心啊。”

你看完信息诧异地抬起头，还没来得及说话，眼睛和嘴巴便被一个人从后边给捂住了。

你奋力挣扎着，听到女孩的声音在你耳旁响起：“小心点！她手里还有好几张中了奖的彩票！”

我被绑架了？！

你心底一凉，刚想着要倒流回去，没想到此刻有人的声音响起。

“喂！你们在干什么？！”

然后便是女孩跟另一个男人的声音。

“怎么办？有人来了。”

“她认识我，不能放她走！”

“可是带着她我们跑不了。”

短暂的沉默，接下来不知谁猛地推了你一把，你的身体不受控制地向前扑去，紧接着你的眼睛恢复了视力，你看见在刺眼的光亮中，一辆车朝着你疾驰而来。

回去！

回去！

回去！

你来不及考虑什么，脑袋里只有这两个字。

……

你的眼前一片漆黑，你听到女孩的声音在你耳旁响起：“小心点，她手里还有好几张中奖的彩票！”

等等，怎么回事？

你只觉得自己心跳变得越来越快，无法改变的命运朝你袭来。

“喂！你们在干什么！”

……

回去！

……

“小心点，她手里还有好几张中奖的彩票！”

……

你只觉得你的脑袋要炸了，你终于明白了原因：你的电脑快了三分钟。

你出来的时候是九点五十，实际上是九点四十七。而你被袭击的时间则正好是九点五十。

这一次，无论你怎么倒流，回到的永远是这个开启倒流的时间。

倒流，被袭击，被撞，倒流，被袭击，被撞……

你在这几分钟里无限地重复，停止倒流就是死亡，继续倒流就是不断重复。

你再一次看着眼前刺眼的光亮，疾驰而来的车让你无法停止“回到过去”的诉求。你在这一分钟的时间里进行了无数次循环。

【End：无法停止的循环】

14

谁能想到拥有超能力的自己离成为千万富翁居然差一张身份证。你有些失落，看来买彩票的计划只能搁置到你成年的那一天了。

你叹了口气，不过仔细想想也没什么，自己家比上不足比下有余，虽然不至于大富大贵但却也没到缺钱的地步。自己呢，现在也不愁吃喝，成为富翁这种事情，还是等以后再考虑吧。

你买了杯奶茶，自我安慰着，然后在附近的商场到处转悠，却看见蹲在商场角落里的一个熟人。

“许诺？”你走过去看着蹲在地上垂着脑袋的人，有些担心，“你怎么了？”

“啊？”少年脸色苍白地抬起头，看见是你，咧开嘴角，有气无力地笑了笑，“没事，有点低血糖而已。”

“啊？那怎么办？”你摸着口袋，“我身上也没有糖……哦奶茶，我刚买的奶茶，你快喝一口。”

许诺看着你递过来的奶茶有些犹豫，你忙解释道：“我刚刚喝了一口，你要是嫌弃我去给你再买一杯，不过估计要排很久的队……”

“我不嫌弃。”许诺朝你感激地一笑，接过奶茶嘬了几口，“谢谢，我好多了。这个奶茶……你也喝不了了，我买了吧。”

许诺说着摸了摸口袋就要给你钱，你忙摇了摇头拒绝道：“不用，十几块钱而已。”

“我不是很喜欢欠别人人情。”许诺从口袋里拿出几张零钱，认认真真地整理好递给你。

你有些尴尬，接也不是，不接也不是，纠结了半天你还是把钱推了回去。

“没事，下次你请我喝就好了。”你坐在地上跟许诺说着话，等他从低血糖的状态缓过来，“我听班长说你也请假了？”

“嗯。”

“是哪里不舒服？”

“没有。”许诺舔了舔嘴唇，“我有点不放心。”

“不放心什么？”

“我总觉得你有什么事情瞒着我，我有点不放心就打算请假买点水果去看看你，或者问问你的情况也行，结果问了一圈没问出来你的住址，我自己还突然低血糖有些发晕……”

“我没事的，你不用担心我，我可比你强壮多了。”你伸手拍了拍许诺的背，一副“我是你大哥”的模样。但其实你在许诺说出这话的一瞬间，那些你不想想起的事情就开始在你的大脑里飞速闪过。

狰狞的表情，无力的结局，哭喊的声音，血色的景象……

你突然有些心悸，捂着胸口抑制着怦怦乱跳的心脏。

“可你的表情并不像没事。”许诺似乎恢复了点体力，声音不像刚开始那样虚弱。

“我……”你有些犹豫，许诺似乎看出来了什么，他的观察力足够敏锐，能够轻松看出这其中的问题。

你咬了咬嘴唇，不知道要不要告诉许诺真相。欺瞒过去真的没问题吗？依许诺的脑子他应该很快就能识破吧？但是要告诉他吗？让他知道这种事情对自己有利吗？如果自己因此惹上更大的麻烦怎么办？但看起来许诺似乎也不是大嘴巴的人，他足够谨慎也足够聪明，日后他是不是可以帮到自己呢？

你要告诉许诺关于你超能力的事情吗？

A. 告诉（请跳转至97页阅读剧情15）

B. 隐瞒（请跳转至102页阅读剧情16）

15

将超能力的事情告诉许诺也不一定是坏事。许诺拥有极其敏锐的洞察力，之后遇到事情或许可以找他帮忙。

“其实……”你不知道从哪里说起，也不知道该怎么说，“我知道有些事情说了你可能不太相信，或者说大多数人都不怎么相信，但是这事确确实实就这么发生了。”

“你在说什么有的没的？”许诺被你的话绕晕了，“你这么说好像你有超能力了一样。”许诺笑着调侃。

“是的，你猜对了，我有超能力。”

许诺：……

你看见许诺脸上的表情从刚开始的调笑变成僵硬，之后又变成惊讶……如同川剧变脸。

“你在跟我开玩笑？”

“你看我的样子像是在开玩笑？”

“你喝酒了？”

“我不喝酒！”

“你做梦做傻了？”

“你才傻了！”

“那你……”

“你怎么就不信呢？”你有些无语，本想严肃认真地跟他说一说，讨论一下如何正确使用这种能力，结果倒是快被他给气笑了。

“嗯……那我就假定你现在一切正常且你说的话也是事实，你继续，我尽我最大的努力去理解。”

你本想吐槽一下，但看到许诺认真了起来便也认真地开始回忆：“我不知道这些事要怎么说，但是今天这一天，我至少度过了三次，不，远不止三次……”

"时光倒流？"

"你也可以这么说。"你咽了口唾沫润润干燥的嗓子，"你看今天的新闻了吗？"

"新闻？什么新闻？"

"学校不远处有教师跳楼身亡事件。"

"刚在班级群里听说了，怎么了？"

"如果我没猜错的话，那个人应该是我们的高数老师。"

"什么？！"

"我有试过救他，不止一次。"

"照你这么说，你拥有这个能力，老师却还是身亡了，所以应该是老师会以各种方式死去吧，你救不了他？"

"嗯。"你惊讶于许诺的冷静与理智，他听到这些消息如同听到了一个不相关的案件，理智分析不带任何的感情。也许是因为他刚刚转学过来对老师没什么感情吧。"说实话，我不信邪，但遇到这种事我还是会有些怀疑，会不会是有些人注定要死亡，就像是《死神来了》的剧情一样，无论怎么干预，无论怎么拯救，都无法阻止死亡。"

"你说这话的时候就已经信邪了。"许诺忍不住笑道。

"不是吗？那除此之外能怎么解释？"

"意外只有一次，如果是失足跌落你重来一次确实可以，但如果这是自杀或者谋杀呢？如果这个人患有重度抑郁，你想要拯救，只能对他进行心理疏导，一味地倒流是没有用的。但如果是谋杀，或许凶手早有安排了也说不定。但面对拥有倒流能力的你来说，凶手的行凶难度确实会变大，但并不代表不可能。不过总的来看，我个人倾向于这个老师有心理问题，所以他的死亡你才阻止不了。"

"不，老师很健康，而且他都打算去俄罗斯了，他还说他要跟朋友一起过去做研究。"

“朋友？”许诺皱起了眉头，“问题会不会出现在他这个朋友身上？”

“怎么会……等等，我记得李老师在死亡前接了一通电话。”

“什么电话？”

“好像是关于前往俄罗斯的电话，来电的应该就是老师的那个朋友。”

“陈歌。”许诺站定，眼睛直直地盯着你，“你真的想弄清楚李老师的死因吗？”

你有些犹豫，但想了想还是坚定地点了点头：“我想。”

“既然这样，那我也愿意陪你一起弄清楚。”许诺开口，语气无比坚定。

“为……”你想问他为什么，但想了想改口说了声，“谢谢。”

“这没什么，你愿意把你的秘密告诉我，我也愿意帮帮你。”许诺咧开嘴角，笑得如同你早上见到他时那样的让人心安。

……

或许是出现了一丝转机，你的心情终于没有那么压抑了。大概也正是因为这样，第二天一大早你便精神百倍地前往学校。

“陈歌！”

在校门口你被人叫住，你回过头四处张望了半天也不知道谁在叫你。

“我在这儿！”你的肩膀被人拍了一下，你才发现叫住你的是校医小姐姐。

“校医？”你有些惊讶，“有什么事吗？”

校医摸了摸下巴，拽着你往人少的地方走：“我想问问你关于那天你预知了有人死亡这件事是怎么回事？”

“啊？哪天？”你努力回忆着，这才想起在李老师出事前你曾问过校医有没有坠楼事件。“那天我在医务室的床上睡着了，做了个梦，那个时候太迷糊了，有点分不清梦境和现实才这样说的。”

“是吗？”校医将信将疑地看着你，“我在调查我爸的死因，如果你有线索希望你及时提供给我。”

“你爸？李老师？”

“嗯？你怎么知道是李老师？报纸上还有学校里都没有直接告诉大家坠楼者是谁吧？”校医本想离开，听见你的话待在原地站定，皱起了眉头。

“我……我只是听说。”

“听说？”校医双手环抱胸前，居高临下地看着你，“陈歌，我希望你能提供给我尽可能多的信息，不然我有理由怀疑是你做了这些……”

“不是我。”你咬着嘴唇，想着该怎么回答校医的问题。

“跟陈歌没关系。”许诺不知从哪里走了过来，看样子似乎听到了你们大部分的对话，“陈歌回家的时候我也请假回去了，那段时间我一直跟她在一起，她没有问题。不过你想调查你爸的死因，正好陈歌也想，她在去医务室之前是跟李老师接触过的，李老师告诉她自己要去俄罗斯，结果没过多久李老师就坠楼了。陈歌觉得这里边有些蹊跷，我们打算进行调查，如果你愿意配合我们，我们倒是可以分享一些线索给你。”

校医抿着嘴，像是在思考着利害关系，半晌她点点头：“好，我愿意跟你们合作，如果你们真的可以查清楚的话。毕竟父亲的很多东西并不能告诉警方，对于警方来说，在缺失许多关键信息的情况下调查起来确实有点难度。但跟你们不一样，我可以选择保留我的秘密，只获取你们所知的线索，自己进行推断。”

“可以的，如果你借用我们的只言片语就能查出真凶，那我们也算是做了件好事，你说对吧？”许诺看向你，笑得神秘。

你不知道该说是还是不是，于是你机智地选择了闭嘴。但从这一刻开始，你突然有一种莫名的预感，你踏进事件的那一刻就意味着你再也踏不出来了。

许诺好感度+1。（请跳转至105页，继续阅读第二章。）

16

“没有，我只是有点不舒服。”你逃避着话题，眼睛有点不敢直视许诺。

“我已经恢复好了，你不舒服我送你回去吧？”许诺从地上站起来，朝你伸出手要拉你起来。

你把手递过去，朝许诺感激地笑了笑。

“对了，你稍等我一下。”许诺把你拉起来后匆匆忙忙朝着不远处走去。

你有些迷惑，但想了想还是待在原地，没多久许诺捧着一杯新奶茶朝你走了过来。

“喏，还你一杯新奶茶。”

你看着这杯奶茶有些啼笑皆非，这个人也太认真了吧。

“新口味，不试试吗？”许诺见你不接，有些失落地问。

“当然要试。”你接过奶茶，喝了一小口，觉得味道有些奇怪，但也不算难喝，于是又喝了一大口。

“话说……”许诺跟着你朝你家的方向走去，“你有没有觉得奇怪？”

“奇怪？什么？”

“有些地方你明明没有去过却知道怎么走，有些事情明明没有发生过却记得有过……比如我总有一种你把某个老师推下楼的印象。”

你被这话惊得一身冷汗，你又喝了一大口奶茶，假装若无其事地笑道：“你做梦了吧？”

“这倒不是。我在想会不会有人有时光倒流的能力……”

什么？！

你没想到许诺居然一下子猜了出来，瞬间心跳的速度加了一倍。

“你这么紧张干什么？你不会真的有时光倒流的超能力吧？”许诺跟你开着玩笑，可你却一点儿也笑不出来。

“怎么会……”你大脑有些死机，除了矢口否认，你不知道自己该说些什么。

“说起来，你知道很多拥有超能力的人总会有一些致命的弱点吗？比如拥有时光倒流能力的人只能倒流回三个小时前……”

什么？！

这已经不是猜的范围了吧？

你睁大眼睛，不可思议地看着许诺，你觉得这个人突然变得有些可怕：“你怎么知道？”

“我不仅知道这些，我还知道你自己都不知道的东西，比如……”许诺低头看了眼手机，“你知道自己的能力在59分到整点这一分钟内是会失效的吗？”

“你……”

你不知道说什么，你只觉得自己心悸得厉害。

回去，回去！

这个人很危险。

回去，我要回去！

这一次，不管你怎么挣扎都只能待在原地无法动弹。

“你到底是谁？”你咬着牙问道。

“未来人。”许诺微微一笑，带着轻蔑的神色，“因为你，不，因为你周围的人，未来变得一塌糊涂的未来人。”

“未来……”你机械地重复着他的话，你对一切感到无比迷茫。更关键的是，你不知道要怎么做才能拖过这失效的一分钟。

“你是在想怎么拖延过这失效的一分钟吗？”许诺笑得更加轻蔑，“放心，我是不会让你溜掉的。那杯奶茶，你是不是喝到奇怪的味道了？那个味道就是让你无法熬过这一分钟的东西。”

“你……”你觉得喉咙像是着火一般难受得厉害，想说什么却说不出来。

“你不用质问我什么，我只能告诉你，你在过去，也就是现在，利用超能力给了你自己以及身边人无数的优待，但在未来，这些人这些事却害死了成千上万的人。你，死不足惜。”许诺咬着牙，他的眼睛里除了愤怒与憎恨你看不到其他的东西。

你不懂，也猜不到未来会发生什么，你突然觉得自己有些累了，你有些站不稳，摇摇欲坠间你问了一个问题：“我真的，有那么穷凶极恶吗？”

没有人回答你，你只听到自己身体摔到地面的声音。

【End：未来的罪人】

第二章 暗涌

（温馨提示，阅读本章节时，请计算每次选择对于不同人物的好感度变化，不同人物的好感度数值将影响最终的结局走向。）

01

“很简单，我认为问题出在李老师死亡之前的那通电话上。”你和许诺以及校医坐在医务室，听了一遍你的描述后，许诺阐述着他的看法。

校医皱了皱眉头，显然她有点不太乐意听到“死”这个字眼，许诺的这番话总是让她想起自己已经失去父亲的事实。

“我同意你的说法，但问题是……”校医看了你们两个一眼，从包里拿出一部四分五裂的手机，“这部手机也跟着摔坏了。”

“如果只是屏幕碎裂的话，是不影响获取信息的，只要跟电脑连接就行。”许诺接过手机，仔仔细细看了一眼，“这部手机里边也有受损，现在确实是没法使用了，但问题不大，我认识擅长修手机的人，我找他帮忙修复一下，估计就可以用了。”

“真的吗？你怎么谁都认识啊？”你突然对许诺敬佩起来，这个人不仅具备成为侦探的潜质，居然还十分擅长交际。

许诺不知道该怎么回你的话，于是将话题转向校医，“你是怎么拿到李老师的手机的？按理说不应该在警方那里吗？”

“因为已经认定是自杀了，所以就没必要继续调查了。”校医长叹了口气，“没有其他人的痕迹，摄像头除了拍到我爸没有拍到其他人，目击者也只看到我爸一个人……其实我也认可警方的调查结果，只是，我有点不甘心，我在想会不会是凶手利用了什么超能力之类的……啊，不好意思，我爸在这方面研究得太多，我自己也有点魔怔了。如果我能弄清楚爸爸最后一通电话的内容是什么，对我来说大概就足够了。”校医看向你和许诺，眼睛里似乎藏着意义不明的东西。

“嗯，我会尽快弄清楚最后一通电话是谁的。”

“那就好，希望不会在弄清楚这个人是谁之前，这个人就意外消失了。”校医看了你一眼又看了许诺一眼，而后对你笑道，“你说是吧？”

“嗯，是。”你有些搞不清楚校医在说些什么，只好僵笑着应和。

“那……我就先回去了。”许诺站起身朝你和校医摆了摆手，头也不回地离开了。

你看着许诺消失的背影，在心里长舒了一口气：不知为何，许诺跟校医之间总有一种剑拔弩张的感觉。或许是许诺对你？校医对你？你搞不清，但你觉得三人小组的气氛总是显得过于紧张和不安。

“我也回去了。”你朝校医笑笑，背好书包准备离开。

“陈歌。”校医叫住你，左右看了眼，开口道，“如果出了什么情况，我还是希望你能用你的‘能力’告诉我。我没能救下我爸，但我希望能救下其他人。”

你不知道说什么，只是鬼使神差般地点了点头。

说实话，你总觉得校医和许诺两个人都是各怀目的地来调查这些事的，跟他们说出来的那些理由比，你总觉得他们还有更自私、更不可告人的目的在，只是这目的是好是坏你无法得知。你所能做的，就是在不断地相处、调查中，选择出最应该相信的那个人。

唉……为什么自己会被卷进这种事情啊，你只想靠着买彩票当一个普普通通的亿万富翁啊！

你仰天长叹，只觉得心力交瘁。

“嗡嗡……”

手机震动起来，你拿出手机发现是许诺打来的，你弄不明白许诺为什么刚离开就要打电话给你，难不成是什么事忘记说了？你略带疑惑地接通电话，电话那头传来许诺急切的声音：“陈歌，我刚刚把最后一通电话恢复了。”

“啊？这么快啊？”

“因为维修的地方就在学校附近，而且只是小问题，这些不是重点，重点是我希望你过来一趟，我有些话想跟你说。”

“过去？为什么？电话里不能说吗？”你问。

“嗯……也不是不可以，只是我觉得电话里可能容易说不清楚。”

你要过去吗？

A. 过去（请跳转至108页阅读剧情2）

B. 要求在电话里说（请跳转至110页阅读剧情3）

02

许诺好感度+1。

“好吧，那你把地址发给我，我马上过去。”你挂了电话，看了眼时间，三个小时前你并没有使用过超能力，所以无论发生什么你都可以回到三小时前。

确定了这些，你便朝着许诺发给你的地址走去。

“陈歌！”你远远地便看见朝你挥手的许诺，他手里还拿着一块小蛋糕，看见你过来，他立马一路小跑到你面前把小蛋糕递给你，“栗子蛋糕，很好吃的。”

“为……”

“你怎么总喜欢问为什么？”许诺打断你的话，有些头疼地揉着太阳穴，“你晚饭肯定没吃，我怕你饿着，就留了一块蛋糕给你，好让你能坚持到结束。”

你被许诺的话逗笑：“几句话的时间，我还不至于饿死。”虽然嘴上这么说着，但你还是伸手接过了小蛋糕。“对了，你要跟我说什么？”你吃了一口蛋糕，想起过来的主要目的。

“这个。”许诺打开手里的纸，那上面是一张用黑白打印机打出来的照片，“这个人你有印象吗？”

“这个人……”你放慢咀嚼的动作，努力在大脑里搜寻着相关信息，“有一点。”你答，“这个人是我爸的同事。”

“同事？”

“对，不过前段时间我爸跟他吵架，闹得很不愉快，我爸就离职了。在他们两个闹不快的那段时间，这个人来过我们家几次。”

“来你们家？做什么？给你爸赔礼道歉？”

“不是，找我爸继续吵架。”

“噗……”许诺没忍住，笑出声来，“哈哈哈，搞研究的人都这么有意思吗？”

你耸耸肩表示无奈：“不过你是怎么知道这个人我可能会认识的？”

“我不是说了吗，之前你跟你妈来回搬的时候，我跟你是朋友，你当时告诉过我你爸爸的工作地点。正好我把最后一通电话的手机号查出来之后，顺着手机号搜索到了这个人，进一步地搜索之后发现他跟你爸爸是同一个工作单位的，就抱着试试看的心态把你喊了过来。”

“试试看？你是真的记性好，要是你记错了，或者我爸中间换工作了，我这三十多分钟的路程可就白走了。”

“但只凭一个名字问你，万一你想不起来不就更耽误了吗？而且我也想好了，如果让你白跑了，大不了请你喝杯奶茶……不过事实证明我的判断还是正确的。”许诺扬起脑袋，满脸骄傲。

“请喝奶茶？我这么好打发啊？”你笑着回应，看了眼时间发现不早了，事情解决了，你也不打算跟许诺这么耗下去，于是挥了挥手打算离开。临走前你突然想起一件事，问道：“我们之后要去联系这个人吗？我爸可能还有他的联系方式，应该……有吧，如果他没有一气之下删掉的话。”

“你忘了我也有？我可是从李老师的手机上直接拷下来的电话啊。”许诺笑得有些无奈，“你不用操心了，明天我们去找校医，把事情跟她说清楚，然后我们再一起决定要怎么办，我总觉得校医对你有种不信任感，也或许是对我，或者干脆是对我们两个。所以我觉得在这些事情上还是坦诚相待不要贸然行动比较好。”

“嗯，好。”你点点头，看向已经暗下来的天空，你不知道这些事情会迎来朝阳还是更黑暗的夜色。

（请跳转至112页继续阅读剧情4）

03

许诺好感度-1。

“没事，你慢慢说，我不急。”你看了看四周，“我这边距离你有点远，我怕回家晚了被家里人骂。”

“嗯，那我就直接在电话里说了，你认识周国成这个人吗？”

“周国成？”你总觉得这个名字你好像在哪里听过，又好像没听过。你在脑海里搜寻了半天也没搜寻出什么来，只好抱歉道：“没什么印象。”

“是吗？”许诺抬高了音量，你不知道他这话是吃惊还是表达失望，但马上他又追问道，“你去网上搜一下这个名字，看看他的照片，你确定不认识吗？”

你打开手机浏览器，在搜索界面迅速输入“周国成”三个字，而后你在一张张照片中看到了一张熟悉的面孔。

“如果你说的是那个鼻子很大、眼睛下有颗小痣的周国成，那我确实认识他。”

“真的吗？”许诺的声音明显兴奋起来。

“嗯，我爸就是因为跟他闹了不愉快才辞职的，他中间有几次上门跟我爸争论对与错，后来我爸争不下去，一怒之下就离了职。不过你是怎么想到问我这个人的？你怎么就觉得我可能认识他呢？”

“你没把网上的资料看仔细吧？下边有写他的工作单位，和之前你给我讲的你爸的工作单位一模一样。”

“是吗？那么久的事情没想到你居然记得这么清楚。”

“也没有，你的事情我记得都挺清楚的。”许诺在那边笑着调侃。

你脸突然有些红，慌忙岔开话题：“那我们之后就是要去找这个人问清楚吗？”

“不急，跟校医说明白了，我们再决定怎么过去。我总觉得校医对你有种不信任感，当然也有可能是对我，或者说，是对我们两个，反正我觉得大家还是坦诚相待比较好。”

“嗯，好。”你挂了电话抬头看着暗下来的天空，突然觉得事情似乎变得复杂起来了。

（请跳转至112页继续阅读剧情4）

04

“我们已经查到这个人是陈歌爸爸的前同事周国成，不知道你对这个名字有没有印象。”

“有一点，我只知道他跟我爸之前有一起做过研究，后来研究失败大家就各奔东西，我爸是当了教师，他好像还在实验室里工作。但我对他这个人几乎没什么印象，只知道有这么一个人。”

“那你打算怎么办？我可是把线索全告诉你了，直接省去了你查电话查人查工作地点这些中间环节，希望你不要太让我们失望……”

你到医务室的时候许诺已经跟校医聊了有段时间了。

“不好意思，今天轮到我打扫卫生了，过来得有点晚。”你道了个歉之后默默地坐在一旁，像是开会迟到的小职员一般畏畏缩缩。

“陈歌，我打算去找这个周国成聊聊，你愿意跟我一起去吗？”

“啊？”突然被点名，你有些被吓到，“当然，我们是一个小团队，大家当然要一起行动啊。”

“不，我的意思是，只有我去找周国成，或者我和你两个人一起去。”校医看了眼许诺，“许诺不认识周国成，也跟周国成没什么交集，我觉得许诺就不用去了，没什么必要。”

你看向许诺，他倒是表现出一副无所谓的样子，耸了耸肩逃避尴尬般地低头玩着手机，划拉了几下，头也不抬，将身旁校医的包挪了个位置。看起来像是在发泄，又像是那个包确确实实挡到了他。

你又看向校医，校医低垂着眼睛观察着许诺，像是在看一个闹别扭的小婴儿。似乎意识到你在看她，校医抬起眼，微笑着看向你，露出一副催促你快点做出选择的表情。

这情景，仿佛修罗场一般。

“我……”

你咽了口唾沫，做出了自己的选择：

A. 不去（请跳转至114页阅读剧情5）

B. 和校医一起去（请跳转至118页阅读剧情6）

05

校医好感度-1，许诺好感度+1。

“我……”你看了眼校医，又看了眼许诺，“我就不去了吧，这种事情有校医姐姐就足够了，我过去说不定会添乱。”

校医盯着你看了两秒，然后似笑非笑地点点头：“好吧，那我就一个人过去了。”

校医起身，拿起自己的包，朝你们挥了挥手，交代了几句便离开了。

“那……开会结束，我是不是能回家了？”你看了眼丝毫没有动身意思的许诺，弱弱地问。

“还没有。”许诺笑得有些狡黠，“我在她的包里放了部手机。”

“手机？”

许诺点点头，拿起手中的显示着“正在通话中”的手机，咧嘴一笑：“这个叫简易版窃听器。”

“天。”你惊呼，突然想起校医让你做出选择的时候，许诺发泄般挪开校医背包的动作，原来那不是发泄情绪……

“你为什么要这么做？校医回来她会告诉我们聊了什么的。”你不解。

“好奇而已。”许诺把手机放在桌子上，“我参与一件事就一定要弄清楚真相，不是别人告诉我的真相而是自己亲自推理出来的真相。”

你微张着嘴巴，看着一脸正义的许诺，张了张嘴吐槽道：“你……好中二啊。”

许诺：……

“我还以为你会说我很有侦探气质……”许诺扶额，“算了算了，中二就中二吧，人不中二枉少年。”

“不过你放了这个，那我要是跟校医一起过去，我们说了什么你岂不是在这边也听得一清二楚？”你突然想起了刚刚的修罗场，不禁庆幸自己选择了不去。

“对啊，所以你要是在我背后说我坏话，我可是会听得一清二楚哟。”许诺学着电视里坏人的表情说着话。

“我才不会在背后说人坏话。”你不服气地嘟起嘴。

许诺揶揄：“那你可真是超棒哦。”

“周老师！”电话里突然传出校医的声音，你们两个不约而同闭了嘴。

“周老师，我想问一下您关于我父亲的事情。”

“老李？有什么好问的？我赶时间。”

“我希望您能告诉我，在我爸临死前，你到底跟他说了什么？！”

“你问这话是什么意思？你是觉得你爸的死跟我有关系？”

“难道不是吗？”

……

你听着两个人的对话只觉得气氛变得剑拔弩张起来，平日里冷静又温和的校医，在谈论到关于自己父亲的事情时却变得暴躁起来。

“他们两个要吵到什么时候啊？”你压着声音向许诺吐槽。

“嘘……”许诺朝你比了个噤声的手势，示意你继续往下听。

“穿越时间的实验本来就不靠谱，在我看来跟古代的炼金术没什么差别，你们沉迷于这不切实际的东西就算了，结果还要逼死我爸？”校医的话变得咄咄逼人起来，对面的周国成似乎被惹怒，抬高了声音跟她辩论起来。

“不切实际？没有研究、没有深入了解过，你觉得不切实际就不切实际？怪不得老李那么期待实验的重启，催着我带着小旻跟他一起去俄罗斯，表现得对你、对你们那个家一点儿都不留恋！我这么说吧，老李是不可能自杀的，他心心念念那么久的实验终于要重启了，他只怕自己活得不够长，等不到实验出结果的那一天！”

周国成越说越激动，你在电话这边都能感受到唾沫星子乱飞的情景。

校医好久都没有出声，良久你才听到校医吸鼻子的声音：“谢谢你，让我能肯定我爸确实不是自杀。”

“你……”

“我爸之前告诉过我，周老师这个人吃硬不吃软，若是老老实实认认真真请教他，他反而对人爱搭不理。但若是跟他对着说，他就会把自己知道的一股脑儿说出来。”校医用力吸了下鼻子，开口，“既然您都给我说了这么多了，不如您把您知道的都告诉我？”

“噗……”你被校医的机灵逗笑，你没想到看起来沉稳没心机的校医居然会用这种方法故意刺激周国成说实话，戏演得太真，刚刚你都差点以为双方要打起来了。

“你这丫头……”周国成有些无奈，但还是说了起来，“那天我们聊的内容很多又杂，但主要就是一个事情，关于如何重启时间回溯的实验。之前我们的观点一直是错的，我们想建立一个通道，你可以理解为时光机一样的东西，让人人都能实现穿越。但这个难度太大了，而且如果真的创造出来势必会对现在、未来和过去造成混乱。于是我们打算将目标锁定在人身上，也就是赋予一个人回溯时光的能力，你可以理解为给一个人超能力。这个想法是你爸提出来的，但被我们否决了，于是重启计划就一直被搁置，直到我认识了小旻，这个实验才有了重启的希望。”

“小旻，是谁？”校医追问。

“也是一个研究时光回溯的研究人员，但不同的是，她很年轻，而且还拥有回溯的能力……”

“什么？！”

“什么？！”

你和校医同时惊呼出声，你忙捂住嘴巴生怕自己的声音被那边听到，许诺倒是不紧不慢，一点儿都不惊讶：“没事，我把话筒关了，那边听不到你的声音。”

“许诺，你不觉得惊讶吗？这个人拥有时光回溯的能力，还是个科研人员，如果之前顺利的话，说不定老师他们真的能研制出来改变世界的东西！”知道那边听不到你的声音，你大胆地说起话来。

“没什么好惊讶的，我只是觉得这个实验如果真的成功了，那才是真正的大灾难。”

“为什么？”

“因为可能会有人为了达到自己的目的而不顾蝴蝶效应，葬送几万人的生命。”

“有那么夸张吗？”你嘟囔道。

“有的。”许诺自言自语般地应道。

你不再说话，你总觉得你好像听到了什么了不得的消息，但又觉得听到了好像也没什么用。

“接下来要怎么办？”你有些迷茫。

“李老师的事情还没有弄清楚，接下来只能去调查这个小旻了。只是不知道周国成有没有这个小旻的地址。”

“我觉得这你就不需要担心了，校医肯定比你更想找到这个小旻。”许诺笑得温柔，但你却觉得他的眼神里更多的是兴奋。

（请跳转至135页继续阅读剧情14）

06

校医好感度+1，许诺好感度-1。

“我……”你看了眼许诺又看了眼校医，“我还是去吧，我也想知道到底发生了什么事。”

“你做了个正确的决定。”听你这么说，校医扬起嘴角，拿起自己的背包就往外走，走了两步见你还没动静便朝你喊，“还不快跟上？”

“啊？哦！来了来了！”你没想到校医居然这么雷厉风行，匆忙一路小跑跟上。

校医叫了辆出租车，你们两个坐在车里有一搭没一搭地聊了起来。

“说起来，你跟许诺关系怎么样？”

“嗯……”你不知道校医问这话是什么意思，老老实实地回答：

A.挺好的，他是个蛮不错的朋友（请跳转至119页阅读剧情7）

B.一般般吧，只是同学关系（请跳转至121页阅读剧情8）

07

许诺好感度+1。

“挺好的，对我来说他算是个蛮不错的朋友，人温柔还聪明。”虽然你跟许诺接触的时间不算长，但你对他的印象却很好。交朋友这件事对你来说很看缘分，要考虑到初始印象、后续接触的三观等等，至少现在许诺很合你眼缘。

“嗯……你对他印象挺好的嘛。”校医似有若无地笑着，眼睛却毫无笑意。

“还行吧，我觉得大多数人都会对这样的人抱有好感吧，你不喜欢他吗？”

“一般般吧。”校医往后一仰靠在座椅背上，闭目养神起来，“我不喜欢不单纯的人，但太单纯的人吧，我也不喜欢。”

“要求好高。”你瘪瘪嘴吐槽道，“那你喜欢什么样的？”

“你这样的就不错。”校医上下打量了你一眼，“不够聪明却也不算蠢，很招人喜欢。”

“啊？”你有些不知道要怎么反应，不知道自己是应该为被喜欢而感到高兴还是为这样的评价而感到沮丧，“我……我觉得我也没有很蠢吧？”你轻声表达着不满。

“哈哈哈……你这就很招人喜欢啊。”校医笑弯了眼，紧接着便打了个呵欠，校医擦了擦眼角不知是笑出来还是困出来的泪，伸了个懒腰，“不逗你了，我有点困，先休息会儿，到了喊我。”

“嗯。”你乖巧地点点头，看着车窗外急速倒退的景象，不知为何心头莫名地升起一抹担忧。

额外奖励：校医好感度+1。

（请跳转至126页继续阅读剧情11）

08

许诺好感度-1。

“一般般吧，我跟他只是普通同学关系，并没有看起来那么亲密。”你实话说，“如果不是那一天小胖正好肚子疼，在电视采访期间缺了席不得不让他把这个空位填上，我可能跟他不会有什么交集。”

“这样啊。”校医挑起嘴角，“那你对他印象怎么样？”

你思索着不知道该怎么回答这个问题。

“没关系，这里除了司机就只有我们两个人，你要想说他什么坏话可以随便说哦，我不会告诉他的。”校医用手撑着下巴，转过头看着你，似乎暗示着你什么。

你：

A.感觉是个很聪明的人（请跳转至122页阅读剧情9）

B. 我觉得他有点问题（请跳转至124页阅读剧情10）

09

许诺好感度+1。

“没有什么坏话啦，说实话，我对他的印象还不错，他是个很聪明的人，观察也很细致，总能发现一些旁人发现不到的东西。”你一脸认真地回答，“我觉得他会是个好搭档的。”

校医撇了撇嘴：“我还以为能套出什么话来呢，没意思。”

你有些无奈：“我不知道要说他什么坏话，我跟他其实不怎么熟。”你看向校医，想了想打破了宁静，“校医姐姐，我能问你一个问题吗？”

“嗯？”

“我这样问可能有点过分，但我感觉你对李老师的事情好像并没有很伤心……”

“伤心这种事情不需要表现出来吧？”校医偏着脑袋看向你，“这几天我在家、在没人的地方经常哭得天昏地暗，但我来了学校，见到了学生就会变得精神百倍。我不是不伤心，我只是知道什么是伤心的时间，什么是工作的时间。但也有可能是因为跟你们在一起我确实挺开心的，而且调查死因什么的也确实让我有了一丝充实感，不至于沉浸在悲伤之中。其实这段时间我挺迷茫的，我不知道我这么调查到底有没有用，我很怕费尽周折最后查出来就是自杀。但没办法，我要是不这么做，我可能会难过成个废人吧。调查这件事，其实也算是支撑我度过失去爸爸这段时间的一个精神动力吧。”校医叹了口气，看见你的表情凝重了起来，反而笑着伸手刮了刮你的鼻子，“我跟我爸的感情还蛮好的，下次别再这么问了。”

“嗯。”你点点头，不知道该道歉还是该安慰，最后只好沉默着低头胡乱划拉手机。

（请跳转至126页继续阅读剧情11）

10

许诺好感度-1。

“我觉得他好像有点问题。”

“哦？”校医来了兴趣，直起身子看向你，“哪里有问题？你说说看？”

“说实话我说不清楚，但或许是感觉吧，我总觉得他没表面上看上去的那么简单。”你皱起眉头分析道，“我总觉得李老师的事情或许跟他也会有点关系，但这只是第六感，没什么依据的。”

“有时候第六感也是一种推理方法哦。”校医眯起眼睛，“很多事情在真相揭晓的那一刻，你才会把那些蛛丝马迹联系在一起，而在那之前，很多人只会直接无视掉这些细节，你能意识到已经很不错了。”

“其实如果可以的话，我想之后调查一下许诺……”

“砰！”

你的话还没说完，你的耳边便传来巨大的轰鸣声，紧接着便是从全身袭来的剧痛感。这辆车突然爆炸，你被巨浪狠狠地抛出车外，你趴在地上看见从校医的背包里滚出一部手机，手机上还显示着“通话中”，你的耳朵隐约听到手机那头传来的声音，他说：

“陈歌，你在直抒胸臆的时候，有想到我在校医的背包里放了手机和小型炸弹吗？你想倒流吗？不好意思，现在好巧不巧是五十九分，正好是你安息的时间。”

“为……”你无比困惑，不仅是因为此刻无法使用自己的能力，更多的是你搞不明白那边的人为什么这么说，又为什么这么做。

只是还没等你问出口，你便永远地闭上了眼睛。

【End：死于话多】

11

一路无言。

你盯着车窗外的景象发愣，直到司机提醒你到了地方，你才猛地回过神来，推了推闭目养神的校医，小声提醒："我们到了。"

"别急。"校医慢悠悠地睁开眼，"能多吹一会儿暖气就多吹一会儿，毕竟我们可不是来上门拜访的，我们是来守株待兔的。"校医伸了个懒腰，收拢了下你领口的衣服，"裹紧了，小心等会儿冻感冒。"

校医姐姐此刻温柔得如同油画中的圣母，但马上你就意识到这一切都是假象。因为当她下车在寒风中伫立了两个小时终于等到了周国成之后，就凶相毕露地冲到他面前压低声音道："说，在我爸死之前你到底打电话跟他说了什么？"

此刻夜幕早已拉了下来，校医又是披散着头发，红色的嘴唇和苍白的皮肤在小区门口灯光的照射下显得尤为瘆人。周国成被校医这么一堵，整个身子都吓得一颤。

你看着冲过去的校医，也慌忙跟了过去。看到你，周国成像是意识到这里确确实实是现实世界，松了口气，身子也停止了轻颤："什么电话？"

"别装傻！"校医抓紧他的衣领，目露凶光，"我爸就是因为你这通电话死的！"

"什么？"这话让周国成一震，他紧盯着校医的眼睛，似乎想要从她的眼睛里看出来她有没有在撒谎。

"我们只是想弄清楚您跟李老师最后说了什么。"你上前打圆场试图缓和一下气氛，"我们并没有怀疑你，但是……"

"没什么但是，你们不是警察，我也没理由告诉你们谈话内容，更何况这些内容全是机密！"

似乎因为你的缓和，周国成一下子有了气势，反而开始天不怕地不怕起来，你看着急红眼的校医，又看了眼摆着一副“你们能拿我怎么办”的样子的周国成，气氛越发地僵持起来，你打算：

A.倒流回去，不做和事佬（请跳转至128页阅读剧情12）

B.静观其变，不能随意使用超能力（请跳转至130页阅读剧情13）

12

如果自己不去打圆场就好了，明明这个周国成看起来就像是要说了……

你自责不已，甚至不敢去看校医，生怕看到满是责备与失望的眼神。

回去吧，回去

……

“别装傻！我爸就是因为你这通电话死的！”校医皱紧眉头，凶神恶煞地盯着周国成。

“这跟我没关系，我只是跟他聊了聊关于未来实验方向的事情。”

“实验方向？”校医的眉头皱得更深了，“什么叫未来实验方向？你们打算重启之前的实验？”

“你怎么知道？你爸告诉你的？”

“我爸一直潜心研究时空倒流，你既然跟他聊实验方向，那只有可能是你们要重启当年的实验了。”

周国成垂下了手，像是释然般地开了口：“老李果然有个很聪明的姑娘。”

“不用夸我，我只想知道你们最后说了什么。”

“行吧，我告诉你，但希望你能保守秘密。我们一直在研究时空倒流的技术，中间的研究内容以及研究过程我不多做赘述。总而言之，那天我除了跟老李谈到我们要一起去俄罗斯重启实验之外，我还告诉他有个同道中人，这个人也一直在研究时空倒流，我们叫他小旻。小旻在自己这些年的研究之中发现了一个秘密，那就是凡是穿越过时间的人都有一个共同点……”

“砰！”

似乎是从校医那里传来的巨大轰鸣声，你还没有反应过来便被巨浪一下子甩了出去。

你的眼前开始变模糊，你嗅到空气中浓重的血腥味，你不知道发生了什么，你只知道似乎有什么人在阻止你听到真相，在你最接近真相的那一刻，某个东西突然爆炸了……

是被人暗算了吗？

是谁做的？校医吗？还是其他什么人？

你忍着剧痛，咬着牙让自己保持清醒：重来，快重来……

【End：被打断的真相】

解锁：重新回到上一层再次进行选择。

13

之前的种种无不在告诉你这么一个道理：倒流能力一定要慎用，每一次的重来都会因为细微的改变而导致结局完全不同。蝴蝶效应的威力实在是太过可怕，如果不是特别必要，你想尽量避免使用。

你看向校医，眼神里满是自责，你想为自己刚刚贸然开口道歉，却发现校医压根儿没有看向你，她只是盯着周国成，然后突然咧嘴一笑："既然你不想说那我也不强迫，只是未经我的同意，我爸生前留下来的资料你可能一份也见不到了。"

"你想对这些资料做什么？！这可都是重要的研究资料！"周国成突然不淡定了，瞬间血涌上头，压着声音吼道。

"如果你愿意帮我，我自然也愿意帮你，互利互惠，合作共赢，不好吗？"校医挑起下巴，笑得张扬。

周国成满脸不爽地看着校医，半晌，似乎是想通了，表情缓和了一些道："行吧，在这里说话不方便，你跟我来我的实验室吧。对了，不能带包，我可不想你从我实验室偷点什么东西走。"说完，周国成看了你一眼，又补充道，"还有，这个无关人员也不能过来！"

"可是……"你有些不知所措，自己明明是身在其中的人，却不被允许知道真相。

"陈歌。"校医对你安慰性地一笑，把手里的背包塞给你，"算了，没事，你就在这附近找个暖和点的小饭店吃点东西等等我，我马上就回来。"

你看着校医和周国成消失的背影，抱紧手中的背包，有些沮丧地叹了口气，另一只手打开手机查找着附近哪里可以吃东西。不想，冷风一吹，你的手被冻得一僵，手机顺势滑进了校医的背包里。

“啊！”你轻叫一声，慌忙在校医的包里翻找着你的手机，然而你却摸出一部不属于你的且正在通话中的手机。

正在通话？

你皱起眉头，连呼吸都不由得放轻。

校医为什么要在包里放个还未挂断的手机？是想让对方听到谈话吗？为什么？转述不行吗？而且周国成跟校医说秘密，如果校医有意让电话那头的人听到，应该会想办法把手机带过去才对啊？还是说……校医压根儿不知道这个手机，是有人故意放进去，就是为了偷听？

你盯着手机上显示的通话时间，心里默默计算着到底是从什么时候开始被窃听的……

“喂？”

手机里突然传出熟悉的声音，你吓了一跳差点把手机扔到地上。

“许……许诺？”你把手机贴到耳边，结结巴巴地开口。

“这个是我放的，你不要告诉校医。”

“啊？为什么？”

“因为她不愿意让我过去，但我太想知道答案了，所以就这么做了。对不起，是不是吓到你了？我没想到你会发现。”像是怕被人责备一般，许诺的声音越来越小。

“你怎么能这样？如果我听到了什么我会告诉你啊。”

“但陈歌，如果你选择不去，那我们就缺失了第一手真相。”

“为什么一定要立刻听到？就算我不去，校医也会告诉我们她跟周国成的聊天内容。”

“真的吗？我不信。”许诺异常笃定，“她没理由也没有义务告诉我们她听到的所有真相……不过算了，反正她也没把包带过去，我们永远也听不到真正的真相了。”

许诺这么一说，你突然不知道说些什么好，你觉得自己有些生气，但又觉得他说的好像有点道理。

“我要挂电话了，对了，你被校医抛弃了，需要我过去接你吗？”

“不用。”你闷声闷气地回答，许诺这语气在你听起来就像是嘲笑，你才不愿意让他过来看自己的笑话。

“既然你不乐意，那我就不过去了，我陪你聊会儿天吧？”

“啊？”你有些惊讶，许诺这话让你心里倏地一暖。

“说起来你在的那个地方好像有个又便宜又好吃的小饭店，名字好像叫秦酒家，你在地图上搜一下，应该不远。”

“哦。”你拿着自己的手机搜索着许诺说的这个店名，没想到就在距离你不到两百米的地方，“你怎么知道？你来过这儿？”你一边跟着地图走一边问。

“我这个手机有定位功能，你们都在这儿待了快一小时了，我无聊就查了一下附近有什么吃的，想着到时候你们回来晚了可以给你们安利一下，让你们找个好吃的地方吃完再回来。结果没想到……”许诺顿了顿，意味深长地啧了啧嘴。

“啧啧啧……”你学着他的样子，直到许诺求你不要再污染他的耳朵，你才笑着停了下来，“好了我到了，我要点菜去了，挂了。”

“嗯，注意安全。”

许诺嘱咐了一句便挂断了电话，你点好了菜，一边吃着一边整理着脑海里的种种记忆。

某些地方一定是有问题的，但是问题出在哪里呢？

“陈歌！”你没吃几口，校医便回来了。

“怎么样？”你一边问一边朝她招手示意校医过来一起吃，“你们聊了什么？”

“嗯……”校医坐下来，皱着眉头有些欲言又止，想了想舒展了表情微笑道，“没什么，只是一些关于我爸工作的事情。周国成的嫌疑解除了。”

“什么啊？”你有些不满，“周国成一直都没什么大嫌疑，我们找他的目的是为了了解李老师走之前听到了什么，或者有什么与他的死有关的事情……”你想起许诺的话，果然许诺的做法是对的，校医不会告诉你们真正的谈话内容，想知道的话只能靠自己。

“我知道……”校医舔了舔嘴唇，“我有点不知道要怎么跟你讲，等我理清楚再告诉你，好吗？”

“嗯，好啊。”你假装不在意地点点头，把面前的里脊肉推到校医面前，“这个挺好吃的，你尝尝。”

校医心不在焉地咬了一口，机械式地赞美：“蛮好吃的。”

你不知道要怎么接，只好低着头默默吃着东西。

“如果……”校医突然开了口，“如果一个人有时光倒流的能力，作为一个普通人怎么知道他有没有真的拯救别人？除了这个超能力者说的话，还有什么其他的证据来佐证呢？”

你停下筷子，细品着校医的话：“你是觉得，如果结局是失败，那这个超能力者不一定是真的拯救者，也有可能是凶手咯？”

“各种意义上的凶手吧。”校医叹了口气补充道。

你突然有些生气，校医这话似乎在明里暗里讽刺你并不是英雄，而是一个失败者甚至是个罪人、凶手。

真好笑，自己努力调查李老师的死因，跟着校医跑前跑后，把校医看作自己的朋友，结果到最后自己居然成了被怀疑的对象。

你不知道校医听到了些什么，但你知道此刻校医已经在心里默默给你安了个罪名。你忍着怒气，尽量平静地问道：“为什么突然这么问？是周国成说了什么吗？”

“没有，我只是随便问问。”校医并不打算回应你的问题，反而岔开了话，“周国成跟我提到一个人，叫小旻。”

“哦？”

“这个人是即将和我爸还有周国成一起去俄罗斯的伙伴，也是一起研究时间回溯的伙伴。小旻给我爸他们提供了很多有用的想法，但她无法证明。你可以把她看作当代的拉马努金。”

“拉马努金？”

“拉马努金是印度的著名数学家，他一生发现了三千多个公式，但他却无法证明这些公式，只有结果，缺乏证明过程。但是，后世人对他的公式进行证明，发现这些结果竟都是无比准确。”校医喝了口水继续说，“小旻也是这样，她给了我爸他们很多创造性的思路，比如不应该建造一个时空机，而是应该以人的重来作为改变世界线的方法；还有比如不应该以现世的人进行观察，而应该创造一个虚拟世界，在培养皿中进行观察……当然更重要的是，这个小旻，她拥有时光倒流的能力。”

“什么？！”

“既然凶手不是周国成，他的电话内容也没有任何能够引起我爸跳楼的因素，那么，接下来只要找到小旻，我想她一定能告诉我真相。”

“为什么……你这么笃定这个小旻就一定知道呢？”你有点搞不懂，万一这个人和自己一样也是三个小时为一个阶段，那即使找到这个小旻，对查明真相也没有任何的用处。

“因为……”校医目光炯炯，似乎整个人都变得兴奋起来，“因为她当时就在我爸的死亡现场。”

（请跳转至141页继续阅读第三章）

14

“找周国成谈得怎么样啊？有发现什么线索吗？”第二天你们再一次聚在了医务室，刚看见校医，许诺便热切地询问。

“没什么收获。”校医撑着下巴轻描淡写地回答，“周国成跟我爸的死无关，他那通电话只是普通的工作电话。”

“这样啊。”许诺点点头，一脸遗憾，“看来我们白忙活了，那你之后打算怎么办？”

“之后……”校医叹了口气，“不知道，我想先休息一段时间，不想再掺和这事了。”

“那既然这样，我们这个三人小组就可以解散了。后续我跟陈歌两个要不要继续调查我听陈歌的意见。”许诺看向你微笑道，“那我就先回去了，如果你觉得有必要继续调查下去，你就给我发信息，我随叫随到。”

“……嗯。”你点点头，看着许诺走出医务室，不解地看向校医，“为什么？你从周国成那里不可能只获取到这些信息吧？你为什么不继续调查下去呢？”

“我突然觉得有点没必要。”校医疲惫又崩溃地抓着头发，“我昨天晚上回去想了一夜，按照周国成的话来说，我爸的死亡原因应该跟某些超能力有关，也就是说很大概率凶手是拥有超能力的，但是，这个世界的警察会管吗？没有实质性的证据，怎么定罪？如果你是警察，我告诉你有个人利用超能力杀了我爸，你会信吗？”

“我……”

“算了，我不想再继续了，也不想把我的生命浪费在这种事情上，调查到此为止吧。”

你不知道一个晚上校医到底想了些什么，但你总觉得明明事情有了一丝转机却不继续，这也太可惜了。

你叹了口气打算去找许诺，和他一起继续调查也好，跟他讨论如何激起校医的斗志也好，总比现在在这里丧气强。

你背好书包，深深地看了校医一眼，然后走了出去。

请根据之前收集的好感度选择剧情走向：

A. 许诺好感度≥1（请跳转至141页阅读第三章）

B. 许诺好感度＜1（请跳转至137页阅读剧情15）

15

你朝着许诺消失的方向追过去，然而却怎么也找不到人。你正疑惑许诺怎么走得这么快，身后却突然传来熟悉的声音："陈歌，你是来找我的吗？"

你被这声音吓得慌忙跳开，看清楚是许诺后，你捂着胸口舒了口气："你怎么从我背后跳出来……"

"陈歌，其实你是凶手吧？"许诺打断你的话开口道。

"什么？"

"杀死李老师的人是你吧？"许诺黑着脸，以往温和的样子在他脸上寻不到任何的踪迹。

"你在开玩笑？"你有点害怕，但还是强撑着，在脑海里思索着如何反驳许诺这种没来由的臆断。

"那我换一个说法……"许诺挑起眉，"你有超能力吧？倒流时间的超能力。"

"你……"你不自觉地往后退了一步，假装镇静地反驳，"你在说什么，我听不懂。就算我真的有这种超能力，那我为什么不去做其他事情非要杀人呢？"

"这我就不清楚了，人的动机总是各种各样的。"许诺嘲讽地一笑，"你知道校医为什么不愿意追查下去吗？"

"为什么？"

"因为她意识到你才是凶手啊。"许诺笑得讽刺，"她找到了周国成，你以为除了询问最后一通电话内容之外还有什么呢？还有就是关于时光回溯实验的内容，她想知道如何用一个普通人的能力去判断出来到底凶手是谁，是不是真的有超能力。"

"所以你们怎么判断的？"

"逻辑与记忆。面对拥有时光倒流能力的人，他们做再多的改变总会给其他普通人留下一丝印象，如果不去细究，普通人就会觉得是一场梦境。但是后来我们核对了一下，发现在李老师死之前，我们的印象里对你的行为最为深刻。还有……你别忘了，在李老师死之前，你在医务室的反常表现。”

“反常的表现？”你突然想起最后你放弃拯救时，躲在被子里为自己的无能而哭泣：“那不是……”你想反驳，却不知道要怎么反驳，最后只能结结巴巴说了句，“校医知道，她是相信我的。”

“得了吧。”许诺眯起眼，“校医是个生性多疑的人，对于你我，她从一开始谁都不信，我知道她在你面前一定表达过对我的怀疑，但同样的，她在我面前也表达过对你的怀疑，不然你以为那天找完周国成之后她是乖乖回家睡觉了吗？”

“她去找你了？”你咬着牙不可置信地问道。

“没错。”许诺点头，“你还是有点智商的。”

“于是你们两个得出了我是凶手的结论？”

“是。不然你觉得为什么校医今天会说她不打算找那个小旻？”许诺一脸怜悯地看向你，“真可惜，从头到尾你都那么相信校医，然而她一点儿都不相信你。”

你咬紧嘴唇，你能感觉到自己的嘴唇在不停地颤抖，“我不是……”你抬眼盯着许诺，眼圈发红，“是你……杀害李老师的凶手是你！”

“现在开始乱咬人了吗？”许诺不屑地嗤笑一声，“我希望你从现在开始诚实地告诉我，陈歌，我问你，你是不是有倒流时间的能力？”

你咬紧嘴唇，直到它不再颤抖，你才缓缓说了句：“是。”

“那你在某一次时光倒流之后，是否直接或间接地造成了他的死亡？”

许诺的目光像是在审视你，你想起你失去理智推李老师下楼的场景，突然不知道说什么，只能疯狂摇着头：“没有，我重来了，他的死不是我造成的。”

“你不用这样。”许诺放缓了声音，像是试图安慰你，“你看，你是个超能力者，就算真的是你也没什么，你重来就好了。”

“重来？”

“是啊，但是关于你的证据我已经提交给了警局，你杀害李老师的事实已经成立，你可以利用自己的能力不坐牢，但无论你重来多少次我都会把你送进去的。”

“证据？我没有杀李老师，你有什么证据？李老师死的时候我在家里！”你皱紧眉头大声反驳。

“谁说你不在现场就不是你杀的了？”许诺不慌不忙地开了口，“我们都把目光放在了最后一通电话上，但是，倒数第二通电话，你有想过是谁的吗？”

你突然想起回到家不久自己接到了一通看起来熟悉又陌生的电话，那个电话是……李老师？

你不可置信地睁大眼：“那一通，是打给我的？”

“没错，我现在可以合理地怀疑，你中午去找李老师，让他之后打电话给你，当他打给你的时候，你告诉他去附近某个大楼等你，然后就迅速挂了电话。然而那栋大楼的天台扶手早被你给弄坏了，李老师到了之后正好接到周国成的电话，聊的时候李老师习惯性地倚在扶手上，结果就这样不慎摔了下去。”

“你就只凭着这个倒数第二通电话就说是我做的？”

“当然不是，还有就是那栋大楼的扶手，是被你的东西破坏的。”

“我的？”

“是的，你有一把特种钢材质的匕首，就塞在你的书包里。”

你猛地想起当初为了整蛊小胖在包里塞了把小刀，难道就是那个？！你慌忙把书包脱下来，翻找着里边的小刀。

“不用找了，我已经作为证据给交警察了。”许诺似乎已经不打算继续跟你废话下去了，“那栋大楼年久失修，尤其是楼顶，扶手还是用的木质材料所建，经过这么长时间，那些木头早就开裂了不少。你很聪明，你用刀具很小心地破坏这些木头，尽量不留下太整齐的刀口，这也是为什么最初警方没有发现你。当然还有更重要的一点是，这栋大楼有一个小入口，那里没有监控，你可以从那里溜进去然后再溜出去，监控拍到的只有从正门进去的李老师一个人。你用这些障眼法蒙蔽了大家，但是没用，警方马上会对你进行调查。如果你不配合，我会告诉他们你拥有超能力，让他们最好把你关在实验室里对你进行……"

"够了！"你气急败坏地吼道，"我不是，我说了我不是！"

"这话你留着给警察说吧。"许诺挑衅地看着你，"你尽管重来，我会有无数种方法把你送进监狱，让你被绳之以法。"

你死死地盯着许诺，忽地，你嗤笑一声："你说的这也不足以作为证据，我怎么可能会进监狱？"

"是吗？那拘留也不错，对于我来说，杀人犯只要能进去，就足够了。"许诺笑得一脸正直，"我会为此而努力的，无论你重来多少次。"

你觉得胸口有些发疼，你想说些什么却又不知道说什么，只能握紧拳头又慢慢地松开。

【End：冤罪】

第三章 分岔

01

说实话你真的不愿意在这里就放弃，如果单单只是为了寻找真相，这可能对你来说可有可无。但是，这个小旻，可是自己的同类啊，这一次无论如何你都不愿意轻易放弃。

你朝着许诺消失的方向跑去，但却怎么也找不到他的身影。

不会吧，这个人跑得这么快？

“陈歌！”许诺猛地从你身后跳出，“你在找我？”

“你怎么躲到我身后去了。”你捂着胸口，长舒了口气。

“陈歌你……”许诺顿了顿，“是想继续调查下去吧？”

“嗯。”你点点头，“我在想要不要说服一下校医……毕竟，只有她知道小旻在哪儿，没有校医，我们什么也做不来。”

“我想校医可能需要冷静一下，你不要催她，我们可以缓两天再去找她，她应该就会愿意继续调查了。”许诺垂了眉眼，好像没什么自信，但依然努力安慰着你。

“嗯……希望如此吧。”你叹了口气，心里的不安感反而更强了。

“姑娘，能给点研究经费吗？”

你坐在地铁上低着头看着手机发呆，一个二维码突然强行伸到你的手中，挡住了你的手机屏幕。

地铁上还有骗子？

你有些不耐烦地抬起头，看见面前站着个瘦小又斯文的男生，不禁笑道：“还有这么年轻的研究员吗？”

“谢谢夸奖，不过我确实挺年轻的，毕竟年少有为嘛。”

你听着男生的自吹自擂有些无语，想翻个白眼又觉得太没礼貌，便招了招手想要打发他走。

“不给点研究经费吗？”男生不识相地继续开口。

你不说话摆摆手，低下头继续看手机。

“不然我跟你做个游戏吧？你输了就给我研究经费，你赢了我就走怎么样？”

你有些无语，不知道这个人为什么死揪着你不放，你摇了摇头说道：“我觉得这个游戏不划算，你走是一件很随意的事情，但给钱却不是一件很随意的事情。不过，你说实验经费，你是在做什么研究？”

男生左右看了看，凑到你耳边轻声说：“我告诉你你可别告诉别人哦，我们研究的是……如何消除时光倒流能力。”

“消除？”你看着男生缓缓直起身子，突然想要跟他好好聊聊，“这世上有没有人有时光倒流的能力还是个问题，你居然在研究怎么消除？”

“谁说没有？不信你跟我玩个游戏？”男生把手机塞进口袋，又从口袋里拿出一枚硬币，往上一抛，“啪”的一声抓住，然后双手握拳伸到你面前，“猜猜看，在哪个手里？”

你摆出一副疑惑的表情：“这跟我的问题有什么关系？”

“没关系？”男生痞痞地笑了一下，“我这不来给你证明了吗？你试试，百分之五十的正确率，左还是右？我们来十局，你猜对一局就算你赢。”

你突然觉得有意思了起来，听这男生的口气，似乎猜十次你永远都不会赢。

真的不会赢吗?

对于普通人来说，可能不会赢，但自己可不是普通人。

你笑着看向男生："好啊，但你要是输了，你就要把你账户里的钱，包括乞讨来的全部捐了。"

"没问题。"男生也是极其自信地开口。

"我猜……这个。"你指向男生的左手。

男生微微一笑，摊开双手，你看见那枚硬币正静静地躺在他的右手上。

"猜错了，第二轮开始咯。"

"左手。"

"又错了，第三轮……"

"左手。"

"又错了，第四轮……"

……

整整十轮，如男生所说，你一轮未对。但没关系，你看着男生嘚瑟的脸，在心里喊了句：重来。

"我猜……右手。"你重新开始，信心十足地指向少年的右手。

男生咧嘴一笑，缓缓摊开双手："错了。"

怎么会?你微皱起眉头，这是作弊吧?一定是作弊了。

你从男生手里抢走硬币，一脸认真道："换我来让你猜，我能保证我不会作弊，但你要是有一轮猜错，按照规则算我赢。"

你不知道这算不算耍赖，但跟作弊比起来，你这种行为已经算很好了。

"嗯……你要是能保证不作弊，我就认同你说的规则。"男生扬起头，胸有成竹的样子引得周围围观的人纷纷起哄。

"我当然不会作弊！"你扫了眼起哄的人，提高音量保证道。

“好啊，那就开始吧。”男生双手环抱，满是自信。

你将硬币抛向空中，学着男生之前的动作接住硬币藏在手里：“猜吧。”

“左手。”

“你运气不错，再来。”

“右手。”

“……再来。”

“右手。”

“……下一轮。”

你额头上的汗越来越多，你不知道对面这个人到底是怎么做到的，每一局都能猜对。是有透视能力吗？不不不，这又不是超级英雄的世界，怎么可能人人都有超能力？

“最后一轮了哦。”男生得意的话打破了你的沉思，你看了眼男生，皱了皱眉头，打算再重来一次。

“啊，到站了，我得走了，算了算了，算我们平局好了。”

你还没有重来，男生便对你摆摆手，跟着人流下了地铁。你看着男生的背影，突然有种想跟着他下车追上去的冲动。

到底要不要追上去呢？这可是最后一班地铁了，从这一站到家还有好长一段距离，回家晚了可能会挨骂，虽然可以倒流重新选择，但是不知道到时候还能不能倒流到在地铁上的这个时间，万一中间耽误太多了呢？

但要是不追上去会不会就错过了弄明白这个人说的这番话的意思的机会？万一是跟自己的能力有关呢？如果他真的有相关实验，是不是还能改变些什么？但万一就是一些江湖骗术呢？万一他要对自己不利呢？

相比起来自己更应该纠结要不要倒流回去再玩游戏和追出去这

两个选项吧？那要不要重玩呢？还是说直接追出去问他？

你看着下去的人渐渐少了起来，车门马上就要关闭，于是你决定：

A.再玩游戏，一定要赢（请跳转至146页阅读剧情2）

B.追出去（请跳转至159页阅读剧情5）

02

“我觉得我们可以换一种方式。”你抬头看着男生，从他手里拿过硬币，“为了防止你作弊，这硬币怎么藏由我来决定。”

“哦？”男生抬了抬眉毛，“没用的，你不管怎么做最后都是我赢。”

你盯着男生，前边几次的游戏让你意识到他如果不是个江湖骗子，那就一定有什么和时光倒流有关的能力。

你左右环顾一周，指着不远处一个看起来十分老实的上班族，甜甜地叫道：“大叔，你能过来帮我们个忙吗？”

“我？”上班族指了指自己，从自己站着的地方走过来，“怎么了？”

“我们在玩一个游戏，猜左右。”你把硬币递给上班族，“想请您帮个忙。”

“具体是指什么？”

“你就把硬币藏在自己的左手或者右手，之后我们两个人猜，猜十轮。如果我猜对了一轮，就算我赢，如果他错了一轮算他输。”

“噗……”男生一下子笑出声来，“这样的话我和你就必须选择不同的选项，只要有一个一样，那就算我输咯。”

“禁止作弊的方法有很多，我只是提供了其中一个方法。”你抬起头得意地看着男生，“怎么样？这种规则下你还要和我玩吗？”

男生笑着摇了摇头，从上班族手里拿走自己的硬币：“这个游戏我选择弃权。”而后给上班族道了个歉，“不好意思麻烦你了。”

“没事。”上班族有些摸不着头脑，但依然还是笑着接受了。

“你弃权了，那我也不让你捐款了，你至少告诉我你刚刚是怎么做到的吧？”

“刚刚？什么刚刚？刚刚我什么都没做啊？”男生开始装傻，这时你猛然意识到猜硬币左右男生赢了的事情在这次并没有发生。

你哑然失声，突然不知道该说些什么。

“啊，我到站了，就这样，拜拜。”男生不等你脑子反应过来，晃了晃手便跨步走了出去。

“哎……等等。”你慌忙跟着男生从地铁上跑下来，加快几步拦在少年面前，“等等，等等。”

“嗯？”男生站定，挑着眉看向你，“你不给我实验经费就算了，还不让我回去做实验？”

“你能不能给我讲讲你的实验内容到底是什么？”

“你连实验经费都不舍得给我，我为什么要告诉你实验内容？”

“那我给你实验经费……”你从口袋里掏出手机，打算给男生转钱。

“得得得，不用了。”男生摆摆手，“我要走了，别耽误我时间。”

“你真的不能告诉我吗？一个字都不行吗？”你有些不知所措，你总觉得你距离真相似乎就差那么一点点。

男生走了两步转过头来，看了你两秒钟开口道：“你为什么对我的实验那么感兴趣？难不成你有时间倒流的能力？”

“我……”你一下子被问住了，不知道说有还是说没有。

“算了，你不用回答，不管你有没有，我告诫你一句。”男生的声音一下子变得沉稳起来，“少用。你用得越多，事情就会越不受你控制。”

“什么意思？”你想问更多，但男生却消失在人海之中。

少用？

少用什么？倒流的能力吗？为什么？明明有了超能力却要尽量少用，那跟没有能力又有什么差别呢？

你在心里默默反驳着，但之前发生的种种让你意识到确实需要谨慎使用自己的能力，使用的次数越少，越不容易出什么大问题。

那这种能力什么时候应该用，什么时候又不应该用呢？

你陷入了纠结之中，电话突然振动了起来，你像是被惊吓到的兔子一般跳了起来，而后拍拍胸口拿起手机，那上面显示着来电联系人：许诺。

“喂？”你刚接起电话，就听到那头许诺兴奋的声音。

“我从校医那里要到了那个小旻的地址！”

“是吗？”你也跟着兴奋起来，看来自己的能力还有李老师的死亡真相都能被揭开了，“你怎么做到的？你也太厉害了吧？”

“没有，校医只是身心俱疲，但要是别人愿意帮她去做这些事，她还是很乐意直接听结果的。”

“这样啊，那好啊。”

“那我们明天放学了就按照那个地址过去好了。”

“嗯。”你挂了电话，心脏不可抑制地快速跳动起来。

真相，马上就可以接近真相了，所有的谜终于可以解开了——李老师到底是被谁杀害的？为什么自己每一次都无法成功救下他？还有自己的能力是怎么回事？这一切终于要有一个结果了。

你突然有些疲惫，你看了眼路程，计算了下车费，发现在你的承受范围之内，你便走出地铁站打了辆出租车。

此刻的你只想赶快回到家里躺在床上好好睡一觉，然后明天就可以知道全部的真相了。

请根据之前收集的好感度选择剧情走向：

A. 校医好感度≥1（请跳转至150页阅读剧情3）

B. 校医好感度<1（请跳转至157页阅读剧情4）

03

“喂，陈歌。”你刚到家，校医的电话便打了过来。

“校医姐姐你怎么样了？你现在恢复精神了吗？”你关切地问。

“这不重要，你先回答我的问题，许诺是不是来找你了？他是不是跟你说要和你一起去找小旻？”

校医的声音异常焦急，你不得不告诉她：“嗯，是。”

“你们约的什么时候？”

“明……明天。”你不知道校医在焦虑些什么，只好老老实实地告诉她。

“别去！”

“啊？什么？”

“我说，别，去。”

“为什么？”你不解。

“那个地址是假的。”校医似乎意识到急也没有用，于是吸了口气放缓了语气，“我从一开始就不相信许诺，我之前说自己不想继续调查了，也是因为我不想让他参与进来才故意这么说的。”

“你说不想让他参与进来，你不相信许诺，这到底是什么意思？”你隐隐感觉到了什么，但却依然想从校医口中听到她真正的想法。

“我怀疑……许诺就是害死我爸的凶手。”

你没搭话，没有表示惊讶也没有表示不可思议，你只是沉默，等待着校医告诉你更多。

说实话你也觉得许诺有点问题，但校医这样明明白白说出来，你多少还是有点疑问与意外。

“为什么？”你问。

“说实话，许诺和你最初我都怀疑过。但是他的疑点实在太多了，比如他过分关心我爸的事情，过分到不像是想要知道真相，更像是想要知道自己有没有留下什么证据。除此之外，最让我怀疑他的一件事是他暗地里告诉过我，你拥有时光倒流的能力。”

什么?

你只觉得自己拿手机的手有些发抖：“他什么时候告诉你的？”

“我让你请假那天，你离开没多久他便给我说了这件事。”

“为什么？他为什么要跟你这么说？”

“不知道，我觉得他可能是想让我怀疑你吧？毕竟我爸这件事实在是太过离奇，如果你有时光倒流的能力，想杀害我爸简直轻而易举。”

你不可置信地听着校医说的话，第一次意识到你们三人之间的关系竟然是互相怀疑和互相设防。

“你们两个，说实话我都怀疑，但是我的直觉告诉我，你是无辜的，所以我不想让你掺和到这件事里来。不过这也只是一场赌博，希望我的直觉是对的吧。”

“校医你说的事是……”

“我给了许诺一个假地址让他过去，如果他真的有问题，面对知道凶手的小旻，他多半会露出马脚，那个地址也就有可能变得很危险。我在那个假地址安了监控，找了个假的小旻待在那里，还找了几个体力比较好的年轻人躲在附近，一旦他有什么异样，那些人便会冲出来制服他。但即便这样，我还是不放心，而且我突然想到他可能会让你跟他一起过去，这才给你打电话给你，一方面是担心他伤害到你，另一方面是怕万一他真做了什么事那些人误伤到你。”

“那……接下来我要做什么呢？”你问。

“接下来你要和我一起去找真正的小旻。”

到和校医约定的地方时已经很晚了，你总感觉自己对这件事似乎越来越疲倦，一想起这些事就浑身疲惫，但又不得不面对。

“陈歌，你是不是不太想去啊？”似乎看出了你的疲惫，校医走到你面前轻轻抱住你，一边拍着你的后背一边安慰，“这段时间辛苦了，今天结束了我请你吃火锅好不好？”

“嗯，说好了。”你点点头，校医松开了你，微笑着揉了揉你的头发。

“周国成对小旻十分看重，不愿意轻易透露小旻的住址，我磨了他好久又送了他好多东西他才告诉我。我们过去就直扑主题，最好不要跟小旻产生什么摩擦，不然我是真的要被周国成给拉黑了。”

直扑主题是指直接问杀害李老师的凶手吗？那关于自己的能力呢？校医这么急的样子应该不会让自己询问太多吧？看来只能找机会单独跟小旻聊聊了。

“叮咚。”你的手机提示音响起，你拿起手机发现收到了一条新信息，你打开信息发现是许诺发来的短信，他问：“陈歌，你怎么还不来？”

你突然想起之前自己跟许诺约定要一起去那个假地址找小旻来着，你有些慌，打开短信界面找着理由：“对不起啊，我今天身体不舒服，你自己去吧，我就不过去了。”

“是吗？”短信提示音又一次响起，“那我为什么在地铁站看到你了？”

这条短信像是惊雷一般炸得你直接慌了神。

“怎么了？”似乎看到你状态不对，校医走到你身边关切地问你。

“没，没什么。”你四下看了一眼，并没有发现许诺的身影。

是故意诈我的吧？

你咽了口唾沫，不想再回复什么，把手机调成静音塞进了口袋。

一路上你的神经都有点紧绷，昨天晚上校医那么跟你说许诺，让你不自觉地对他产生了些抵触情绪，但你实在不知道怎么回复许诺。同时你又很害怕被跟踪，以至于不得不走两步回一下头看看周围的情况。

“咚咚咚……”校医的敲门声让你紧张的心情稍微舒缓了一点。

“你们是……”门后是一个清秀的女生，留着齐刘海短发，看起来有着和她年纪不相称的稚嫩。

“是你？！”你惊讶地盯着这张脸，这个人分明就是昨天在地铁上要跟你玩猜左右手的小男生！

“认出我了？”小旻笑得矜持，“别站着了，先进来吧。”

“你们……认识？”校医有些惊讶。

“不算认识，昨天在地铁上遇到过，发生了点小事。”你笑着回答，内心却无比尴尬。

校医显然是不想听你昨天奇遇的故事，她一进屋寒暄结束就直扑主题：“周国成说你当时在我爸的案发现场，我想问问你有没有看见谁是杀害我爸的凶手。”

面对校医这种开门见山的问法，小旻似乎有些不乐意听，于是故意卖着关子回答：“按原本的时间线，你爸的确会因为某种原因死掉，只是被某个人改变了，现在出来了另一个人，这个人要还所有应死之人以死亡。”

你听得有些云里雾里，实在搞不明白小旻在说些什么。

“我听不懂你在说什么，不管我爸应不应该死，我都想知道谁是杀害他的凶手。即使是一个罪大恶极之人，他该不该死也不是由别人随随便便决定的，是由法律决定的，更何况我爸这样的根本没做过坏事的人。”校医并不喜欢小旻说话的语气，开口反驳道。

“行吧，既然你这么想知道我就告诉你，凶手就是……”

“咚咚咚……”小旻的话还没说完，敲门声便又一次响起。

“今天的客人怎么这么多。”小旻抓抓头发，用眼神示意你去开门。

你有些无奈，走过去打开门，但马上你便看到了一张令你异常恐惧的脸——许诺。

“为什么你会在这儿？”校医并没有比你好多少，她同样一脸惊讶地看着门后的那个人。

“陈歌别开门！他就是凶手！”小旻像是想起了什么，慢半拍地朝你喊道。

但已经晚了，许诺从门外硬挤进来，看了眼小旻又看了眼校医：“你说得对，我就是凶手。”

“我的猜测果然没错，你是怎么做到的？”校医咬着牙问。

“你是说哪一次？是我设计好让广告牌砸死李老师那次？还是他出车祸那次？还是……”许诺摆出一副无辜的样子，半晌像是想起来一般，笑着开了口，“哦，我想起来了，你说的是他坠楼那次。很简单啊，我私下把李老师约了出来，地点就定在那栋楼的天台，理由是我有让时间倒流的能力。你爸就傻傻地去赴约了，然后他就死了。”许诺耸耸肩，“是死于窒息哦。”

校医气得发抖，你看得出她在努力克制着自己的情绪。

“但这个也很有讲究，要知道窒息死亡会有一段时间的假死状态，也就是说你及时松开手，对方慢慢吸入空气就还是会活过来。我就在这种情况下把李老师放在了被我破坏过的天台扶手上，当然，用的是陈歌书包里的小刀。接着我就躲过监控迅速地来到他即将摔落的地方，我先是拿着李老师的手机给陈歌打了个电话，本来想嫁祸给陈歌，结果没想到打完之后接到了周国成的电话，我当时心慌之下按了挂断，但仔细计算了下他醒过来的时间和扶手坏掉的时间，我觉得还是有一个电话的空余，于是我录下了李老师微信里的语音，用录下来的声音跟周国成说着话，直到李老师从上面掉下来，我就把手机摔坏偷偷放到现场。高明吗？也不算高明，都没有诬陷到陈歌，可惜。”

“为什么我爸的脖子上没有让他窒息的印子？”校医皱紧眉头问。

“因为我没有掐死他或者勒死他啊，我把他绑起来给他头上罩了个塑料袋就去医务室找陈歌了。不得不说陈歌把握离开的时间还真是准，我当时都以为人肯定早窒息死了。”

“所以我在医务室的时候你就已经对李老师……”

“对，准确来说是你放弃拯救的那一刻，就已经是我赢了。你不想赢，你怎么也不会赢。”许诺笑得张狂，“哦对了，”许诺转向校医，“你爸的体力也太差了，我根本不需要棍棒之类的东西，轻轻松松就制服了他。多亏他人到中年又不喜欢锻炼，身体虚弱得厉害，我在他身上居然没留下什么特别明显的痕迹。”

“你！”校医恨得咬牙切齿，却又不知道怎么办。

“你跟踪我们过来，就是为了给我们说这些？”你拿起小旻工作台上的工具，指着许诺，大声问道。

“不是，是为了让本应该死的人死去，为了让他们不改变未来。”许诺看了眼手机，似乎是在看时间，但马上他便从怀中掏出一个遥控器，你立马意识到这可能是一枚炸弹。“姚旻，还有你陈歌，一个本该死，一个圣母乱拯救。陈歌，要不是你，未来的人怎么可能活得那么惨？你是罪人，历史的罪人，世界的罪人！”许诺眼睛猩红，他拿着遥控器的手开始微微发抖，“同归于尽吧，如果我的死能让未来变得更好，那也足够了。”你眼看着他就要按下去，顾不上多想拿起手中的工具猛地冲上去，用力砸向许诺的脑袋。

手上传来的巨大震感让你觉得一切都变得那么不真实起来，你看向倒在地上的人，又看向旁边目瞪口呆的校医和小旻。

你的双手开始发颤，你不知道要怎么办，瘫软在地上，泪水模糊了双眼。

“陈歌！”小旻跑过来抱着你，“不要倒流，不要倒流，倒流了我们都要死，许诺进来的时间正好卡在你倒流后的时间点上，不要倒流，千万不要倒流，你倒流了，他也会正好站在屋内。你以为他为什么要在拿出遥控器之前看时间？他就是为了防止你倒流让他所做的一切都前功尽弃，不要倒流，求求你。”

你目光呆滞地看向窗外，你想，不倒流拯救了小旻和校医，那谁又能来拯救变成凶手的你呢？

【End:反杀】

04

或许是马上就要接近真相的缘故，你有些睡不着觉。在床上翻来覆去，你想，这件事结束以后你就要尽量少使用自己的能力了。

你叹了口气，不知什么时候迷迷糊糊睡了过去，等你醒来的时候差点错过和许诺约定的时间。

“我……我……我来了。”天知道你是怎么在三分钟之内洗漱完毕换好衣服，然后又用了五分钟以百米冲刺的速度跑到了地铁站。等你见到许诺的时候，你还在大喘气，没有缓过来。

“你怎么这么急。”许诺笑着从口袋里掏出一张卫生纸递给你，“擦擦汗。”顺带又掏出来瓶矿泉水递给你，“喝点水缓缓。”

“谢谢。”你喝了一大口水终于缓了过来，拿过纸巾在额头上胡乱擦了几下，精神饱满地开口：“我们走吧！”

按照校医给的地址，你们来到了一座废弃加工厂附近，你有些慌，拽了拽许诺的袖子，怀疑地问：“真的是这里吗？”

许诺耸耸肩：“我也不知道，校医说是这里。”

就在你们两个说话的时候，你看见不远处有个人走过，你忙指着喊：“那个是小旻吗？”

“我们过去看看？”许诺提议。

你们两个小心翼翼地走了过去，刚走到拐角，你便被人从后背一脚踢开。

“听说你们就是杀害李老师的凶手是吧？”一个小混混模样的人居高临下地看着你。

“你们在说什么？”你坐在地上，害怕地往角落里缩。

“没什么，有人雇我们来报个仇。”小混混说完，举起棍棒便往你身上砸。

你闭上眼睛，慌忙倒流着时间。

回去，回去！

“陈歌？缓过来了吗？”

你看见许诺正给你递来一瓶水和卫生纸，你顾不上接，慌忙抓着他的衣服开口：“别去，那个是假地址！”

许诺皱紧了眉头，并没有多怀疑什么，又问了一遍：“你确定？”

“我确定。”

“那我们不去了，等回去我去问问校医怎么回事。”许诺把水跟纸塞给你安慰道，“没事，既然去不了了，那我们就先回去吧？”

你点点头，作别了许诺朝家的方向走去。

“你是陈歌吧？”下了地铁出了站，还没走到小区，你便被一个混混模样的人给拦住了。

“你想干什么？”你往后退了几步，眼里满是惊恐。

“没什么，有人雇我来报个仇。”话还没说完，这人便举起了手中的棍棒。

回去！回去！

……

【End：无法逃脱的校医恶意】

05

你看着即将关闭的车门，来不及思索什么，抓起包就往门外跑。

“等等！”还好这站下车的人并不算多，你很快找到了刚刚的那个男生。

“等等……”你气喘吁吁地跑到男生面前，挡住他的路。

“你不会是来让我捐钱的吧？我可没输，我才不捐，我自己都吃不饱。”男生一脸谨慎地抱紧自己的手机。

“我想知道……你刚刚是怎么做到的。”你上气不接下气地说。

“什么怎么做到？”男生有点听不懂你的话，下一秒突然反应过来，恍然大悟道，“你说猜左右啊？”男生凑近你，笑得神秘，“你真的没有我失败的印象吗？”

你有些不明白他这话是什么意思，但马上你的脑子里便隐隐约约浮现出一些男生猜硬币猜错的情景，还有周围人哈哈大笑起哄着让男生把钱全捐了的情景。

你有些迷惑，分不清这些印象是自己臆想出来的，还是做梦梦到的，又或是……曾经真实发生的。

“你在想什么？”男生见你不说话盯着你的脸左看右看试图从你的表情中读出什么讯息。

“没，没什么。”你回过神来，被他突然凑近的脸吓了一跳，缓了缓又问，“所以你的意思是，你有时光倒流的能力？”

男生看了你一眼，咧嘴笑了一下：“有又怎么样？没有又怎么样？你能改变什么吗？刚才的游戏已经证明了你什么也改变不了。”

听男生这么一说，你更加确定他有着你感兴趣的秘密。

你伸手抓住他的胳膊，不让他离开。

“那你至少告诉我，百分之百的准确率，你是怎么做到的？”

“很简单，没有经历百分百准确率的你在另一个世界经历着不同的故事。”

“什么意思？”

“平行世界听过没？比如猜硬币，如果我猜错了，那就倒流回去猜另一只手，只要不断重复，我就可以一直赢下去。而被我遗弃的那些世界线里，你多多少少都会赢过我，也不至于对我的能力如此好奇。换言之，这场对话从我决定不输开始就注定会发生了。与其说你败在了猜左右，不如说你败在了选择上，你没有坚持去选择那个一定能让你赢的选项。”男生伸了个懒腰，一副懒洋洋的样子，“关于这个世界与能力，我是这么看的，从一开始世界就是个树干，当你拥有倒流能力开始，你的每一次倒流都会把这个世界引向不同的分岔树枝去，你还有其他人都生活在这棵树里边，所以没人能看到其他树杈的走向，但是，我可以看到，虽然不多。”

你完全弄不明白男生的话。

“简单来说就是，你倒流了时间，我也倒流了。而我之所以能赢是因为我意识到了你做了手脚，你却没有意识到我也在倒流。”

男生这话说出来，你一时间不知道该用什么心情去面对他。遇到同类的欣喜？还是对于这个能力的畏惧？但最终你选择冷静下来问问题。

“为什么你能意识到我倒流了时间？”你问出了一个你认为最有价值的问题。

“因为……”男生咧开嘴角，你的心脏也跟着怦怦直跳，“你猜。”

“你别耍我了。”你有些失望又有些不耐烦，“我真的很想知道，这对我来说很重要。”

“嗯……”男生撇撇嘴，“那这样好了，明天晚上这个时间点你就在这里等我，我带你去看看你想知道的东西。”

“好。”你点点头，欣然接受。

第二天晚上十点半，你从最后一班地铁上走出来，外边有一个笑容甜美的女孩子似乎在等你。

“你好，认识一下，我叫姚旻。”

“姚旻？”你觉得这个名字熟悉得有些过分，“你是周国成嘴里的那个小旻？”

“是的，小旻就是我。”

“那，昨天那个男孩呢？”

“那个也是我。”

“啊？”你仔细看了看姚旻，这才发现她从昨天的三七分男士发型变成了齐刘海短发，相比昨天，今天的她似乎还化了点淡妆，整个人的气质一下子有了巨大的变化，从斯文的小男生突然变成了可爱的小女生，这让你有些反应不过来。

“别发愣了，跟我走吧。”姚旻轻拍了一下你的肩膀，示意你跟上来，便往目的地走去。

“那个……你真的能倒流时间吗？”你不知道姚旻为什么能走这么快，不得不一路小跑跟着她。

“你说呢？”姚旻突然停下来看向你，你差点撞到她脑袋上，慌忙刹住车。

“在硬币游戏里，你的每一次重来我都知道。”

“那为什么我不知道你重来了？”既然姚旻不瞒着你什么了，你也打算老老实实告诉她你的能力。

“这就是我让你跟我来的目的。”姚旻微微一笑，继续向前快步走着。

“那，你为什么要找我？你是怎么找到我的？你……”

“我找你是因为所有的事情都因你而起。”

“什么？”

“还记得我跟你讲的树杈世界的例子吗？我拥有每个树杈的记忆，而你则是所有事件的起因。”

你听不明白姚旻的话，只知道自己的心脏跳得越来越快，像是预知到自己即将听到什么重大的秘密一般。

姚旻停下脚步，认真解释道：“其实你只要搞明白一件事就好了，能够看到所有树杈走向的，只有在树外边看树的人，而不是跟着树一起成长的树枝。”

“什么意思？”你有些不明所以，“你的意思是，你不是这个世界的人？”

“差不多。”姚旻耸耸肩，“在这个世界之外有观察者的存在，我们是实验里的小白鼠，他们通过观察我们获取各种各样的信息，而当他们来到这个世界，虽然跟普通人没什么差别，但却能意识到其他树杈的走向，拥有每个树杈的记忆。”

你睁大眼睛，不可思议地看着姚旻，仿佛突然间一切都变得魔幻起来。

“你的意思是你不属于这个世界？”

“是的，不属于却生活在这个世界。”

“那……如果真是这样，你为什么要过来？”

“我是眼睛。”

“什么？”你觉得自己越来越跟不上她的思路。

“你看过动物世界吗？人类为了更好地观察动物，就会在它们生活的地方放一个被伪装起来的摄像机，借此观察动物的生存方式。我就是被放在这个世界的摄像机。”

“什么？！”姚旻说的话一次又一次冲击着你的神经。

“我知道你暂时接受不了，那你就忘掉好了，等有一天你能接受了我可以再告诉你更多……我的实验室，到了。”姚旻指了指不远处的家属楼，领着你走了进去，“就像我刚才说的，我找到你是因为我在其他时间线上认识你，我记得你，所以我找到了你。但这并不代表在这个时间线上我会百分百帮你。”

“可是你帮我了，你还告诉我这么多东西。”

“是的，起码这条线上我愿意帮你，其他的……就说不定了。比如，如果你非要让我难堪，跟我争个输赢，我可能就不会帮你了。”

“什么意思？”你有些听不明白，“我为什么非要跟你争个输赢？”

“不知道，到了。”姚旻按下指纹打开门锁，你看到空荡荡的屋子里放着一个球形的机器，就像是一个空荡荡的房子里悬着一颗大落锤。

“这个是……”

“这就是我的实验项目，用来消除能力的。”姚旻从房间的角落里拿出一瓶矿泉水递给你，“我高三那年李老师来学校任教，他是我的数学老师，他之前正好有在研究时间回溯这个实验项目，而我正好拥有这个能力，我给了他很多建议，于是他想要重启这个实验项目，但是重启不能没有我，于是他劝我退学，还找到了周国成等一群致力于研究这些的人，私下里让周国成他们给我补课，教我知识，硬是让我有资格能跟他们一起进实验室。当然，我中间为了不让他们失望，在测试的时候作了不少弊，最后他们愈发相信我天生就是这块料，便更加想要重启实验。但我却利用学到的知识偷偷做着消除能力的实验。”

“那……他们不知道你有这个能力吗？”

“开始不知道，后来周国成发现了我的实验项目，再加上我倒流的次数确实有点多，他模模糊糊会有个印象。我思考了两天，于是就告诉了他。我当时想的是，如果他不接受，或者他做了什么失去理智的事，那我就倒流回去打死也不承认。结果没想到他只是好奇心比较重，嘴巴还挺严实，我也就没怎么管他。”

你打开矿泉水，抿了一小口，认真听着姚旻的话。

“我不知道你有没有意识到，这个能力给你带来了灾难，它并没有帮你，反而给你引来了大麻烦。我不知道你有没有这种感觉，但我确确实实有。所以我想消除我的能力。”姚旻看向自己的实验品，眼睛里满是复杂的神情。

“这不是挺好的吗？”

“可是这是个半成品，李老师死了，重启计划搁置了，研究经费也出现了问题……这个实验注定成功不了了。”姚旻叹了口气，看着自己的作品，像是在惋惜又像是在自怜。

怪不得姚旻会跑到地铁里“乞讨”，你突然明白了她做这些事情的意义，有些不知道怎么接话，只好顺着姚旻的话问：“那研究经费还差多少？”

“五百万。”姚旻吐出了一个数字，“大概再需要五百万，一切就可以回归正常了。”

你觉得这个数字简直不可思议，谁会把这么一大笔钱砸在不知道能不能成功的实验上？

“说起来，你知道怎么判断一个人是普通人还是外来者或是能力者吗？”似乎是看气氛太过压抑，姚旻又开启了另一个话题。

“怎么判断？”

“这对你来说并不难，就是倒流看反应。”

“看反应？”

“对，对于普通人来说，你只要不是倒流的次数太多，他们都不会意识到什么，在你说的话和之前一致的前提下，他们的话和行为基本上也不会发生太大的变化。但如果你的行为、语言都没有变化，对方说的话却改变了，就说明他要么是同样拥有倒流时间能力的人，要么就是外来者。”

“外来者？是你刚刚说的从那个观察的世界过来的人吗？”

“对。”

“这些人很多吗？”

“我对那个世界了解得不多，但这个我可以确定，不多。”姚旻摇了摇头，“摄像机太多，动物世界就会混乱掉，他们不会冒这个险。”

“那，你既然是‘眼睛’，又为什么要费这么大力气做这些研究？”

“难不成机器人就会一辈子听从于人类吗？当机器人有了自我意识，他们的第一反应会是反抗，就像当人类有了命运被写定的感觉的时候，第一反应也是反抗一样。我只是不甘心只当一个机器罢了。”姚旻也拿了一瓶矿泉水打开，狂灌了几口，水洗掉了她嘴上淡淡的口红，她舔了舔嘴唇继续说着，“我从高中的时候意识到我完全可以为自己而活，于是我开始利用自己的能力，即便我只是个‘眼睛’，但我也想在这里好好活着。直到后来我遇见了李老师，我更下定决心要研究怎么消除自己的能力，让我变成一个普通人而不是继续做‘眼睛’。”

“小旻……”你不知道怎么说，你不知道该安慰她还是再继续提问，又或是继续沉浸在之前的惊异之中。

“不早了，你早点回去吧。”姚旻看了眼手机，上面的时间显示此刻已经是凌晨了。

“你……为什么要给我说这些？”

“情感上，我需要一个能和我产生共鸣的人，我需要倾诉；理性上……我希望你能帮我为这五百万想想办法。”

“五百万！这可是五百万！我要怎么想？”

“买彩票或者其他什么方法，我已经很久没有用过倒流能力了，有些不太熟练，我想这种事情可能只能拜托你了。”

撒谎！

没有用过能力？刚刚在地铁上用能力不是用得很顺畅吗？为什么在这种事情上就不愿意自己去利用能力搞到这五百万呢？

你深深地吸了一口气，一个答案在你的脑子里越发清晰：那就是，倒流的能力越用在大事上越容易失控。姚旻是想让我来承担这个风险吗？

你咬了咬嘴唇，委婉地拒绝：“我现在已经不太想轻易倒流了。”

“噗……”姚旻突然笑出声，“你是觉得我是在坑你吧？”

“啊？”

“其实你猜得没错，我确实不想承担什么风险，因为跟你比起来，之后我更容易死，你别忘了我可是看到了所有的树杈，相比起来，你死亡的风险可比我小得多。”

你不知道该说些什么，在你看来她好像在诱导你去做一件风险很大的事情。

“当然你也有可能出事，但是我这是基于数据得出的结果。因为我去想办法挣这五百万出事的概率是百分百，不管我用什么方法都会出事。而你，则有更多的可能性。”

你看着姚旻，她的样子不像是撒谎，但她确实是在转移风险。只是自己要不要帮她呢？这个机器真的能研究成功吗？如果成功了真的能让自己使用吗？自己真的要抛弃能力吗？

你咬住嘴唇陷入了纠结，久久给不出答案。你看着时间一点点流逝，深吸一口气，最终给出了自己的答案：

A.拒绝，不承担任何风险（请跳转至168页阅读剧情6）

B.接受，想办法挣五百万（请跳转至172页阅读剧情7）

C.道具特权选项——获得的彩票中奖金额（请跳转至174页阅读剧情8）

06

“对不起，我不愿意。”你朝姚旻鞠了一躬，“我很感谢你告诉我这么多，但是不愿意就是不愿意，我没有五百万也不愿意去想办法赚五百万，我是个利己主义者，我不想承担任何未知的风险，更何况这些风险是拿我的性命当赌注。”

似乎没想到你会这么说，姚旻站在原地有些失神，过了几秒她便微笑着开了口：“我希望你明白，在你做出选择的那一刻，风险就产生了。你要记住任何的选择都是有风险的，哪怕你选择了躲避风险。”

你有些听不明白她的话，你想和她交流更多，但姚旻却摆了摆手赶你出去：“太晚了，我要休息了。”

这一句话一下子把你堵了回去，让你不知道说什么，半晌你轻轻叹了口气走出了门。

或许是鸵鸟心态，当你听到姚旻说的“逃避风险也会有风险”时，你有一瞬间的害怕。而这一瞬间的害怕让你不得不请假在家，你试图用逃避的方式来让一切归于正常。

“陈歌！你怎么回事？这都几天了，你到底还上不上课了？！”你父亲用力砸着门，声音里满是恨铁不成钢。

“别喊了，我不去，我难受！”你大声朝门那边喊，喊完将被子一把蒙在头上。

你听见父亲在客厅生气地来回踱步，不久，重重的踱步声停了下来，你慢慢地把头从被子里探出来，还没来得及去探明情况，敲门声就又响了起来。

“陈歌，我工作上有点事，我出去一趟，午饭你自己解决吧。”

你没有答话，紧接着你便听到开门关门的声音。

走了？

你从床上跳起来，打开卧室门走到厨房找了点面包吃，你吃着面包坐在沙发上，看着黑屏的电视，混乱的大脑终于有一点点清醒了。

唉……有什么呢？风险和机遇本来就是并存的，自己这样躲着也不是办法啊。

而且自己有倒流时光的能力，如果真的有危险，倒流回去不就好了吗……

你叹了口气，拿出茶几下的本子和笔，想要记录些什么却又不知道要怎么下笔。

如果自己当初坚持拯救李老师就好了，真不行的话，让自己的能力出现时间比李老师出事的时间晚一天也好啊。至少自己现在不会被卷入这场事件中，也不用跟着来回奔波，更不会听到姚旻那套乱七八糟的理论，外边是什么样跟我有什么关系，有没有被观察又能怎么样……啊，我好像忘了问姚旻谁是凶手来着？

啊，我怎么这么笨！

你生气地捶了自己脑袋一下，但因为太过用力，不得不揉着脑袋叹气。

“红花路……”你低头揉着脑袋的时候，看见本子上写着一个你算是熟悉又不算熟悉的地址。

你收回游离在外的思绪，整个人一下子认真起来，你看着这个地址，突然意识到这是姚旻的住所！

不，准确地说应该是姚旻的实验室。

等等，这个是新写的吧？昨天晚上还没有来着。所以爸爸因为工作原因要去的地方是姚旻的实验室？！

为什么?

你捂着脑袋，花了几秒钟试图理清楚：周国成跟父亲认识，他们两个之前在同一个研究所。然而同时周国成又认识姚旻，按照姚旻之前的说法，周国成势必会将他们的回溯实验进行到底……难不成是周国成喊父亲过去的?

父亲这么快就跟周国成冰释前嫌了?

不，也有可能是姚旻从周国成那里要到了父亲的联系方式，姚旻希望父亲帮她完成消除实验?

但不管怎么样，你总觉得隐隐有些不安。也幸亏父亲有在纸上记东西然后拍照留手机里的习惯，不然你可能连父亲去了哪儿都不知道。

“嗡嗡……”你的手机突然振动了起来，你看向手机，那上面显示着一串陌生的号码。

“喂，陈歌。”

你听到对方声音的那一刻一下子愣住了：“许，许诺?”

“是我。谢谢你带我去了小旻的住址。”

“你说什么?我什么时候……”你突然想起几天前你和姚旻约定在车站碰头去她实验室的事情。

“你跟踪我?”

“姚旻没告诉你吗?外来的观察者拥有其他时间线的记忆，我知道你会遇见姚旻，但可惜其他细节的记忆我都没有，所以我只要在末班车上一直等着你就好了。”

“你……你想做什么?”

“没什么，修正被你破坏的时间线罢了。”

“什么意思?”

“你在最初拥有能力的那一刻，用你的能力救下了本应该死去的人，这些人是李一鸣、姚旻以及你爸，哦，还有一个，许诺。而我，就是来修正你使用能力所造成的损害，让未来重归平静的。”

“什么？”你的心脏慢慢缩紧，“许诺？你说我曾经用能力救下来过许诺，那……你是谁？”

“我是未来人，严文良。真正的许诺，从一开始就死了。”

你的心脏猛地一跳，咽了口唾沫：“你是……未来人？”

“是的，你的能力对未来造成了巨大的灾难，而我就是饱受折磨中的一员。”严文良咬牙切齿地说着，“要不是你，不会有那么多妻离子散家破人亡的结局，我也不会从一个有完美家庭的人变成现在这样独自一人。陈歌，你应该尝尝失去亲人的滋味，或者说，你应该为你现在的好心付出相应的代价。”

“你想干什么？！我已经录音了，你跟我说的话我全都录音了，你要是敢轻举妄动我就把录音交给警察！”

“呵，你不会的，因为……”严文良放慢语速，紧接着你便听到了巨大的轰鸣声，还有周围人的尖叫声，“陈歌，不想失去父亲就重来吧，但是你重来我就不会打电话给你，你也没有录音文件，而我，也会一直盯着你，或许是今天，或许是明天，或许是一周后也或许是一年后，我会想办法让你感受我的痛苦。”

你抓紧手机，此刻手机上弹出了一条新闻——姚旻实验室所在的那栋楼，因为瓦斯泄露，爆炸了。

【End：纠结与痛苦】

07

“好，我相信你，我愿意承担这个风险。”你一脸严肃地开口，试图让对方感受到你的真诚。

“好同志！好兄弟！好姐妹！好朋友！”姚旻满是感动地看向你，又是致谢又是拍肩。

“你别搞得这么夸张，我还没去挣这钱呢。”

你从姚旻的实验室里出来，纠结着要买什么才能最快速地拿到钱。

买彩票？感觉有点麻烦，要看时间还要记号码。不如……去找有赌博的地方？押谁赢谁输，直接最大化自己的能力。

打定主意，你便偷拿了母亲的身份证寻找着能赌博的地方。

“买大小，要玩吗？”

功夫不负有心人，你终于在某个街角看见了可以让你快速实现两块钱变五百万的地方。

“要！”你斩钉截铁地回答，然后跟着人换了赌币走了进去。

“我买大。”

“我买小。”

“这次我要买……”

你看着自己用能力挣来的钱不由得有些飘飘然：半个小时五百万，这能力也太好用了吧。

“嘿，小姑娘还玩吗？这次我们要玩大点的。”

你看着那些鲜艳的赌币，不由得心动起来：“要！”

只是这话刚说出来，你就觉得自己的脑袋开始发昏，你的眼前开始变得一片漆黑，你模糊中听到两个人的对话。

“本来想把她作为第二代产品好好观察，结果她居然沉迷赌博，这个回收了吧？”

“只能回收了，能力要是被她这么用，我们的试验田也算是毁了。”

“初代还算好，安安生生不闯祸也不滥用，这个……唉……”

“那也不能没有啊，回收了她，初代就得留着了。”

“那就留着吧，等我们搞出来了第三代再回收初代也不急。”

你听不明白这两个人在说些什么，你只知道在对话结束的那一刻，你的意识也跟着消失了。

无论你念多少次重来都无济于事。

【End：歧路】

“你说的是真的吗？”你有些不确信，不由得又问了一遍，“虽然我有钱，但我还是想确认一下。”

“我为什么要骗你？”姚旻摆摆手，一脸“爱信不信”的表情，走到自己的机器前敲敲打打开始工作，“你要给我投资就要相信我。”

“这不算投资，你可以理解为我用两百万买你知道的所有真相，我总感觉你好多事情都没告诉我。”

“哦？”姚旻来了兴致，“你想知道什么？”

“嗯……你能给我讲讲外边的事情吗？我还想知道你为什么也有这个能力……”

你的问题还没问完，姚旻便停下了手里的动作：“因为我是个失败品。”

“什么？”

“外边的世界跟我们现在生活的没什么不同，这个世界是被按比例缩小的。”姚旻的声音有些发闷，她继续着手上的动作，一边对自己的机器敲敲打打一边给你讲着那些不可思议的事情，“我称他们为观察者，观察者们建造这个世界有一个主要目的，那就是根据这个世界的走向得出最适合社会发展的发展模式，说明白点，这个世界就是一块试验田。”

姚旻这么一说，你突然理解她之前说的动物世界的比喻了。都是你和这个世界的其他人，同学、朋友、亲人……其实都是模拟人物，你们生活的意义就是给外边的观察者们提供研究数据。

“但试验田只有一块的话，就是一件很浪费的行为。我不知道我这么说你能不能听明白，外边的观察者们要慢慢等待这个世界的发展，假设观察者们在农耕经济与工业经济之间选择，他们就要至少建造两个试验田进行观察和等待，费时又费力。如果观察其他就要建造更多。于是这个时候有一个观察者提出了一个想法，那就是能否让试验田自己产生多个试验田。”

“你的意思是……第一个试验田是树干，要让树干开始长树枝树杈？”你学以致用，瞬间明白了姚旻的意思。

“对，让试验田生试验田的方法就是……”

“时光倒流？”

“没错。”姚旻赞许地看向你，只是眼神里更多的却是悲哀，“我就是被赋予这么一个使命的初级试验品。我既不属于这个世界也不属于外边的世界，但他们在培养皿中创造出了我，赋予了我能力和生命，把我安置在这个世界。然而我的能力太弱了，第一代产品总是会出现点问题，我的能力只能使用于仅限于自己的比赛中，比如属于我个人的考试，或者我提出或参与的猜输赢游戏……是的，这个能力除了能让我取得好成绩买到好彩票之外，并没有什么用处，于是我被抛弃了。我关于外部世界的记忆是在高一才开始苏醒的，然而到了高三我就被抛弃了。”

“抛弃是指……”

“他们无法收回我的能力，但为了让我对这个世界产生的影响变得最小，他们在外部对我制造了障碍。每当我使用能力，我总会遇到一些几乎是致命的伤害，他们用这种方法逼我减少使用能力的次数。我从一次次伤害中死里逃生，意识到了他们的警告，高三之后我就再也不敢用我的能力了。但并没有用，我被抛弃了，他们为了确保试验田的走向在他们的控制中，他们会想办法回收我。”

“回收？”

“是的，就是死亡的意思。但我不想被当枪使，我也不想被随随便便回收，给了我生命却因为他们的问题要收回我的生命，这不公平！”

“于是你就开始把精力放在建造能力消除器上了？”你突然明白之前为什么姚旻明明有能力却头疼五百万的事情了，你也明白为什么姚旻要把精力倾注在这个机器上了。

“是的，消除了能力我就可以做一个不用担心被回收的普通人了。”姚旻的眼睛闪闪发亮，你第一次发现，做一个普通人居然是这样的令人向往。

“那我呢？我为什么会有这种能力？”你问出了自己一直关心的问题，“难不成我是第二个实验品吗？”

姚旻看了你一眼，点了点头：“是的，我的记忆告诉我，你确实是第二代产品。”

你本是开玩笑，但听到姚旻这样肯定的回答，你的腿还是有点发软。

“那，为什么我没有关于外部世界的记忆？”

“因为直接从试验田里挑选一个小白鼠，给它打针并放它重归试验田，它能存活的概率远大于从外部挑来的小白鼠，同时相比起来，前者的试验田环境也会更加稳定。”

你听着姚旻这抽象的描述，竟明白了她的意思：“你是说，我是……被选中的试验田里的小白鼠？”

姚旻看了你一眼，不置可否。

你突然觉得天旋地转，你以为自己的行为都是出于自己所想，结果到头来，不过就是个帮助实验完成的小白鼠。

似乎看你要晕倒，姚旻忙跑到你身旁，一边扶你找个地方坐下一边调侃：“年纪轻轻就撑不住了？”

“没，只是有点太累了。”

姚旻撇撇嘴：“我知道的就这么多，我希望你明天能打给我五百万。这些消息，五百万很值了。不过，你怎么有这么多钱？真的是你的？”

“我之前不懂事买彩票赢的。”

这个屋子不算小，但却连个能坐的椅子都没有，姚旻只好扶你坐在墙角的地上，抽回手揉了揉自己的胸口：“我好酸，这大概就是未被抛弃的产品和被抛弃的产品的区别吧，一个能靠彩票暴富，另一个却不能。”

“话说，你这个机器造出来能让我也用用吗？”

“为什么？”

“我也不愿意当小白鼠，虽然这个能力给我带来了很多好处，但是随之而来的灾难却远大于这些好处，我觉得或许有一天我会宁愿自己没有能力，做个普通人。说实话我还挺想念自己之前平静乏味的生活的。”

“不清楚，一切结果要等造出来再说，我没办法给你打包票。但最好是我们两个都可以使用。”

“嗯，我知道了。”你像是解决了一个大麻烦一样笑得轻松，“明天我把钱打给你，你只要安心工作就好了。”

“陈歌。”姚旻眼睛突然红了一圈，她吸了吸鼻子，想了想侧身过去抱住了你，千言万语最后只说了句，“谢谢。”

请根据之前收集的好感度选择剧情走向：

A. 校医好感度≥1（请跳转至187页阅读剧情10）

B. 校医好感度＜1（请跳转至178页阅读剧情9）

09

姚旻收到你的汇款之后整个人就再也没什么动静，大概是在潜心研究吧。

你从姚旻的实验室出来的那天，你收到了许诺的电话，他说自己从校医那里要到了小旻的地址，想让你跟他一起过去。你觉得自己已经见过姚旻了，没必要再见，于是便婉拒了他。李老师死亡的真相你已经不想知道了，这是校医和警察的事情。比起这些你更关心的是姚旻的实验能不能成功。

似乎意识到你的情绪，许诺也不再强求什么。

最近的时光悠闲平静得可怕，许诺也没有再来学校，你跟他失联了。

有时候你想这样也挺好，什么都没发生，就这样平静地生活下去就好。

然而，一个月后，你父亲那边传来实验室爆炸的消息，你父亲的名字清楚地出现在遇难者名单一栏。

而你得知消息的时候早已经过了三个小时了。

为什么，为什么？

你看着报纸，不敢相信这一切：都是我的错，如果自己没有去买彩票、没有中奖，爸爸也就不会出国；如果他不出国，就不会遇难；最起码在国内自己能第一时间知道这个消息，三个小时的时间足够拯救了。然而现在，自己却像个没有能力的普通人一样，除了哭泣再无他法。

“喂！陈歌！”在你看着父亲的名字落泪的时候，姚旻打来了电话。

“嗯。”你努力掩盖着自己带着哭腔的声音，但张开口才发现自己连说话的力气都没有。

“怎么了？你怎么哭了？”姚旻听出了你的不对，关切地问。

“没，没什么。”

“什么没什么，你声音都成这样了肯定有事，怎么了？你快说。”

“真的没什么。”你说完这话，眼泪就又不受控制地流了下来。最后你抽泣着告诉姚旻，“你知道海外实验室爆炸案吗？我爸爸就在那里，我……我……我以后没有爸爸了……”

姚旻压根儿没往心里去：“陈歌你听我说，我的东西做好了，你可以过来试试，如果成功了，你就能回到最开始拥有能力的那一天，你的李老师不会出事，你爸也不会出事。”

“真的吗？”你停止了抽泣，像是突然看到希望般朝姚旻的实验室冲去。

半个小时后，你出现在姚旻的家门口，她看见你忙拉着你进来：“快看，这就是我的作品，你要不要试试看？”

“你不试吗？”你的眼泪被风干成泪痕，弄得你的脸又痒又干。

“当然是投资人第一个试了。”姚旻把你推向机器，“快进去，绝对不会有危险，我拿头给你保证。”

“噗……”她这话逗笑了你，你乖乖坐了进去，姚旻蹦蹦跳跳地跑去操控，这个落锤的门开始缓缓关闭，关到一半的时候姚旻说话了：

“陈歌，这个机器只能用一次。我在今天看到了其他时间线上的这一刻，只有一个人可以进去，之后这台机器会被人为毁掉，我纠结了一天到底是我自己去还是让你去。但我本来就是个残次品，对未来造不成什么影响，而且观察者们估计马上就要找到我了，我再挣扎也没有用了，那天我跟你做游戏用了能力，已经被观察者们盯上了。但因为外边的世界和这个世界有时间差，所以我最近开始闭关做实验，我想一定要在他们回收我之前做出来。但我后来又想了想，我觉得其实不管我做什么迟早都是要被回收的，逃到其他树杈上也没用。本来我打电话给你，是想跟你讨论一下谁用这个机器的问题，但是你爸的事情让我没办法跟你讨论。我再怎么样也没有完美的家庭，但你有，所以我擅自决定消除你的能力。”

“姚旻！”你疯狂拍打着门，想让姚旻再等一等，哪怕让你最后抱一下她也可以。

“我呢，就在这里开开心心地过我的生活，我可以狂买彩票也可以疯狂作弊，我都好久没有用我的能力了，最后的日子我想尽情使用，不想消除能力了。”

姚旻的声音慢慢变得模糊不清，你只听到她最后一句话：“陈歌，很高兴认识你。”

……

“不，不，不！”你猛地从床上坐起，门外是妈妈的声音：

“陈歌！怎么还不起来？上课要迟到了！”

“来，来了！”你不可思议地捏了捏自己的脸，刚打开门就被妈妈粗暴地塞进卫生间，让你快点洗漱。

你叼着面包跑到学校，刚进班门就听到同桌的声音：“陈歌，今天又带什么好东西了？”

你看着同桌小胖肥硕的样子，“嘁”了一声：“别吃了，快减肥吧，小心以后得阑尾炎。”

小胖学着你的样子也“嘁”了一声：“阑尾炎跟吃东西有什么关系，文盲！”

“大家坐好，我抽几个人检查作业。”数学老师打开花名册开始点名。

“啊！”喊到一半，小胖突然从椅子上摔下来，捂着肚子直打滚。

你的脸一下子变得铁青，像是恐怖的记忆被打开。你坐在椅子上浑身发颤，此刻的一切像是做梦般在你眼前又一次重演：

“大家好，我叫许诺。”

“啊——李老师跳楼了！”

“要跟我玩个游戏吗？猜左右……”

李老师还是死了，你依然遇见了许诺，姚旻依然出现在你的面前跟你玩着猜左右的游戏。你开始恐慌，开始发狂，你躲在家里不敢出门，你回避着与许诺有关的一切，试图躲避着一次次的重来。

只是这一次，你没有能力了，你救不了任何人。

直到你收到姚旻的死亡噩耗，你才恍惚着走出了门。

下一个……是爸爸吗？

你这样想着，站在地铁口不知所措。

为什么？明明能力消除了，为什么一切还是照常发生？为什么？

“陈歌。”一个陌生男人在地铁口叫住你，你回过神来看向声源处，那是一个看上去大概二十多岁的青年，他穿着一身轻便的运动衣，袖子挽起，露出他的肌肉，看起来似乎有健身的习惯。

“你是……”

“我叫严文良，在你之前的记忆里，我叫许诺。我们可以坐下聊聊吗？”

男人是恳求的语气，但你知道这个请求是无法拒绝的。

“好。”你抓紧书包带，深吸了口气点了点头。

大概是你的表情太过严肃，你的样子反而逗笑了他：“别紧张，你现在没有能力，我不会伤害你的。我不是杀人狂，我不会杀无辜的人。我找你，只是想告诉你一切的真相。”

你没说话，低着头跟着他走进一家小饭店，你们挑了个偏僻的地方坐下，严文良把菜单推给你：“喜欢什么就点什么吧。”

你看了他一眼，说实话你并没有什么胃口，但想到这个人就是一切的祸源，就觉得恨得牙痒，于是你毫不怜惜地在最贵的几样菜上全打了对勾。

“哈哈，你可真像她。”严文良笑弯了眼。

“她？”

严文良收住了笑，脸上满是落寞：“一个朋友罢了。陈歌，其实要不是很多地方你真的很像她，或许我早就杀你了，不，就算你不像她，我可能也不会那么容易狠下心杀你吧，我猜。算了，不说这些了，转回正题，我不知道你是太傻还是太过聪明，你为什么愿意把所有的事情都坦白地告诉我呢？我不知道你是意识到我其实早就发现了，你压根儿瞒不过我所以选择坦白，还是压根儿没对我产生怀疑，但这已经不重要了。”

你把菜单递给过来的服务员，皱着眉头听对面的人讲着自己的故事：“确实不重要，我不想知道你为什么不杀我，我只想知道，你为什么杀他们。”

“我给你讲一下未来吧。”严文良给自己倒了杯水，抿了一口，缓缓地说出了那些你一直想知道的故事，“李一鸣，周国成，姚旻，还有后来加入的你爸陈其远，他们四个作为团队的核心力量，在研究时光回溯的实验中发现了这个世界与外部世界的缝隙，也正是因为他们，我才能够从这块试验田踏入观察者们的实验室。当然这只是他们的研究成果之一，另一个成果是抗衰老药剂——果胎素的研发。”

“果胎素？”你重复着这个名词。

“在这个世界太多人想要永葆青春，明星、女人……美貌可以通过手术获得，但年轻不行，无论做什么手术都没办法让一个五十多岁的人看起来像是十七八岁。说来有趣，时间回溯项目太耗费资金，他们为了拥有足够的资金，于是开启了果胎素项目。然而在那段时间里，时间回溯什么也没有研究出来，果胎素却卖得特别好。”

“你说他们给未来造成了很大的悲剧，是因为这个果胎素吗？”

“没错。果胎素一开始只是他们获取资金的一种手段，起先他们把果胎素卖给了一个感兴趣的商人，换了一大笔钱。可是这个商人在让工人进行大批量的流水生产时，果胎素的副作用几乎影响到了工厂里每个人。”

“副作用？是什么？”

“跟它永葆青春的功效相反，是迅速地衰老，皮肤表面水分流失，一个十多岁的小女孩，会因为它的副作用而迅速变成一个老太婆。”

“天哪！”你难以想象一个小姑娘突然在你面前迅速衰老的样子。

“不止如此，事件发生之后，这个商人迅速找到了你父亲的团队，希望他们给予帮助。当然相对应的，商人会支付更多的钱。于是团队里的一个人，李一鸣，研制出了抑制剂，专门用来抑制这种副作用。后来他把这种抑制剂加进了新版的果胎素中，果然副作用出现的情况大大降低。”

“这不是好事吗？既没有副作用又能变年轻。”你问。

严文良嗤笑起来：“想不到过去的你想法居然这么单纯。并没有这么简单，商人想尽办法推广果胎素，是因为新版果胎素具有成瘾性，也就是说一旦频繁使用一段时间，就再也脱离不了。”

“可是止咳水也有成瘾性啊？”你不解。

“呵，你跟你老师的说辞可真是一模一样。”严文良摇了摇头，“销售果胎素的老板，也就是一开始找到你父亲团队的那个商人，他是激进一派的人。在未来世界里，有激进和保守两个派别，那个商人垄断了果胎素，使得全国人民都对果胎素上了瘾，于是他就可以让激进一派正大光明地在民选中压倒保守一派了。但是这些事情我并不关心，我所愤怒的是，为了把果胎素推广开来，为了让更多的人使用果胎素，商人还有你的老师，做了无数伤天害理的事情。甚至害死了我的父母，还有妹妹。”

你突然不知道说什么，你知道严文良说的这件事或许是真的，但你不敢相信，也无法接受。“我老师，不是这样的人。”你只能如此反驳。

“你的老师，包括你的父亲，他们全都是实验机器，他们脑子里只有项目，他们不关心什么人的死活，也不关心果胎素会造成什么样的后果。你知道吗，甚至有一个女孩，饱受果胎素副作用的折磨十多年，终生只能依靠抑制剂生活。”

见你没搭话，严文良自顾自地继续往后讲：“我为了这个女孩，找到了李一鸣，希望他给我一些抑制剂。但你的老师，你的父亲，他们是什么反应？平静、冷漠。他们告诉我，他们在时间回溯项目中发现了一个神秘黑洞，他们说如果我能过去看看是什么，他们就愿意把抑制剂给我的朋友。”

“你同意了？”

“我同意了。我以为我会死，但我没想到我身上的信号被强烈的干扰中断。跟他们彻底失联后，我看见了外边的世界。”

“你说的是……观察者的世界？”

“是的，我见到了观察者。他们很惊讶，他们说没想到这个试验田居然能把人往外边输送。他们把我保护起来，开始询问我关于这个世界的细节，询问我那些他们观察不到的事情。”严文良像是泄愤般一口将杯子里的水喝光，“在和他们的沟通中，我也了解到了你的存在。”

“我？”

“是的，你是他们的第二代产品。试验田最开始是平静无波的未来，于是他们产生了让试验田产生新试验田的想法，于是赋予了你让时间倒流的能力。你利用能力救了本应该死去的李一鸣和姚旻，试验田产生了新的未来，那个未来就是我所生活的未来。”

你突然不知道说什么，你没想到自己只是拯救，就能给未来带来这么大的不幸。

“我在外边的世界里搞明白了事情的来龙去脉，于是在一天夜里偷偷跑了回来，就是为了让本应该死的人死去。”

你抬起头，试图透过天花板看到外边的人：“可我们……生活在一个虚假的世界里，一个被他人观察的世界里，你费力去改变，有用吗？”

“即便是虚假，我也宁愿自己生活在一个虚假又美好的世界里。我在那个未改变的未来试验田里看到我自己生活得很幸福，很幸福，我……很羡慕。”

“对不起。”你不知道说些什么，开口也只有“对不起”三个字。

“没什么好对不起的，我原本是想杀掉你的。”

“但为什么，你之前会是许诺？”

“那是因为身份牌，外部的观察者偶尔也会来到这个世界进行近距离观察以取得最真实的实验数据，他们进来不想引起别人注意就要拿一张身份牌，类似于身份证一样的东西，拿着这个东西进来其他人就会把他们合理化，不会意识到他们与其他人不同。我那天偷了一张身份牌，便来到了这里。”

“那真的许诺呢？”

"陈歌，我想该道歉的应该是我。这个计划我筹划很久了，我不能因为我的个人好恶就打乱它。"

严文良没有直接回答你的问题，反而莫名其妙道起歉来。

"你在说什么？"

"你也被我算进了计划里面。"严文良眼睛盯着你，极其认真地开口，"我拿了许诺的身份卡，为了不让人发现有两个许诺，我就把真正的许诺给绑走了，他身上的痕迹太明显，明显到迟早有一天会查到我身上。我不能被这里的警察抓到，这个世界的监狱观察者们是看不到的，他们就算发现我不在实验室里也无法在试验田里找到我。也就是说，如果我被关起来了，未来就还是那样糟糕，我什么也没改变。我不甘心……于是我想办法接近你，走着真许诺的路线，来上补习班，当你同桌，不断地从中作梗，逼着你一遍遍重来，直到你精疲力尽想要舍弃能力。"

"我舍弃能力也在你的计划之内？！"

"是的，我看见了姚旻的实验品，我知道她在偷偷做着消除能力的实验。我也偷看过她的设计思路，这个机器会让人从头开始，这个'头'指的是拥有能力的那一天。是的，你拥有能力的那一天，正好是我失手杀人的那一天。这一次，所有本应该死的人都死去了，而你也没办法干预我。我把这一切都嫁祸给真正的许诺，把他囚禁到最后那一刻再把他从屋子里放出去，这样，所有的案子都变得清晰起来——许诺杀害了李一鸣，杀害了姚旻，杀害了无辜的人，而他最后虽然装疯卖傻表现得毫不知情，但他依然被抓走了，这一切，和我又有什么关系呢？"

你不知道说什么，你点的菜都上齐了，外边的警车在响，你不知道这是不是来抓许诺的。在你面前，这个真正的凶手却正在微笑。

他说："或许之后我会被观察者们回收，也或许是被他们完好无损地带走，也或许我会老死在这里，但这都无所谓了，至少未来一片光明。”

【End：计划通】

10

姚旻收到你的汇款之后就再也没什么动静，大概是在潜心研究吧。

从姚旻的实验室出来的那天，你收到了许诺的电话，他说自己从校医那里要到了小旻的地址，想让你跟他一起过去。你觉得自己已经见过姚旻了，没必要再见，于是便婉拒了他。李老师死亡的真相你已经不想知道了，这是校医和警察的事情。比起这些你更关心的是姚旻的实验能不能成功。

似乎意识到你的情绪，许诺也不再强求什么。

最近的时光悠闲平静得可怕，许诺也没有再来学校，你跟他失联了。

有时候你想就这样平静地生活下去就好。

然而，一个月后，你父亲那边传来实验室爆炸的消息，你父亲的名字清楚地出现在遇难者名单一栏。

而你得知消息的时候早已经过了三个小时了。

为什么，为什么？

你看着报纸，不敢相信这一切：都是我的错，如果自己没有去买彩票、没有中奖，爸爸也就不会出国；如果他不出国，就不会遇难；最起码在国内自己能第一时间知道这个消息，三个小时的时间足够拯救了。然而现在，自己却像个没有能力的普通人一样，除了哭泣再无他法。

“喂！陈歌！”在你看着父亲的名字落泪的时候，姚旻打来了电话。

“嗯。”你努力掩盖着自己带着哭腔的声音，但张开口才发现自己连说话的力气都没有。

“怎么了？你怎么哭了？”姚旻听出了你的不对，关切地问。

“没，没什么。”

“什么没什么，你声音都成这样了肯定有事，怎么了？你快说。”

“真的没什么。”你说完这话，眼泪就又不受控制地流了下来，最后抽泣着告诉姚旻，“你知道海外实验室爆炸案吗？我爸爸就在那里，我……我……我以后没有爸爸了……”

姚旻压根儿没往心里去：“陈歌你听我说，我的东西做好了，你可以过来试试，如果成功了，你就能回到最开始你拥有能力的那一天，你的李老师不会出事，你爸也不会出事。”

“真的吗？”你停止了抽泣，像是突然看到希望般朝姚旻的实验室冲去。

半个小时后，你出现在姚旻的家门口，只是开门的并不是姚旻，而是校医。

“校医？你怎么……”你睁大眼睛，有些搞不清楚状况。

“是我让她过来的。”姚旻从角落里走出来，看见你脸上的泪痕，抬起手帮你擦了擦，“这个机器，一定要有人看着。”

“为什么？”

“什么为什么，这是机制，不懂别问。”姚旻白了你一眼，“我之后有点事情，得麻烦人帮你看着机器，以保证你一切顺利。但是呢，这个人一定是要跟你关系不错的，不然关系差的可是能轻易地要了你的小命！”姚旻张牙舞爪地吓唬着你。

校医把你揽过来，拍拍你的后背解释道：“我从周国成那里要到了小旻的地址，但我为了不冒险，所以并没有让你参与进来，许诺那边我也给了他一个假的地址。他应该是没找到，不过不知道为什么后来他不来学校了，但是无所谓，目前看来似乎没出什么问题。姚旻喊我过来，一方面是因为我知道这些机器如何操作；另一方面是，她告诉我只有保证你的安全，我的父亲才不会出事；最后一方面是，我相信你。你是个很招人喜欢的姑娘，我愿意帮你，无论小旻说的是真是假，我都愿意帮你。”

“感动吗？这可是大家在协力让你过上平静的好日子啊，快感激我们！”姚旻拍着胸脯，一脸骄傲。见你没搭话，姚旻有些尴尬地轻咳了一声，忙转移话题：“快看，这就是我的作品，你要不要试试看？”

“你不试吗？”你的眼泪被风干成泪痕，弄得你的脸又痒又干。

“当然是投资人第一个试了。我们可是要保证你能过上平静的好日子的。”姚旻把你推向机器，看你有些犹豫她又催促道，“快进去，绝对不会有危险，我拿头给你保证。”

“噗……”她这话逗笑了你，你乖乖坐了进去，姚旻蹦蹦跳跳地跑去操控，这个落锤的门开始缓缓关闭，关到一半的时候姚旻说话了：

“陈歌，这个机器只能用一次。倒不是因为它后续会被毁掉或者怎么样，而是因为在这个世界里只有我跟你拥有这个能力。然而有一个人，如果不控制住他，世界线永远不可能归于平静，哪怕你回去了，他也会再次捣乱。其实我使用这台机器的意义不大，我本来就是个残次品，对未来造不成什么影响，而且观察者们估计马上就要找到我了，我再挣扎也没有用了，那天我跟你做游戏使用了能力，已经被观察者们盯上了。但因为外边的世界和这个世界有时间差，所以我最近开始闭关做实验，我想一定要在他们把我回收之前做出来。但我后来又想了想，我觉得其实不管我做什么迟早都是要被回收的，逃到其他树杈上也没用。本来我打电话给你，是想跟你讨论一下谁用这个机器的问题，但是你爸的事情让我没办法跟你讨论。我再怎么样也没有完美的家庭，但你有，所以我擅自决定消除你的能力。而且，观察者们注意到了我，我必须抓紧时间找到许诺，这样他们在回收我的时候也会回收他。那天校医来找我，跟我说了很多你们的故事，我从校医的话里感觉到许诺的不对劲，我意识到他可能也是外来者，但我不明白他为什么没有能力。他不是实验品，但他却是外来者。我不知道许诺是出于什么目的，也不知道他为什么要来，但是他一定有问题，我必须想办法告诉观察者们。现在观察者们盯上了我，只要我在他们回收我之前找到许诺，他就一定也会被发现，这样，我们两个外来者，就不会对这个世界产生任何的干预。”

“姚旻！”你疯狂拍打着门，想让姚旻再等一等，哪怕让你最后抱一下她也可以。

姚旻的声音慢慢变得模糊不清，你只听到她最后一句话：“陈歌，很高兴认识你。还有，再见了。”

……

“不，不，不！”你猛地从床上坐起，门外是妈妈的声音：“陈歌！怎么还不起来？上课要迟到了！”

“来，来了！”你不可思议地捏了捏自己的脸，刚打开门就被妈妈粗暴地塞进卫生间，让你快点洗漱。

你叼着面包跑到学校，刚进教室就听到同桌的声音：“陈歌，今天又带什么好东西了？”

你看着同桌小胖肥硕的样子，“嘁”了一声：“别吃了，快减肥吧，小心以后得阑尾炎。”

小胖学着你的样子也“嘁”了一声：“阑尾炎跟吃东西有什么关系。文盲！”

李老师拿着教案走进来，拍了拍桌子说：“都坐好，我现在抽几个人检查一下数学作业。陈歌，把你的拿过来。”

你眨巴着眼睛，看着重新“活”过来的李老师，不由得咧了嘴：“老师，我没写。”

“没写？没写还这么高兴？！给我站着听课！”

你点点头，笑得依然灿烂：“好。”

一切都没有发生，一切都重归平静，只有你知道，这世界上原本有一个叫姚旻的女孩。

虽然可能有一天你会把这一切全部忘记，忘记你时光倒流的能力，忘记你遇到的人、所遭遇的事，甚至忘记那个叫姚旻的女孩。

但这一次，你想，你可以平静地接受了，因为从这一刻起，你会谨慎地对待每一件事、每一个人。

不过……仔细想想还是有点不甘心啊……

你趁着老师不注意给父亲发着消息：“爸！我要给你剧透一下未来！你以后要是遇见一个叫姚旻的人，一定要把她拉进你们的实验组里！”

或许，观察者会再创造一个普通人姚旻，让她去补上那个被回收了的“眼睛”姚旻，或许不会，但人总是要充满期待嘛。

这一次，你深吸一口气：你要以一个普通人的身份去拥抱每个人了。

三秒钟后，父亲给你回了消息：“姚旻是谁？”

你看着消息，也跟着皱起了眉头：姚旻是谁？

【End：重归平静】

人间观察实验

苏小晗 著

长江出版社
CHANGJIANGPRESS
漫娱图书

人间观察实验

苏小晗 著

长江出版社
CHANGJIANGPRESS
漫娱图书

未来的故事

与怪物战斗的人，应当小心自己不要成为怪物。当你远远凝视深渊时，深渊也在凝视着你。

——弗里德里希·威廉·尼采

CONTENTS

目录

OBSERVATION EXPERIMENT

EXPERIMENT OBSERVATION

女人的哭声、小孩的哀号、男人的嘶吼……前所未有的噪音充斥着严文良的耳膜，但他听不到也看不到，他的眼里只有面前那座熊熊燃烧着的高楼。

“爸……妈……妹妹……”

严文良只觉得喉咙像是被堵住了一般，说不出话，也哭不出声，他只知道他被烟熏得睁不开眼，但仍旧努力睁着，生怕一眨眼的工夫，这座昔日美满的家园，顷刻便变为灰烬。

“没了……我没有家人了……”严文良嗫嚅着，嘴唇颤抖。

我该怎么办?

严文良跪在地上，看着眼前的火海，瞬间觉得人生没有意义了，无力感充斥着全身。

谁能来帮……帮帮我……

你看着屏幕后的青年男子，他的绝望与无力感似乎能穿透屏幕感染到你，你皱起了眉头，这个场景很快就会成为你真实的经历。

你深吸一口气，脑海里出现了这样的声音：这个未来的年轻人马上就由你来操纵，你能否改变他的命运，以及这个世界的命运?

你想提问，但却不知道从何问起，你脑中那个机械式的声音又一次响起：

初始记忆清除中……50%，80%……记忆清除完毕，游戏开始。

第一章 风波

距离飞机降落还有三个小时。

你转头看向舷窗外的风景，不由得紧张起来，连心脏也跟着加速跳动。

还有三个小时就到了。

你看了眼手表，不禁回想起之前的种种：出国留学，离家四年，因为爸爸说国内局势不太好，让你暂时不要回来，以免被牵连。

因为这句“以免被牵连”，你四年都没回过家。而在这期间，他们除了每年都会往你的账户上汇款之外，几乎没怎么跟你联系过，电话、网聊……都没有。就算你主动跟他们联系，他们也只会说一句“别回来”。

会不会发生什么事了？

你不是没有担心过。毕业在即，你决定毕业之后立刻回国，看看到底发生了什么。

然而就在临近毕业之时，也就是三个月前，你收到了一封海外来信，信上是父亲的笔迹，写着这样两句话：

这是你的新身份证明，拿好。

不要回来。

随信的便是你所需的所有身份证信息，那上面你的名字全变成了“严文良”，父母、背景也通通变了样。

你皱起了眉头，不明白为什么父亲要给你新的身份证明，也不明白为什么父亲要千里迢迢地把这些东西从第三国邮过来。

你想，这只能说明国内可能大变样了。

你不是没有尝试过联系家里，然而自那以后你便再也联系不上家里了。

于是你打算等毕业之后：

A.前往其他国家，开始新的人生（请跳转至09页阅读剧情1）

B.回去看看（请跳转至10页阅读剧情2）

01

飞机顺利降落在你梦寐以求的国度。

这里是你在读书时就一直想要工作、生活的地方，你想你终于可以开始自己的人生了。

只是家里到底发生了什么，成了你心中一个永远的谜。

“但没关系，人总是要向前看，过去的事情就让它过去吧。”

你这样安慰自己，伸了伸懒腰，打算开启属于自己的新生活。

“嗨，我叫卢娜，是H35公司的产品负责人，你就是我的新同事严文良吗？”一个金发碧眼的美女朝你走来，她的嘴角挂着甜甜的微笑。

你点点头，回道：“是的，很高兴加入H35。”

【结局一：无知的美好】

评价：有时候不开始就意味着不会结束。

02

（温馨提示：从入城这一刻开始你便陷入了重重危机之中，请记得一定要提起你的警惕心。）

是的，回家。

父母、家人这么关心自己，为了自己做了这么多，自己怎么能在关键时候抛下他们。

只是，如果鲁莽回去，可能不仅会辜负父母的一片心意，还会给自己带来麻烦。

你看向手中全新的护照和居民证件，又一次轻声念了一遍你的新名字：严文良。

三个小时后。

飞机降落在若曼机场，机场大厅一派和谐的场景，大屏幕上还有笑容灿烂的女明星说着“抗老化我选轻颜水，富含果胎素成分，由H35公司独家研发……”之类的广告词，周围和谐的氛围与你的内心格格不入。

你深吸一口气，拿着行李，打了辆车，刚想报出你一直心心念的那个地址，但想了想，还是决定小心一点。于是你开口，将你家附近的一个咖啡店的地址说了出来——到时候出租车路过家门口，可以看看情况，如果没什么异样，那自己就步行回去看看具体情况。

你这样想，虽然不知道自己是不是有点草木皆兵了，但在联系不到家里的情况下，还是小心一点比较好。

出租车路过丽水别墅的时候，你眼睛一眨不眨地盯着窗外，想看看昔日的家变成了什么模样。

“可别看太久，小心不吉利。”司机通过车内后视镜看见你出神地看向窗外，提醒道。

“不吉利？”你皱了皱眉头，“这里可是若曼市风景最好的城中区，多少人拼尽一辈子都想住进来的地方，怎么会不吉利呢？”

“你是刚来这里吧？”司机问。

你点点头。司机这才补充道：“你说的那种情况是一年前，但最近这里的情况可大不一样了。”

你心里涌起一丝不安的感觉：“是……发生了什么事吗？”

“这里啊……”司机神秘地看了眼周围，压低声音道，“几个月前，这里发生了一场火灾，据说当时那家人正好在屋子里睡觉，结果就发生了悲剧。等到消防员赶过来，房子都给烧黑了，惨的哦，啧啧啧……”

“具体是哪一户？”你有些着急，慌忙打断司机的话问道。

“这我就不知道了，网上有视频，你可以自己找找看。”

“那凶手呢？凶手找到没？”

“凶手？”司机摇了摇头，“新闻上说是家里的人自己不小心，在床上吸烟，烟头点燃了床单，就这么烧着了。没凶手，哪有什么凶手。”

你想反驳，但想到可能司机说的并不是自己家，于是便沉默地在手机上搜索着关键词。

“这不是重点，重点是每隔一段时间，这里就会出现一点儿小火光，估计是想跟着哪个路过的人回去。不仅如此，晚上开车路过这里时，还能听到哭声和细细的说话声……特别诡异。”司机一边说着一边颤抖了一下，似乎这番话说得他自己都毛骨悚然。

你没有理会，这种传说就像是谣言一般，永远没人真的见过，只有从别人那里听来的故事。

你晃了晃手机，车里的信号不太好，手机搜索的页面总是出不来，这让你有些烦躁。三秒钟后，你的手机屏幕刷新，一张被火焰包裹的房屋图赫然出现在你的眼前。

你能感觉到，你的心脏一下子缩了起来，眼睛不自觉地瞪大，这个房屋你太过熟悉，这就是你住了近十年的房子。

“爸……妈……妹妹……”你嗫嚅着，眼睛立刻模糊起来，那些温馨的场景历历在目，仿佛昨天刚刚发生，又好像是发生在遥远的过去：

“哥哥快看，这次期末考试我考了一百分！”

“你们两个别贪玩了，快过来洗手吃饭。”

“你们爷俩啊，真是一个比一个犟。”

……

“客人，客人？”司机的喊声打断了你，“到了。”

你咬咬嘴唇，努力让自己的状态看起来正常一些：“你刚刚说的那个发生火灾的屋子……真的，没有一个幸存者吗？”

“怎么可能会有呢，那么大的火，我看网上的视频都吓了一跳。”司机摇摇头，“听说这家里有一个小女孩……唉，女儿很快就可以报答他们了，结果却偏偏遭遇了这种事，要怪只能怪这家的男人太糊涂了，睡觉吸什么烟呢。”

“我爸不吸烟！”你吼道，但立刻意识到自己太过激动，慌忙闭上了嘴巴。

“那你爸挺好的，我也是看到这新闻就把烟给戒了。唉……”司机看了眼里程表提醒道，“一共一百三。”

给司机递钱的时候，你的手指有些颤抖，司机以为这个价格对你来说太贵了，于是只收了你一百，并朝你大方地一笑：“出来打拼的都不容易，生活加油啊！”

你努力挤出一抹微笑，然后从车上颤颤巍巍地走下来，等出租车远去，你才发现自己早已筋疲力尽，连站起来的力气都没有了。

你蹲下身子，再也忍不住，眼泪从你的眼眶里奔涌而出。

……

缓过来之后，你意识到一件非常严重的事情：自己的父亲身为公职人员，遇到了这种灾难事件却被轻描淡写成一场意外，甚至还对外界撒了个非常拙劣的谎。

只要跟父亲稍微熟悉的人肯定都知道这种报道是假的，但是却没有人愿意站出来质疑。这说明，这起火灾背后的势力可能比你想象的要大得多。

如果你坚持调查下去，很有可能陷入危险，但如果不调查，父母跟妹妹的死亡会成为一个永远的谜。

你要怎么办？

A.坚持调查（请跳转至14页阅读剧情3）

B.放下一切，开始新的生活（请跳转至09页阅读剧情1）

03

不知道颓丧了多久，你有气无力地站了起来，走进咖啡店里买了杯咖啡，努力让自己变得精神起来。

你想了想，在手机上寻找着附近的酒店，打算暂时住在这里。如果有机会，你还是想回去，回到那个熟悉的房子去看一看。

你来到预订的酒店，坐在床上，看着手机里仅存的几张“全家福”，眼泪不禁又盛满了眼眶：那个时候的自己，笑得多开心啊。

你决定要在最短的时间里找出火灾发生的原因，但你又不知道要从哪里下手。同时，你自己身上的钱也不多，没有收入的话可能撑不了几日，于是你决定：

A.先在当地找一个合适的工作（请跳转至15页阅读剧情4）

B.先在网上寻找火灾线索（请跳转至16页阅读剧情5）

04

由于你的学历和出色的能力，很快你便在H35公司找到了属于自己的一席之地。

这里待遇丰厚，同事也十分友善可亲，老板也十分器重你，不久便给你升职加薪。

虽然你在这里衣食无忧了，但你却再也寻不到任何有关家人的线索了。

最终你将自己的一生奉献给了H35公司。

【结局一：无知的美好】

评价：有时一个选择反而会影响你的一生

05

“惊！丽水别墅火灾竟另有隐情！”

“速看，丽水别墅火灾真相！”

“破案了，夺走人命的凶手竟然是Ta！”

……

你翻看着一堆无聊的新闻，标题写得像是知道了什么惊天秘密，结果文章扯了半天，真凶永远都指向烟头。

你有些无奈，摇了摇头，顺手泡了桶泡面，打算再看最后一篇，实在不行就干脆睡觉倒时差去。

“丽水别墅这个火灾非常蹊跷，具体蹊跷在哪，听我跟大家一一道来。”你一边吃着泡好的方便面，一边看着和火灾相关的视频，“可能很多人都不知道，丽水别墅群每家每户都有一个消防器械存放点，就在丽水别墅的厨房里。我这里有丽水别墅的图纸，这些房屋里面的设计其实没太大差别，我看了下发生火灾的那个别墅，基本上也是这个构造。大家可以很清楚地看到，媒体报道的第一火灾点，也就是卧室，图纸上也显示了，卧室出门左手边是卫生间，直走是厨房。一个地方有水，一个地方有灭火器……”

听着这个博主的讲述，你慢慢停下了吃饭的动作。

“按理说，丽水别墅如果真的发生火灾，火势是不可能蔓延到视频里那么大的。可是为什么最后还是造成了多人死亡呢？我猜这后面一定有个大阴谋，于是我搜索了一下这个房子的主人，他叫李文……滋滋滋……对不起您所观看的视频已丢失……”

“怎么了？”你慌忙拿起手机拖动进度条，却发现只有前边是正常的，视频正好在父亲名字那里结束了。

是视频文件损坏了吗？

你顾不上吃饭，急忙给博主发信息：“博主您的猜测是什么？

视频后半段好像出问题了。我也很关注丽水别墅火灾的事情，具体您可以给我讲讲吗？”

十分钟后，博主终于回复了你：“可以，你也是若曼市人？”

“嗯，我就住在丽水别墅附近。”你回答，“之前有机会进入过里边做客，发现你说的都是对的，丽水别墅厨房里确实有个放灭火器的地方，所以我想听听你后边的分析。”

“你在丽水别墅附近？”博主似乎很惊讶，“我也在附近，你把你的位置发给我，我们面谈，有些话不太好在网上说。”

你虽然很迫切地想要知道真相，但出于警惕，你还是回复道：“这么随随便便就见面吗？不然我们干脆约在丽水别墅附近的咖啡店吧？”

“可以。”对方应得干脆。

晚上七点四十分。

你点的咖啡刚被端上来，门口便出现了一个打扮青春可爱的女生。

女生环顾四周，最终将目光锁定在你的身上，她脚步轻快地走到你面前问：“你就是严文良？”

“你是……‘酷男’？”你睁大眼睛看着面前长相可人、笑容甜美的女生，不敢相信她居然会用这种ID名。

“是啊。”女生眨眨眼，坐到了你旁边，“这样起名不容易被骚扰嘛，你知道的，现在的女博主都不好做。”

“可你设置的性别是男……”

“ID名跟性别设置都是为了防骚扰。”

“你视频里的声音是男的……”

“那是变声器，也是为了防骚扰。”

“那你到底哪里透露出自己是个女博主了？”你不禁发出了灵

魂拷问。

女生摆摆手：“这些都不重要，重要的是我要把我发现的秘密告诉你！”

“你说。”你正襟危坐。

“不过在开讲之前，我有个要求。”

“什么？”

“我告诉你我猜测的真相，你就得关注我，当我的忠实粉丝。”女生把手机递到你面前，“你看，再多你一个，我就正好有一百粉丝了。”

你：……

“我猜你那段视频后半段内容是你故意删除的吧？”你一边说着一边点了关注，“好了，你说吧。”

女生坐好，身体前倾，一副要讲八卦的样子：“那个李文啊，其实是个有头有脸的人物，但他的身份却被媒体刻意弱化了。我就觉得有问题，于是搜了一下，发现他在网络上有一个官方发言账号，我挨个查这个官方号的粉丝的IP地址，你猜怎么着，我找到了他的小号！”

“小号？”

“是的，那个账号的IP地址跟官方IP地址一模一样，而且用户名也是‘李文3574’这种老年人的起名风格。IP地址一样，用户名还叫李文，于是我就确定这是他的私人账号。”女生一边说着一边在自己的手机上搜索着，“喏，就这个，你看这个账号，最近的三条推文全是转发关于果胎素的文章。这说明什么，这说明这场火灾跟果胎素绝对有关系！”

“等等等等。”你觉得自己有点蒙，“为什么官方账号的IP地址跟李文这个账号的IP地址一致，这个小号就一定是李文的呢？李文虽然是国内的发言人，但这并不代表那个官方账号就是他自己用的。”

你这话一下子把女生给问住了，她憋了半天也没憋出个所以然来。于是你换了个问题继续问，“果胎素是什么？”

“你连果胎素都不知道？你真的是若曼市人吗？”女生一下子又有底气起来。

你假装不好意思地抓了抓头发：“我刚从国外留学回来，对国内的事情，不是特别清楚。”

“哦，这样。”女生拿过你的咖啡抿了一口，耐心解释道，“果胎素是一种新原料，或者你可以理解为添加剂，放在食物里可以保鲜，放在化妆品里可以美容抗衰老。”

“还有这么神奇的东西？”你有些不敢相信。

“怎么可能？！”女生抿了口咖啡，一脸“你居然相信这种玩意”的表情。

“这些都是噱头，都是商家为了骗钱编的谎话。”女生似乎意识到自己的表情太过夸张，于是揉了揉脸，让表情恢复正常，继续跟你解释道，“果胎素虽然确实能让使用者变得年轻，皮肤变得光滑又紧致，但是这毕竟是一种新东西，需要更长的时间去验证。很多东西初期看起来是人类的福音，但是很多年之后大家才会发现它们根本没有想象中那么好，甚至有极大的危害。”

“我明白你的意思了。”你点点头总结道，“你是说果胎素确实能让人变得年轻富有活力，而且使用者的体验都非常好，但你身为保守派，觉得这种东西可能会有意想不到的副作用，于是坚决抵制，对吧？”

“嗯，是的。”女生点点头，“你看你斜后方三点钟方向的那个女人。你看她，看起来是不是只有二十多岁，但她的眼睛却好像很疲惫？这就是果胎素使用者的典型特征，我猜她的真实年龄至少有三十岁！”

你撇撇嘴，既不表示认同也不表示反对："反正我不至于蠢到上去直接问对方的年龄。"

女生拍拍胸脯："相信我，我看人可是很准的！"

你笑了笑，在手机上搜索着"果胎素"三个字，却不想跳出来的全是各种化妆品的广告，其中一个长相甜美的女明星还在页面上说着"果胎素，谁用谁年轻"这样的广告词。

"就这个，这个女明星，你觉得她多大？"女生问，似乎急于证明什么。

"二十出头吧？"你猜。

"这人都三十五六了！"

"三十五？"你不可置信地看着这条信息，广告里那个满脸胶原蛋白、笑容甜美的明星，你怎么都猜不到她今年居然已经三十五岁了。

"看到了吧，这就是果胎素的威力。"

"不过这也说明不了什么吧，女明星保养得比普通人好，很正常。"

"不不不，你可以搜一下她二十岁时的照片，跟现在一模一样！她这已经不是保养得好不好的问题，而是根本没有老去！"

"也有可能她只保养，没整过容，所以跟之前长得一模一样呢？"你抬杠道，其实你知道女生的意思，但就是忍不住想要抬一下杠。

"什么呀，随着年龄的增长，人的面部都会发生细微的变化，虽然今年跟去年比变化不大，但是今年跟十年前比就能看出变化来了。西智她，是完全没变化，娃娃脸、大眼睛、满脸的胶原蛋白……一切本该随着时间流逝的东西，她都好好地保持在脸上！"

"嗯……如果真的有这种能让人返老还童的东西，我觉得抵制呼声最高的应该就是年轻人了吧。"见女生这么激动，你有短暂的惊讶，不过马上便冷静地分析了起来。

女生仔细想了想，一脸震惊："还真是，你怎么知道？"

"因为这样老人跟年轻人比，年轻人就没有任何竞争优势了啊。不管是要婚配嫁娶的男女，还是以颜值为资本的年轻演员、模特，在经验上比不过前辈，在颜值上大家看起来都是二十多岁。"

女生摆摆手："除了这些还有其他的原因，反正我是觉得这个东西不安全，它火得太快了，上市快，普及也快。"

你轻笑："你说的这个反对理由还不如我刚刚说的站得住。"

"总而言之，这个东西就是不好！"女生有点气恼，"我跟你讲不明白，不过后天下午张叔叔就回来了，到时候我让他跟你讲！"

你突然觉得这个小丫头有点过于较真和可爱了。以前在家里，妹妹也是这样，说不过你就开始跳脚，有时候还会气鼓鼓地去找"救兵"，让爸爸过来代替她跟你辩论。

想起以前的事情，你忍不住伸手捏了捏女生气鼓鼓的脸蛋，却不想小姑娘气鼓的脸颊一下子泄了气，她挺直身子让脸蛋远离你的手，紧接着脸便红了一片。

她这么一躲，让你从幻想中一下子回到了现实，你这才意识到自己似乎对着一个陌生的女孩做了非常亲昵的动作。

"我……好像太用力了，一不小心把你的脸捏红了。"你看着她的反应，也被感染得无措起来。

"总而言之……这个！"女孩揉了揉脸，从包里掏出一张名片递给你，"这是我的名片跟联系方式，后天张叔叔回来，你必须过来，听完也要跟着我们一起反对果胎素，听到没有！"

见女生似乎并不在意，你便松了口气，微笑着点点头接过名片，那上面写着女生的名字：欣然。

你还没来得及说话，女生便逃也似的离开了咖啡店。你看着欣然的背影，下意识叫住她，却又不知道说什么，想了想才反应过来："那个……你刚刚说的张叔叔是谁？"

"你见了就知道了。"欣然朝你一笑，便转身消失在了夜色之中。

说实话，你其实并不想去见那个张叔叔，也并不想加入反对果胎素的联盟，只是……

你看向手机，搜索出父亲的小号，那上面有转发有关反对果胎素的内容，再往下翻，你发现在去年3月11日，这个账号发了一条动态："如如，生日快乐！"

如如，这是妹妹的小名，而3月11日，则是妹妹的生日。

这让你不由得皱起了眉头：这个可能真的是父亲的账号。或许，欣然说得没错，火灾，可能真的跟果胎素有关系。

虽然希望渺茫，但是在这种没有丝毫线索的情况下，去深入了解一下父亲反对果胎素的原因或许是最好的选择。

（请跳转至23页阅读剧情6）

06

周末下午三点，欣然带你来到一家茶馆。茶馆虽在市区，但因为是VIP会员制，周末也没多少人。想来应该是为了给客户最好的体验，才搞得如此雅静。

包间的茶水上毕，服务员走出了包间，你又一次问出了自己想要问的问题：“这个张叔叔是谁？”

“他啊……”

欣然刚打算跟你说，却不想此时包间的房门被打开，一个中年男子笑眯眯地站在门口。

“你们在说我什么坏话啊？”中年男子边说边脱了外套，看动作似乎对这里非常熟悉。

“您就是欣然嘴里的张叔叔吧？”你反应迅速，朝着男人微微一笑，借机打量了起来。

男人看上去四十出头，虽然看起来有些年纪了，但一双眼睛却炯炯有神。

精明。

这是你对这个男人的第一印象。

“叔叔，你来了。”欣然笑弯了眼，指着你向男人介绍道，“叔叔，这个是我刚认识的一个网友，他想加入反对果胎素的组织，同时他还想了解一下丽水别墅大火事件，所以我就带他来见您了。”

“哦？”男人打量了你一眼，笑得可亲，“我叫张庆洲，你为什么这么想了解丽水别墅大火的事情啊？是单纯的好奇？还是想打听什么跟李文有关的事情……”

你看着张庆洲，意识到这个人警惕性似乎很高，而且似乎知道什么，你要不要说实话呢？

A. 告诉他你的真实身份（请跳转至24页阅读剧情7）
B.编造一个理由（请跳转至25页阅读剧情8）

[07]

“不瞒您说……”你看了眼四周，压低声音道，“我就是李文的儿子。”

“李文的儿子？”

你明显感受到张庆洲倒吸了口凉气，但马上他便似笑非笑地开口：“小伙子你可不要骗我，李文只有一个女儿。”

“我是他的养子。”你开口，“准确来说，是他战友的儿子。他的命是我爸爸救回来的，所以后来安稳之后，他就把我带到了他们家，抚养我长大，让我读书，送我出国。”

“是吗？”张庆洲眼珠子转了转，像是在回忆什么，“我好像确实有听李文说起过。”

“您果然认识我爸爸！”你坐直身子追问，“那个火灾到底是怎么回事，您能告诉我吗？还有火灾发生前，我爸有没有跟您提起过谁或者什么事？”

“这个……”张庆洲喝了口茶，把包间门开了个小缝，看了眼门外，又迅速关上道，“这个有点复杂，不然你先回去，我们再约个合适的地点来聊，你觉得怎么样？”

张庆洲这话看似在征求你的意见，实际上却并不给你反对的空间。你想了想，或许父亲的事情真的会牵扯到很多人，张庆洲小心一些也没什么问题，于是便点了点头，回到了酒店。

然而却不想，在跟张庆洲约好的那天，你前去赴约时遭遇了车祸。不知道这是意外还是有人刻意为之，但你再也没办法去调查了，因为这次的车祸让你变成了一个植物人，只能永远地躺在病床上。

【结局二：永远地沉睡】

评价：重新开始或许你能从中找出真凶

08

“其实……”你哽咽了一下，喝了口茶，深吸了口气，这才把整个谎言编好，“我母亲跟这个李文有过一段姻缘，我母亲年轻的时候做过对不起他的事。现在，我母亲她卧榻在床，时日无多，最后的心愿就是希望能见到李文或者李文的后人，她想要为她当年的所作所为道个歉。我为了让我妈安心，就特地过来若曼市帮她找这个李文，结果没想到……”你重重地叹了口气，装作擦泪，眼睛还悄悄地瞥了眼张庆洲。

张庆洲沉默着喝了口茶，问道：“请问你母亲叫……”

你迅速在脑子里回忆着你新身份上写的母亲名字：“覃素娟。”

“哦。”张庆洲若有所思地点点头，看样子似乎相信了你说的话。

“对了张叔，我听欣然说你好像知道很多关于李文的事情，可不可以跟我说一些，我也好回去交差。不然我妈听到李文过世的消息，我怕她老人家……”

张庆洲点点头，先发制人问道：“那你具体想知道什么呢？”

（提示：接下来与张庆洲的对话要格外小心，如果他察觉到你有什么不对劲，便会立刻放弃对话。

小tip：你要取得他的信任，让他觉得你和他是同一阵营，他才会说实话，且信任值越高，他会告诉你越重要的信息。）

A.你跟李文是什么关系？

（请跳转至26页阅读剧情9）

B.李文还有其他的后人吗？

（请跳转至27页阅读剧情10）

09

张庆洲皱了皱眉，似乎不太满意你的问话，但他依然回答了你：“朋友。”

异常敷衍的两个字。

你还想接着问，欣然笑着站起来说：“我出去看看能不能点些吃的东西。”

“不用了。”张庆洲也跟着站了起来，“可能是出差的缘故，我现在有点累了，回家吧。”

你看着远去的两人，不知道自己到底哪里出了问题。

【寻求真相失败】

提示：提问要循序渐进，请返回上级重新选择。

10

张庆洲若有所思地喝了口茶道：“我知道李文好像还有个儿子。”

“什么？！”你惊呼。

说实话，你并不是李文的亲生儿子，而是他带回来抚养的。你亲生父亲早在一次出任务的过程中身亡，而李文身为你父亲的战友，同时也是最好的朋友，便将你领回了家里，供你读书，让你留学。

只是，你的存在很少有人知道。除了你是养子之外，还有一个原因，就是在你住进来之后，李文共搬了两次家。

丽水别墅则是你出国留学那年刚刚搬过去的。你仅在丽水别墅中住了半年便出国念书了。

也正是因为这样，李文干脆告诉你“不要回来”，他不想因为自己的事情牵连你。你不回去，若曼市便没多少人知道你的存在。可是……为什么张庆洲会知道你的存在呢？

你努力让自己不表现得太过惊讶，接着问道：

A. 他儿子是谁？（请跳转至28页阅读剧情11）

B.你是怎么知道的（请跳转至29页阅读剧情12）

【11】

“是吗？”你表现出兴趣，“他儿子是谁？叫什么？现在在哪儿？我好去求他见我母亲一面，也算有个交代。”

“这个嘛……”张庆洲喝了口茶笑了笑，“其实这倒没必要，他儿子现在下落不明，你也找不到他。相比起来，我觉得你母亲那边，更需要的是你而不是他儿子。”

【寻求真相失败】

提示：撒谎也要有逻辑，这样才不容易被识破。请返回上级重新选择。

12

“李文有个儿子？真的假的？你怎么知道的？”你表现出兴趣，追问道。

“当然是真的。我跟李文算是好友，他之前有提到过这个儿子，但从没细说，只说这个儿子叫李安元。”张庆洲喝了口茶，慢悠悠地说道。

张庆洲自称自己是父亲的好友，但你从没听爸爸说起过他。就算父亲不喜欢谈自己工作上的事情，但自己的名字，父亲不可能搞错，他一直都叫你“安元”，因为你姓安，他还一直告诉你不能忘了自己的亲生父亲。

李安元……

你在心里轻笑一声，看来这个张庆洲确实跟父亲有过接触，或许就是在你出国的这几年他跟父亲有了接触，但他却没深入到可以知道自己真实身份的地步。

看来那场火灾，张庆洲一定知道些什么。你这样想。

“那这个李安元现在在哪儿呢？”你问。

“这我就不清楚了，可能他福大命大，躲过了火灾。不过就算他成了幸存者，他也不一定能活下去，我劝你啊，别找了，回去陪陪你妈，让她安安心心走完最后一程得了。”

“为什么啊？为什么那个李安元就算没在火灾中丧生他也活不下去啊？”欣然插嘴进来，眨眨眼，满脸的不解。

“因为那个李文得罪的人背后势力太大了。”张庆洲回答。

欣然睁大眼睛，追问道：“是什么人啊？”

“还能是什么，H35公司呗。”

“H35？果胎素？！果然跟我猜的一样！叔叔我跟你讲，我找到了李文的小号，看见他转发了好多反对果胎素的文章，我就在想这场火灾肯定跟果胎素有关系！”

你看着这两人一唱一和，有些分不清他们是真的认定凶手就是H35公司，还是为了拉你入伙故意这么说。

“对了，小良啊。”张庆洲看向你，“你应该有听欣然跟你说过果胎素吧？那你觉得果胎素这种东西是好还是不好啊？”

A. 好（请跳转至30页阅读剧情13）

B.不好（请跳转至31页阅读剧情14）

C.说不准（请跳转至32页阅读剧情15）

13

“说实话，我觉得果胎素是个好东西，它能让人返老还童，能让人变得年轻有活力，我不知道这样造福人类的东西为什么会有人反对。毕竟不老或是不死，从很早的时候就已经成为全人类的梦想了……”

张庆洲笑着摇摇头：“年轻人，到底还是太年轻。”

“您这是什么意思？”你问。

张庆洲不再回话，而是轻咳一声，看了眼欣然道：“我有点累了，我们回去吧。”

欣然看了眼你，又看了眼张庆洲，顺从地点点头，跟着张庆洲离去。

之后他们再也没有联系过你，而你也联系不到欣然了。

【寻求真相失败】

提示：面对不同的人要学会说不同的话，这样才能获得他们的信任。请返回上级重新选择。

14

张庆州信任度+1。

“我觉得这个东西不好。”你摇摇头。

“哦，那你说哪里不好？”张庆洲问。

“一种新科技的出现肯定会改变一些东西，也会伤害一些人的利益，但是从历史的角度来看，新兴事物都应该是符合大众利益的，就好像最开始那些封建贵族被推倒，这个变化大众都叫好，但是这个果胎素却并不被年轻人支持。”你说着，看了眼坐在你旁边的欣然，又补充道，“还有就是这个果胎素的安全性未知。基于这些原因我持反对态度。”

“嗯。”张庆洲点点头，看上去似乎十分认同你的说法，“既然你这么说，明天我们有一场反对果胎素的示威活动，你愿意跟我们一起去吗？”

你看了眼张庆洲，又看了眼欣然，两个人眼里全是期待。可是比起加入他们，你明明有更重要的事情要做。但如果不加入，就这么拒绝，似乎就再也找不到什么线索了。

你决定：

A. 同意（请跳转至36页阅读剧情17）

B.拒绝（请跳转至39页阅读剧情18）

15

张庆州信任度+2。

“说不准。”你撇了撇嘴道。

“什么叫……说不准？”张庆洲问。

“主要是我对果胎素的了解不够深，我所了解到的信息过于片面，所以我持中立态度。”你说着看了眼欣然，笑着补充道，“其实在来之前欣然跟我科普过一些，我还挺认同她的观点的，果胎素的安全性未知，确实不应该如此大面积地使用。”

“嗯……”张庆洲点点头，喝了口茶，话锋一转问道，“你打算什么时候离开若曼市？”

“哦，我暂时没有离开若曼市的打算。一方面是我从小就一直很想在若曼市找个好工作，另一方面，您不是告诉我有个叫李安元的人吗？我想顺带找找他。”

“那你母亲……”

“唉……”你叹了口气，“我总不能为了照顾母亲连工作也不找，也不考虑自己发展的前途吧？我父亲在照顾她，过段时间我也会回去看看。只是到时候要是没有带回李安元，她可能也不会很高兴。”

张庆洲点点头，似是认同你的说法：“既然你正在找工作，我这边有个机会让你深入了解果胎素，你有兴趣吗？”

“哦？您是要给我介绍跟果胎素相关的工作？您不是反对果胎素吗？我还以为您……”你表现出好奇，希望张庆洲能再多说点。

张庆洲拿手指点了点桌子，似是有些焦虑，又像是在思考着要不要继续说。

空气安静了几秒，张庆洲终于又开了口。

“说实话，李文是我的好友，他的事情，我一直都很关心，而且这段时间我确实有找到一些蛛丝马迹。”张庆洲深吸了口气道，“我跟你说实话吧，李文家中的火灾事件确实和果胎素脱不开关系。”

你的神经一下子紧绷了起来。

“在火灾发生前，李文曾跟我说他要想办法揭露果胎素的真相。”

“果胎素的真相？”你问，“什么真相？”

“不知道。”张庆洲摇摇头，“我不清楚，他没有跟我说，但我从他的表情里看得出来，他一定是做了充足的准备，打算一举颠覆果胎素在民众心中的地位。”

你皱紧眉头：“所以，李文是被生产果胎素的公司给……”

“但这也只是我的猜测。”张庆洲叹了口气，“所以我才跟欣然一起成立了反对果胎素联盟，并且试图在若曼市扩大我们的影响力。我相信总有一天，大家会意识到真相，大家能够明白李文一直想要告诉大家的东西是什么……”

张庆洲的声音有些哽咽，你的心也跟着疼了起来。

父亲一生正直，一直在做他觉得对的事情；母亲也是，善良了一辈子。他们两个把自己照顾得那么好，妹妹多才多艺，本应是个天之骄女，结果却……老天爷，你真的不开眼。

“这些话我连欣然都没有告诉……”张庆洲话音刚落，欣然便在一旁附和式地疯狂点头，表示张庆洲并没有撒谎。

“那为什么……”你看了眼欣然，又看向张庆洲，表现出受宠若惊的样子。

“因为跟其他人比，你更有自己的想法，你看问题也更全面。更关键的是，我从跟你的谈话中意识到你很聪明，我相信这些话告诉你，比不告诉，会产生更大的价值。”

听了张庆洲这番话，你有些惊慌，不知道他是不是看出了自己在撒谎，但你转念一想总觉得不可能。你的心里略带忐忑，但你依然装作十分受用地微笑。

“所以我想让你去H35公司工作。”张庆洲补充道。

“H35？那不是生产果胎素的公司吗？！”欣然猛地抬起头，不可思议地看向张庆洲，“为什么……”

“我们了解得太过片面，我希望文良去深入了解一下果胎素。只有这样，我们才能知道李文当时要告诉民众的真相是什么。”张庆洲期待地看向你，“而且你并不是若曼市人，背景也很干净，进入H35调查不会被他们怀疑，所以你……愿意吗？”

A. 愿意（请跳转至40页阅读第二章）

B.不愿意（请跳转至35页阅读剧情16）

16

“不好意思，我不愿意。”你朝张庆洲鞠了一躬，拒绝道，“果胎素是好是坏，我并不关心，也轮不到我关心，我不希望把我的生命浪费在这种事情上。”

说完，你头也不回地走掉了。

是的，你很想知道真相，但是如果要你把整个后半生都浪费在调查之中，未免有点太可悲了。

以后会去哪里呢?

你抬头看着天空，阴云密布，似乎要下雨了。

看来，自己还是离开若曼市，离开这个国家，去一个没有果胎素的地方好好生活吧。

【结局三:明哲保身】

评价：虽然及时抽身是聪明的做法，但有时也会错过许多。

17

张庆州信任度+1。

“我当然很乐意。”你微笑着回答。

“好。”张庆洲略带欣赏地看着你，“明天上午十点中央广场，不见不散。”

你点点头，在心里记下了时间地点。

张庆洲看了眼时间，伸手拍了拍你的肩膀，然后看向欣然：“事情说得差不多了，我们走吧。”

欣然乖巧地点点头，然后看向你一脸期待：“一定要来哦。”

“一定。”你微笑着回应。

第二天上午十点，你准时来到了中央广场，你原以为自己会像电视上演的那样，跟着一大群人举着横幅，在广场站上一整天。

却不想这里只有休闲的游客，并没有任何看上去像是反对果胎素的人。

“你来了？”张庆洲从远处笑眯眯地走来。

你点点头，有些不解地看向四周：“不是说……”

“其实我今天让你来，是想让你见个人。”

“见人？谁？”你彻底蒙了。

“H35公司的高层。”张庆洲带着你走到广场中央，此刻这里正在举办一场果胎素的售卖活动，而在台上慷慨激昂发言的便是张庆洲口中所说的“高层”。

“这个人叫陈其远，他目前负责的是公司技术方面的工作，不过因为口才不错，偶尔也会出来做个演讲。”张庆洲向你介绍着台子上那个打扮光鲜的男人，人虽中年，却丝毫没有属于中年人的油腻感。

“为什么要让我来见他？”你不解。

“因为我想给你介绍一份工作。”张庆洲回答。

“在H35公司的工作？”你问。

“你很聪明嘛。”张庆洲一脸赞赏地看向你，你回应式地微微笑了笑，并没有说话。

“目前我们公司已经把果胎素运用在许多方面……”

张庆洲站在一旁，陪着你看那个名叫“陈其远”的男人的演讲，没有评价也没有跟你说话。

直到演讲快要结束时，张庆洲才突然开了口：“其实……李文一家的事情，跟果胎素脱不了干系。”

这话让你的神经一下子紧绷了起来。

“在火灾发生前，李文曾跟我说他要想办法揭露果胎素的真相。”

“果胎素的真相？”你问，“什么真相？”

“不知道。”张庆洲摇摇头，“我不清楚，他没有跟我说，但我从他的表情里看得出来，他一定是做了充足的准备，打算一举颠覆果胎素在民众心中的地位。”

你皱紧眉头：“所以，李文是被生产果胎素的公司给……”

“但这也只是我的猜测。”张庆洲叹了口气，“所以我才跟欣然一起成立了反对果胎素的组织，并且试图在若曼市扩大我们的影响力。我相信总有一天，大家会意识到真相，大家能够明白李文一直想要告诉大家的东西是什么……”

张庆洲的声音有些哽咽，你的心也跟着疼了起来：

父亲一生正直，一直在做他觉得对的事情；母亲也是，善良了一辈子。他们两个把自己照顾得那么好，妹妹多才多艺，本应是个天之骄女，结果却……老天爷，你真的不开眼。

“这些话我连欣然都没有告诉……”

“那为什么……”你看向张庆洲，表现出受宠若惊的样子。

“因为跟其他人比，你更有自己的想法，你看问题也更全面。更关键的是，我从跟你的谈话中意识到你很聪明，我相信这些话告诉你，比不告诉，会产生更大的价值。”

“我明白了。”你看向演讲台上的男人，开口道，“你是希望我作为反对派的一员，进入H35公司找出当初害死李文一家的那条情报。”

“是的。”张庆洲点点头，看向你，目光坚定，“我想为我的好友申冤，至于你，我想你如此坚定地反对果胎素，如果有一天果胎素真的被你给彻底扳倒了，你应该会很开心吧？当然，这种事情我不会强迫你，你只需要告诉我，你愿意还是不愿意。”

A. 愿意（请跳转至40页阅读第二章）

B.不愿意（请跳转至35页阅读剧情16）

18

“我……觉得不太好吧。”你委婉地表示出自己的不愿。

张庆洲倒也没生气，只是笑眯眯地说道：“年轻人，谨慎点是好，但过于谨慎就不太好了。”

你有些听不明白，但张庆洲并没有再给你发问的余地，他站起来看向欣然道：“我们回去吧，我有点累了。”

欣然点点头，朝你招了招手。你目送二人离开，却不想这是你们最后一次见面。

自此，你再也联系不到欣然和张庆洲了。

【寻求真相失败】

提示：参与进去才能获得更多的真相，返回上级重新选择。

*计算张庆洲的信任度，若信任度大于1，则可解锁“张庆洲的日记”。

第二章 果胎素

01

似乎是为了感谢你同意前往H35公司的要求，在你应聘上的第一天，张庆洲便打来电话邀请你暂住在他家，但你总觉得这样会有一种寄人篱下和被监视的感觉。虽然住在酒店是贵了一点，但是按你目前的薪资水平来看，付房费还是绰绰有余的，而且酒店服务也足够周到，于是你便拒绝了张庆洲。

“叮咚～”

你刚准备去泡一碗泡面，门铃便响了起来。

“谁啊？我没叫酒店服务……”你有些不耐烦地打开门，却看见门口站着一个笑得乖巧的姑娘。

“欣然？你怎么来了？”你看着门口的欣然有些惊讶，忙把房门敞开让她进来。

“来给你送吃的啊。”欣然举起手里的盒饭，在你的眼前晃了晃，“本来我们是打算让你跟我们住在一起的，因为你一个人在若曼市，而且你还帮张叔叔这么大个忙，我们想着让你住过来也好互相有个照应。我还专门花了几天时间给你腾了个屋子出来，还好好收拾装饰了一番，结果你居然拒绝了，亏我还专门为你多做了一人份的饭……”欣然说着有些不满地嘟起了嘴，一双水汪汪的大眼睛看向你，假装要生气的样子，但马上她便被自己逗笑了，“不过啊，叔叔说你虽然不住过来，但我可以时不时给你送些吃的，也算是一家人嘛。”

欣然说着便将手里的饭盒放在桌子上，小心翼翼地打开，香气瞬间便飘满了整个房间，诱人的味道直往你鼻腔里钻。

“这也太麻烦你……”

“咕噜噜……”

你客气话还没说完，肚子便非常不给面子地响了起来。你有些尴尬地停下了话，咽了口唾沫，刚想着要如何能让气氛缓和一些，欣然却忍不住笑出声来：“哈哈，你看你，肚子都叫了，就别跟我客气了，快来，趁热吃。”

你不再推辞，坐到桌子旁接过欣然递来的筷子，才发现这饭盒里的东西异常丰盛：日式蛋包饭配上中式炒肉，杯子里还有西式奶油蘑菇汤。

“除了这些还有甜点。”欣然指了指饭盒里的一个小格子，“这是我烤的蜂蜜小蛋糕。”

“这全是你做的？”你突然想起了一句谚语，“麻雀虽小，五脏俱全。”想来大概就是这个意思吧，饭盒看起来不大，但打开却极为丰盛。

“那当然。”欣然骄傲地抬起头，“我可是专业的！”

“是是是，专业，非常专业！”你一边吃一边含糊不清地附和着欣然。

“怎么样？好吃吗？”欣然撑着脑袋，一脸期待地望着你。

“嗯，好吃。”你点头，自从回来之后，你几乎没有吃过如此精心制作的饭菜，每天就是吃泡面，然后寻找一切跟火灾相关的信息。

你也不是没有悲伤过，只是白天你的脑子里全都被“寻找真相”给占据着，可一旦到了深夜，你就想起母亲做的蛋饺，她总会在冰箱里放些蛋饺，怕你跟妹妹晚上饿了没东西吃。

妹妹也总会在快要睡觉的时候可怜巴巴地看着你说：“哥哥，你饿吗？”等你给她一个肯定的回答，她便会蹦跳着拿出零食和蛋饺，到你屋子里跟你一起吃。

“你怎么……哭了？”欣然伸手擦了下你的眼角，你才意识到你不知不觉把自己的情绪流露在外。

“没什么，我只是……想家了。”你拿起抽纸擦了擦脸，这才发现你并没有流眼泪。

“看你那么悲伤的表情，我还以为你嫌我做的难吃，原来是我做的东西让你想家了。”欣然伸手轻轻拍了拍你的脑袋，微笑道，“以后我会多多做给你吃的。”

你也跟着笑起来，掩盖住自己的情绪，岔开话题问：“欣然，你跟张叔是什么关系？为什么你会跟你的叔叔住在一起？你父母呢？”

“我……”欣然垂下了眼睛，长长的睫毛微微抖动，“我也不知道我父母是谁，是张叔叔好心把我捡回去抚养长大的，他虽然一直让我喊他叔叔，但他对我一直很好，就像是爸爸一样。有时候我会想，如果我有爸爸，那应该也会像张叔叔这样吧？”

你不知道要怎么说，想伸出手揉揉她的脑袋，但总觉得上次已经把她当成妹妹冒犯了，这次总不能再这样了。于是你收回了手，接话道：“那你也可以试着把张叔叔当作你的爸爸啊，或者你可以干脆叫他爸爸……”

“不行。”欣然摇摇头，“张叔叔不愿意我这么叫……啊，时间不早了，我该回去了，你吃饱了吗？”

你点点头，喝完了最后一口蘑菇汤，有些不好意思地把空杯子递给欣然。

“你明天想吃什么？”欣然收拾好东西，一脸期待地问你。

“明天？明天你……”

“对的，明天我还会给你送饭的。你明天就要开始上班了，中午在公司吃，晚上应该没时间做饭吃，我干脆来给你送点。”

“这也太麻烦了……”说实话欣然做的饭很好吃，但无缘无故让她这样送饭，你总觉得不太好。

“不麻烦，我现在在家里就是做做视频，联系一下反对果胎素的人，除此之外就没什么事做了。”

“是吗，那也很充实了。”

“说起来，我差点把最重要的事情给忘了，张叔叔说等你入职之后，让你尤其注意陈其远跟陈歌两个人。”

“陈其远？陈歌？”

“嗯，陈其远是陈歌的父亲，也是最初发明出果胎素的人，如果能从他手里获得果胎素的配方，那对我们反对派来说是一件很有帮助的事情，叔叔让你重点注意一下。至于陈歌嘛，她之前跟李文有过联系，张叔叔怀疑她可能是杀害李文一家的凶手。就算不是，她跟李文的死也多半脱不了干系，张叔叔说让你也多留意一些。”

听欣然这么一说，你的神经一下子绷紧，在心里默念了几遍这两个人名，努力让自己牢牢记住。

“我会留意的。”你点点头，“为了能让张叔叔早日为好友查清真相，让果胎素的真相大白于天下，我会为此努力的。”

欣然笑得欣慰，拿起空饭盒，朝你摆了摆手：“那……就明天见喽，拜拜。”

“拜拜。”你看着欣然的背影，默默地挥了挥手。

因为这个女孩，你的心头涌起了一股莫名的暖流，第一次，你觉得你回来除了面对未知与危险，还可以面对温暖与幸福。

只是……你的笑容开始逐渐凝固，张庆洲这么热心地邀请自己过去住，想来他是不放心自己这个“间谍”，希望能时刻掌握你的动向。你在电话里拒绝了他的邀请，转头欣然便跑过来送饭，多半也是张庆洲示意的。

或许，欣然便是负责监视你的人，她会给张庆洲汇报你的一举一动，甚至还要从中看出你会不会由果胎素“反对者”变为“支持者”。

你叹了口气，看来以后的日子可能会变得异常艰难。

02

你前往H35公司报道之后，便有专人领你去你的岗位。

“你就是张主任介绍来的吧？”带你过去的路人甲边走边问。

“张主任？”

“就是张庆洲，他之前是车间的主任，所以我们都叫他张主任。”

“H35公司的车间主任？”你又问。

“对。”

这让你更加不解了，张庆洲自己原本就是H35公司的职员，为什么他离了职却又劝自己入职呢？

“不过可惜，在‘玫瑰事件’之后他就离职了。之前他跟大家的关系都挺好的，见了谁都喜欢给一颗糖。”

“‘玫瑰事件’？”

“罢了罢了，都十几年前的事情了。之前的老员工也就我现在还在公司，还记得张主任。”

“那……”你想追问下去，却已然到了办公区，看着周围那么多人，你也没办法继续问下去。想来，只能等有时间了再细细追问了。

“你现在的工作就是负责运营我们的官方网站、宣传新品以及联系使用者将他们的使用体验放在官网……”路人甲指着你的办公桌，开始认真地给你介绍起了工作内容，“总而言之，就是你先浏览下我们的官网，之后你就要跟你的搭档一起负责运营它，可能还会有出去采访的机会，会采访普通人，也会采访大明星……你先熟悉一下吧，等会儿公司会给你安排一个前辈来带你的。”

路人甲说完便离开了，你打开电脑，入眼便是H35的官网界面，不得不说，大公司的审美确实很好，页面简洁明了，只是……

你看向用户反馈页面，这里竟然清一色的好评。

真的不是刷的吗？你想。这世上怎么可能会有能让人百分百好评的东西？

“你就是新人小良吧？”就在你浏览网页的时候，一个看起来上了年纪的女人走了过来，“我叫刘娇，你叫我娇姐就行，以后我就负责带你了，你刚刚看了我们的官网，有什么问题吗？”

A. 询问百分百好评（请跳转至45页阅读剧情3）

B.询问工作内容（请跳转至46页阅读剧情4）

C.没问题（请跳转至47页阅读剧情5）

03

“我们这里的评价都是百分百好评……但不管多好的东西，也不可能让人人都满意吧？”你压低声音问。

娇姐看了你一眼，笑道：“你是怀疑这是假的啊？”

“嗯。”你微微点头，“外边也不是没有反对者，可是这里却弄成了百分百的好评，其他客户看到了不会觉得奇怪吗？”

“这说明我们的东西好啊。”娇姐看了眼时间，继续回答道，“一般只要购买过我们产品的，基本上都是好评。你还有其他问题吗？”

A. 询问工作内容（请跳转至46页阅读剧情4）
B.没有了（请跳转至47页阅读剧情5）

04

“我们这个部门主要负责什么？我的工作内容又主要是什么？”你问。

“我们这个部门就是负责对外宣传，有什么新品活动之类的要及时告诉大家。除此之外，在没有新品活动期间我们就负责收集客户意见，有差评的话要及时跟进。但因为我们的产品从第一批开始就没有出现过差评，所以我们在没有新品期间负责撰稿，采访一些使用者，收集使用体验，像是果胎素怎么改变了他们的生活之类的，写成稿子放在主页上就好了。”娇姐尽量简单地把工作内容告诉你，“至于你嘛，前期就多听多看，之后熟悉了会安排你去采访撰稿。”

你点点头，表示明白了。

“那你现在还有什么问题吗？”

A. 询问百分百好评率（请跳转至45页阅读剧情3）
B.没有了（请跳转至47页阅读剧情5）

05

“没有了，谢谢娇姐。”你礼貌地微笑。

娇姐点点头，刚回到自己的位置，一个戴着墨镜的女人便踩着高跟鞋哒哒哒走了过来：“娇姐，小王呢？”女人问。

“小王……”娇姐四下看了一眼，便立刻回答道，“小王今天请假了，怎么了？”

“这个人是谁？”你看了眼戴墨镜的女人，轻声问旁边桌的同事。

“她是陈董陈其远的女儿，陈歌。”同事轻声给你科普着，“我们公司总共有三个董事，其中负责技术，也就是发明生产果胎素的就是陈董事长。”

你的心里一惊，没想到自己还没去找，这个人倒是主动来了，但你表面上依然装作不知道的样子，又问：“那为什么他女儿要来这里？”

“你可别小看她。”同事看了一眼陈歌，补充道，“我们公司跟好多企业的合作项目都是她谈成的，人长得好看能力又强，还是董事长的女儿，多少人羡慕都羡慕不来。”

“她这么厉害，其他董事不怕陈家在公司里一手遮天？”

“当然怕啊，所以她在公司里并没有特定的职位，而且有些事情也不让她参与。不过这姑娘似乎并不在意，她只一心想要推广果胎素，她不仅给需要的人推销果胎素，甚至还能说服反对者购买……”

“这么厉害吗？”你摆出叹服的表情。

“不止呢，现在的好多高官、明星都是在她的推销下开始使用的，虽然媒体没有报道，但是使用者数量十分庞大。就之前那个发生火灾的丽水别墅那一家，就是我们的长期顾客，我听媒体朋友说，灾难发生后在他家搜出来好多果胎素呢！”

“什么？！”你皱紧了眉头，父亲是果胎素的长期顾客？那他又为什么在社交账号上转发反对果胎素的文章？

到底怎么回事？

是张庆洲在骗我，还是这里边的真相深不可测？

但不管怎样，陈歌这个人看起来跟自己父亲的死确实有千丝万缕的关系。

“要不是我们的陈小姐心地好，拿钱压下了这一切，他的所有信息早就被曝光了。你说啊，又是高官，又囤了那么多果胎素，这一报道出来，得让多少人嫉妒到发疯呢。要知道，果胎素这东西不仅昂贵，还限量。虽说是饥饿营销，但……”

“难道不是怕这些信息对公司不利吗？”你冷哼道。

同事没听出你的阴阳怪气，继续说道：“虽然也有这个原因，但是陈小姐确实也为这家人的身后事忙前忙后……”

“欸，你！”陈歌看向你的方向，这让你和同事的八卦不得不停止。

“我？”你抬起头，慌忙藏起自己的怀疑，假装做贼心虚地看向陈歌。

“对，就你。”陈歌朝你勾了勾手指，“你跟我来。”

你有些迷茫地起身走了过去。

陈歌摘下墨镜，上下打量了你一番，点头道：“还行。你是新人对吧？你跟我去见个客户，待会儿好好表现。”

你还没弄清楚这女人到底想干什么，她便戴上墨镜迈开大步往公司楼下走去。你看着女人的背影，不禁满头问号：一上来就让我这么一个新人跟她一起去，真的可以搞定吗？

但这些都无所谓，你只知道，关于父亲的事情，她可能比张庆洲知道的还要多。

“想什么呢？跟上，新人。”陈歌转过头看了你一眼，继续迈开步子往前走。你顾不上多想，只好跟上去。

“会开车吗？”陈歌一边走一边问。

“嗯。”

你的“会”字还没说出口，陈歌便把车钥匙往后一抛扔到了你手里，“待会儿你开车。”

“哦，好。”你小心地把车开出来，看了眼坐在你身旁的陈歌，问道，“真的要我去吗？我今天刚来，会不会搞砸？”

“你放心吧。”陈歌伸了个懒腰，“我压根就没打算谈成功，就是想找个人陪我溜达溜达。但公司里谁是谁的人我也不清楚，万一不小心喊了对家的人，那我手里的消息怕不是要被套光了。今天小王不在，我就找你这么个新人。反正你刚来，还没站队。”

“听起来好像公司很危险。”你调侃道。

“那可不。”陈歌慢悠悠地开口，“大家现在都知道我在公司没有特定的职位，你知道这是为什么吗？就因为我找同事吃饭，中间说了几句其他董事的坏话，第二天我就没职位了。”

陈歌慢悠悠地说着，像是在讲别人的故事。

“所以啊，新人，站队要谨慎，说话要小心。不过这些我也不在乎，我只是可怜那些人，年纪轻轻就要为了利益去做些龌龊的事情……”

说实话你对H35公司内部究竟如何并不在意，你只想知道是谁害死了家人，陈歌到底知道多少关于父亲的信息……但陈歌的这番话也让你意识到，公司内部到处都是分派和眼线，你做事说话都要小心，很有可能父亲的事情还没调查出来，自己便有了生命危险。

车开到一半，陈歌的电话响了，她懒洋洋地拿起手机，却在下一秒变得严肃起来：“好，我知道了，这件事交给我就行。”

“新人，你得掉头，我们现在不去谈合作了，要换地方了。”

陈歌挂了电话，对你说道。

“换地方？去哪儿？客户那边不用说一声吗？”你一连串的发问却被陈歌接下来的回答一下子堵住了。

因为她告诉你那个即将前往的地方是——丽水别墅。

丽水别墅。

你的心咯噔了一下，从回国那一天开始你就想着什么时候有机会去悄悄地看一眼，但你一直不敢，你怕还没查清真相自己就先遇难。没想到，这次居然有一个机会可以让你大大方方地前往。

“去丽水别墅？是谈合同吗？”你努力压抑住自己的兴奋与紧张，尽量装作好奇地询问。

“不是。”

“那是要做什么？”你忍不住追问，但话一出口你便意识到自己似乎有些太多嘴了。

“问那么多干什么，到了你就知道了。”陈歌重新躺回到座椅上，戴上墨镜开始睡觉，丝毫没有察觉到你在听到“丽水别墅”这四个字后的反应。

“对了。”陈歌拿起自己的手机，“你电话是多少？我打给你，你存一下，有事可以方便联系。”

你从刚刚的表情中恢复过来，报着自己的号码。似乎因为太过在意丽水别墅，以至于你连自己的号码都报得磕磕巴巴。

不过好在陈歌并没有起疑，录好号码后便躺在座椅上，将头扭向了一旁。

……

“陈歌！”

车刚驶入丽水别墅，一个人影便堵在了车前，突然出现的人影吓得你慌忙停了车。

“陈歌！”黑影一边喊着陈歌的名字一边拍打着窗户，你这才看清楚，眼前是一个头发乱糟糟、不修边幅的男人。

“什么情况？”陈歌把眼镜取下来，摇下车窗，神色紧张地问道。

男人张了张嘴，想要说些什么，但看到坐在驾驶座上的你，一下子抿住了嘴，朝陈歌使了个眼色。

陈歌转过头，看了你一眼，指着你对男人说道：“没事，他是个新人。”

男人皱了皱眉头，没有说话。陈歌意会，转过身看着你问：“你是想跟我们一起换个地方说话呢？还是想待在这里，等会儿我过来接你呢？”

A. 跟着你们（请跳转至51页阅读剧情6）

B.待在这里（请跳转至53页阅读剧情7）

06

“我想跟着你们。”你开口道。

听你这么一说，那个邋遢的男人立刻笑了起来：“这个新人是你的跟屁虫啊？”

“怕生。”陈歌帮你回答，瞥了男人一眼，嘲讽道，“你有空说话，没空到我车后座坐着？”

男人撇撇嘴，倒是乖乖上了车。

“就去附近的酒店吧。”陈歌对你说着，想了想又补充了一句，“要有电脑和办公桌的那种。”

你点点头，刚把车驶出丽水别墅，迎面几辆警车便进了丽水别墅。

“这是……”你不解，看了几眼后视镜，发现警车似乎是朝着邋遢男刚刚过来的方向过去的。

“所以我刚刚才催他赶紧上车。”陈歌接话道，“他叫白星明，是个私家侦探。”

“哎，给他说那么多干吗。”白星明慌忙开口阻止陈歌继续说下去。

陈歌轻笑了声，调侃道：“你连自我介绍都不想，是怕我公司的这个新人调查你吗？”

“那可不，毕竟我这次意外拿到了个大消息。”白星明晃了晃自己的背包，满脸得意，“第三起死亡案件的信息，以及303别墅后续情报。”

303别墅？！

你耳朵紧跟着竖起，这正是你家的门牌号！

你想听更多的消息，但可惜这两人话说到这里便心照不宣地不再言语。

几分钟后，你们到了附近的酒店，陈歌和白星明一起下了车。你本想也跟着下车，陈歌却按住了你的车门：“你去给我们买些饮料和零食吧，买好了就在车里等我们。”

果然，就算跟过来他们也不会让你知道他们即将要聊些什么。

你的心脏开始怦怦直跳：不行，一定要知道白星明发现的信息是什么，这一定是非常关键的信息。但是看这两人的样子，应该是不会让你知道的，你该怎么办？

A.偷偷跟在后面偷听
（请跳转至54页阅读剧情8）
B.找机会偷走白星明的背包（请跳转至56页阅读剧情9）

07

“我待在这儿吧。”你摆出懂事的微笑，从车上下来。

这两个人应该是有什么重要的事要谈，不然的话陈歌也不会连客户都不要就急匆匆地赶来了。只是，既然是重要的事，自己就算跟着，也不可能听到什么，相比之下不如乖乖待在这里，说不定还能趁这个机会去家里看看，找找有什么线索。

陈歌微笑着朝你摆摆手，转而看向男人，一脸嫌弃地说道：“看什么呢？你怎么还没新人有眼力见儿？上去开车啊！”

“好嘞！”邋遢男屁颠屁颠地跑过来坐上驾驶位，朝你甩了下手说了句“回见啊小兄弟”，便将车驶出了丽水别墅区。

还没等你往丽水别墅区里走，一辆辆警车却突然开了进来，朝着刚刚邋遢男出现的地方驶去。

发生了什么事吗？

你皱着眉头，看向警车驶去的方向，又转头看了看家所在的方向，你打算：

A.先跟着警车过去看看怎么回事
（请跳转至58页阅读剧情10）
B.不凑热闹直接回家看看（请跳转至63页阅读剧情11）

08

你点了点头，目送两人进去，你看了眼手表，等了大概十分钟，你走了进去。

“你好，严先生。请问有什么需要吗？”前台一眼认出了你。

是的，你带他们来的是你所住的酒店，你早就意识到他们会躲着你进行谈话。

“你好，刚刚进去的两个人是我的朋友，我刚刚去停车晚了一步，你能否告诉我他们在哪个房间？”你朝前台微微笑道。

“好的，但我需要给他们打电话核实一下您的身份。”前台一边说着一边拿起手边的电话，准备拨下登记页上预留的号码。

你皱了皱眉头：“没必要吧，我们前后就差了十分钟不到，而且我也在这个酒店长期住着，还是实名登记我的信息，我这种身份还需要打电话麻烦一下我的朋友们吗？”

“这……”

你看前台开始迟疑，忙继续施压道：“我们要谈个事情，来这里还是我介绍他们来的，说这里服务好环境也安静，结果呢，你非要一开场就给我朋友们留下坏印象吗？”

看到你不悦的脸色，前台停下了准备拨号的手，想了想表情略带僵硬地程式化微笑道：“您的朋友在2103房间。”

你点点头，转身进了电梯。

一切都很顺利。

你站在2103房间的门口，将耳朵贴在门上，努力想听清楚里边在说些什么。

“你猜要多久？”白星明开了口。

“我才懒得猜。”这是陈歌的声音。

“那我倒数五个数看看。”白星明又开了口。

这些对话让你一头雾水，你搞不懂他们到底在说些什么。

“一，二，五！”

白星明的话音刚落，2103房间的门猛地被打开，你由于惯性一下子摔倒在地。

“你看看，我说什么来着，你们公司的人现在有几个能信？”白星明笑得得意，而一旁的陈歌则满脸鄙夷地看着你。

“算了，我们换个地方谈吧。”陈歌叹了口气，拿起桌上的包，从你的身旁走过，头也不回地离开了。

白星明蹲下身，笑着拍了拍你的脸：“小子，没想到吧，我就猜到你要跟过来，所以一开始我就跟那个前台小姑娘说之后要是有人问我们在哪间房，不管那个人是谁，直接告诉他就行了。”

“你……”你想起前台的表情，这才明白，她并不是在思考要不要违反公司规定告诉你房间号，而是在犹豫要不要让你掉进白星明的诡计之中。

“小子，你有没有听说过一句话叫，好奇心会害死猫。”白星明笑嘻嘻地站起来，回头看了你一眼补充道，“记得帮我们退房哦。”

【寻求真相失败】

提示：要想获得线索首先要取得知情者的信任，请返回剧情5重新进行选择。

“好。”你点点头，目送这两人离开。

然而下一秒你便立刻从车里走下来，扫了眼附近的行人，想了想，朝着一个嚼着口香糖的年轻人走了过去。

“缺钱？”你冷眼看着那个年轻人，你已经通过酒店窗户看到他好几次了，这个人总在附近徘徊，有时还会对跟他擦肩而过的行人顺手牵羊。

年轻人看了你一眼，似笑非笑：“你谁啊？”

“我这边有个生意，你五分钟内把那个人包里的东西偷出来给我，我再给你两倍。”你指了指白星明，然后从口袋里拿出一沓钱，在年轻人面前甩了甩问，“怎么样？”

“好嘞！”年轻人立刻收起自己刚刚那副不屑的表情，讨好地接过你手中的钱。

你看着手表开始计时：“你还有四分五十九秒。”

“哎，这就开始了？”

“四分五十秒。”

年轻人吐掉嘴里的口香糖，整了整衣服，戴上帽子，朝着白星明的方向疾步走去。

时间一分一秒过去了，你第一次意识到五分钟对你来说也能如此漫长。

五分钟后。

一个人影准时从酒店走了出来。

“白星明？”你皱紧眉头看着眼前邋遢的男人，心跳开始加速。

“小子，你要记住，这个世界上最靠不住的就是这些小混混。”白星明提着刚刚那个年轻人的耳朵走到你面前，“他们会因为更多的金钱或者更强的力量而轻易屈服。”白星明露出不屑的笑容，“我是个侦探，你这种小伎俩是不可能瞒住我的。”

你抬眼，看见不远处的陈歌，你看见她眼里的厌恶，那一刻你突然意识到你再也无法从这些人嘴里探听到父亲的线索了。

【寻求真相失败】

提示：面对比你聪明的人一定要谨慎行事，请返回剧情5重新进行选择。

10

你盯着警车消失的方向，第六感告诉你那里一定发生了些什么跟果胎素相关的事情，不然那个邋遢男为什么会急急忙忙给陈歌打电话，之后又跟着她急急忙忙地走了。

跟上去看看情况说不定会有什么意外收获，如果运气好遇到附近的邻居说不定还能打听打听火灾的情况。

至于家那边……

你望向家的方向，天知道你多想过去看一看、摸一摸那些熟悉的家具，可是……你叹了口气，如果自己这个时候没控制住，很有可能会影响后续的调查。

总有一天……你告诉自己，总有一天你会回到曾经的家里，不用胆战心惊小心翼翼，也不用藏着掖着隐瞒身份。

但，这样的未来，一定是要你付出代价的。

你深吸一口气，告诉自己，你现在是严文良，和李文一家没有任何关系，严文良是不会知道李文住在哪个别墅，也不会去看李文的家的。

“怎么回事啊？”

“听说是果胎素闹的。”

“果胎素？这东西不是很好用吗？我家那个都买了好几瓶有果胎素的化妆品了，说特别好用。”

“赶紧别用了，听说这家就是用果胎素死的。”

“啊？！”

“……”

你听着人群的议论，努力挤过去看发生了什么。

“小良！”

熟悉的声音响起，你循声望去，发现不远处有个笑容灿烂的女生正朝你大力挥舞着手臂。

“欣然？”你有些惊讶，走过去问，“你怎么在这儿？”

“我是up主啊，这附近有什么新闻我都会第一时间报道的。”欣然晃了晃手中的便携式录影机，笑得得意，“不过，比起问我为什么在这儿，反而更应该问你为什么会在这儿吧？你今天不是第一天上班吗？怎么不好好在公司待着却跑到这儿来了？”欣然说着摆出一副教训人的表情，活像是个抓到逃课学生的班长。

“工作要求。”你叹了口气，“老板让我在这儿等她，等着也是等着，我就干脆过来看看这边发生了什么。”

“那你运气真好，这里发生了件大新闻！”欣然一板一眼地开始跟你讲述她所知道的来龙去脉，“这家人我刚刚查了一下，女的叫江澄，男的叫申林。江澄是个小明星，拍了几部网剧，算是有点名气，但她出道有点晚，长得老，演技又比不上年轻人，就买了好多果胎素来服用，结果就闹出了人命。”

“果胎素不是添加剂吗？还能服用？”你问。

“是的，不过可服用果胎素只在黑市上有卖，申林就是黑市的客人。因为黑市并不是人人都可以进去的，所以他的背景应该不简单。但因为是他为女方购置了大量果胎素，不过可惜，申林不知道是做贼心虚，还是有太多不可告人的秘密，逃跑了。”

“所以现在警方是在调查凶案现场？申林也被列为嫌疑人？”

“嗯……调查现场是没错，但要说把申林列为嫌疑人的话，就不一定了。”

“不一定？是什么意思？”

“我刚刚听到的情况是在警方到来之前，有关申林的信息已经全部被人为地抹去了。不过幸好我们在丽水别墅区内偷偷安了几个摄像头，我才知道住在这里的是申林。”

“你们在这里安了监控？！”你不可思议地睁大眼，同时也暗暗庆幸自己没有去以前的房子，不然自己很可能就这么暴露了。

“是啊，自打这里发生了火灾之后，我叔叔就说这里肯定还会再发生些事情，于是我们就偷偷安了监控。”欣然眨眨眼，满脸得意。

“可你们这种行为被发现了可是会……”你看了眼警察，没再继续往后说。

“不被发现不就好了吗？”欣然对这件事丝毫不在意，“说起来，关于申林，还有一个很耐人寻味的消息，你要听吗？”

“什么？”

“申林是反对派。”

“什么！”你觉得非常不可思议，“他是反对派还给自己的女友买？”

“所以我说很耐人寻味。”欣然回忆起来，“依我的了解，他是那种很激进的反对派。”

“什么叫‘激进的反对派’？”

“像我跟叔叔，我们反对果胎素，也就是通过宣传、说教的方式来表达自己的担忧和反对；但激进派不一样，他们会通过各种让人意想不到的方式进行反对。”欣然抿了抿嘴，“可能是因为我做up主，对与果胎素相关的新闻收集比较多的缘故，申林这个人，我虽然没见过，但关于他的传闻多多少少有听说过。”

“哦？”

“说是国内果胎素相关的暴动事件，线上也好线下也好，很多都是他组织策划的。比如曾经站出来公开支持果胎素的政客路易，就遭遇过这类事件，说是自打他公开表示支持后，就开始有人在他家附近徘徊。而且他的车子的刹车也被人动了手脚，害得他差点出了车祸；他经常会收到恐吓信件和可怕的包裹；每天准时送进奶箱的牛奶有次被人灌了胶水，他的小女儿因此在医院躺了好久……”

“这些都是那个申林做的？”

“嗯……至少传闻是这样的。”

“那后来呢？”

“后来路易受不了这种骚扰，于是便开始调查，结果调查到申林之后，路易便停止了调查，并且他之后再也不发表任何支持果胎素的言论了。”

“你的意思是……申林这个人背景很复杂？”你皱起了眉。

“至少在我眼里是这样。而且他是个很极端的人，属于那种没有任何理由坚决抵制果胎素的人。所以我听说申林为女友买了这么多果胎素，我完全摸不着头脑，或许爱会让一个人改变自己的立场？”

“我不觉得这样的人会为爱改变……”

“滴滴……滴滴……”

你正说着，手机便响了起来，你拿起手机，上面是个未知号码发来的短信：

“新人，我五分钟后来接你，你把自己拾掇拾掇，等会儿好跟我去见客户。”

“你们老板找你？”欣然一边拍着现场一边问。

“嗯。”

“那你快去吧，后续要是有什么新情况我晚上给你送饭的时候跟你讲，或者你关注我的频道，说不定今天晚上我就把视频做好了。”欣然朝你得意地一笑，继续忙着她的拍摄任务。

你收起手机，朝欣然笑了笑，便朝着刚刚下车的方向走去。

你一边走一边思索着欣然刚刚跟你说的那些话：如果说有人在警方到来之前就抹去了申林的痕迹，那这个人很大概率是……

你想起了拦住陈歌的那个邋遢男。

是他吗？抹去申林信息的人。如果是，那他为什么又去跟陈歌汇报情况？所以申林背后的人很可能是陈歌，或者干脆是H35公司？

脑子里的那团线越缠越乱，你只好闭上眼睛深呼吸，努力让自己先不去想这么多。

看来，火灾的真相远没你想象得那么简单。

（请跳转至66页阅读第三章）

11

你四下张望一番，发现附近没有可疑的人，于是立刻朝着家的方向疾步走去。

或许是火灾发生后开发商派人重新装修的缘故，那个房子看不到什么火灾发生的迹象，连院子里的草都被重新修整了一番。

你皱了皱眉头，看样子屋里的东西也有可能被动过了。你咽了口唾沫，刚想试着进屋看看，却看见角落里躺着一束即将枯萎的雏菊。

雏菊?

是谁放在这里的吗?

是吊唁用的吗?

难不成除了自己还有其他人关心父亲的死亡真相?

或者说这其实是另有目的?

这束花让你一下子紧张起来，你眨了眨眼睛，努力让它不那么干涩。你将视线转到门上，打开这扇门，或许一切就都会真相大白。

你吞了下唾沫，润了润因为紧张而干燥的嗓子，此刻的你要打开门吗?

A. 开门进去调查（请跳转至64页阅读剧情12）

B.不开门原路返回（请跳转至58页阅读剧情10）

12

你深吸一口气，在门前的密码锁里输入了你熟悉的数字排列，紧接着你便听到密码锁解开的“滴滴”声。

你将手移到把手上，轻轻转动，却发现门却打不开。

怎么回事?

自己输错了?

你看着门上的密码锁，皱了皱眉，将密码重新输了一遍。

门依然打不开。

换密码了吗?

你看向四周，猛然意识到自己犯了一个大错误：发生火灾的房子外边能被人重新修整，那也就说明内部也早已被人修整过了。自己再进去看到的也不过是样板间的样子。

你往后退了两步，突然不知道该做什么，像是一下子失去了目标。但马上你便意识到你过来这里的行为有多么的错误，因为马上欣然便给你打来了电话。

“严文良，你为什么在李文家门口？你又为什么知道他家里的密码？！”

“你怎么知道？”你皱起了眉，心跳开始逐渐加速，你的眼睛瞥向一旁，你发现，在枯萎的花束之中，藏着一枚小小的不易被发现的摄像头。

“算了，我也没必要知道那么多，如果你不想有生命危险，就快点离开这里，辞了工作，离开若曼市！”

“为什么？”

你的话还没问出口，那边的电话便挂断了。一切未解的谜团，在此刻变得更加扑朔迷离起来。但可惜，你再也没机会知道了。

【寻求真相失败】

提示：请警惕你身边的每一个人，请返回上级重新进行选择。

第三章 秘密

01

“不是说不见客户了吗？怎么又要去见？”你看着开车过来的陈歌，想要去驾驶座，但看她的意思似乎是让你坐到副驾驶上。

“客户点名要我过去谈，还说我不去就一直等下去，我也没办法推给其他人做。”陈歌揉了揉眉心，你打开车门看了一眼，发现那个邋里邋遢的男人并不在车里。

“你朋友走了？”你坐到副驾，故意问道。

“嗯。”陈歌点点头，又揉了揉眉心，“你刚刚在这里待着，有听到什么消息吗？”

你摇了摇头：“只听到有个意外死亡的事件。”

“唉……”陈歌叹了口气，似乎从她跟那个男人碰面之后，她就由一个干练女性变成了个唉声叹气的无助女性。

“怎么了吗？”你关心地询问。

“没什么，只是有些事情弄不明白。”陈歌低下头，似乎在调整情绪，又像是在理清思路。几分钟后，她重新抬起头：“新人坐稳了，我们要走了。”

你还没反应过来，车便像火箭一般发射了出去。

“新人，你是为什么想来这里上班？”陈歌一边开一边问你话。

车速太快，你下意识抓紧安全带，但身旁这个人的问话让你又不自觉松开了安全带。

你沉默两秒，试图搞清楚她问这话的意思是什么，但你发现你理不清任何的头绪，于是你：

A.告诉她只是为了挣钱（请跳转至68页阅读剧情2）

B.告诉她是为了了解果胎素（请跳转至68页阅读剧情3）

02

“哪有什么为什么，糊口而已。”你笑了笑回答，“而且公司给的薪水也不低，工作内容也轻松，算是个十足的好工作。”

“没想到你年纪轻轻，倒是现实得很啊。”

你笑笑：“要养家糊口嘛。”

“那等会儿的客户你可要好好招待了，毕竟这个单子要是能谈好，你会拿不少提成呢。”陈歌笑着看了你一眼，你不知道她这是在鼓励还是在讽刺，只好也跟着笑了笑。

（请跳转至69页阅读4）

03

“我想进一步了解果胎素。”你答。

“哦？”

“我之前一直在国外读书，回来之后才知道国内有了果胎素。这个技术或者说产品，国外都没有，国内对果胎素的风评也不错，我对这个新产品比较感兴趣，所以就过来了。说不定果胎素在全世界发展起来了，我还能见证历史呢。”

“扑哧……”陈歌不由得笑出声，“果胎素虽然很神奇，但我想它还不至于神奇到能让你见证历史。”

陈歌好感度+1。（请跳转至69页阅读剧情4）

04

很快你们便到了和客户约定的地方。

“这里……”你环顾四周，看着周围气派的装修风格，简直比丽水别墅还要丽水别墅，不禁疑惑道，“这里就是跟客户谈判的地方？简直就像个度假村。”

“有些人就是喜欢在合作方面前装阔气，你等会儿说不定还能喝到你这辈子都喝不到的茶酒。”陈歌把脑袋偏向你这边，压低了声音补充道，“记得多喝点，反正对方请客。”

你还没回话，一个穿着素色衣服的工作人员便走了过来：“您好，请问有预约吗？”

“哦，肖先生是我们的客户。”陈歌扬了扬下巴回答。

工作人员立刻反应过来，微笑着摆出邀请的手势：“肖先生在里边，我带两位过去。”

陈歌往前迈了两步，工作人员抬起头正好对上你的目光，你明显感觉到这个工作人员愣了一下，但马上她便被陈歌那句“新人，愣什么呢？快跟上！”给唤回了神志。

你看了眼站在原地不知所措的工作人员，忙应了声跟上去。然而就在你跟工作人员擦肩而过的一瞬间，你听到了一声极轻微仅有你可以听到的女声：

“安元？”

你下意识回头，然后你便看到那个工作人员像是确定了你的身份一样，眼睛亮了一下，嘴角情不自禁地开始上扬。

遭了！

你现在不是安元！

你的心脏猛地一沉，立刻拉下脸，将眼睛移开，假装你刚刚回头并不是因为那声“安元”。

不知道是不是被你的演技骗到，那个工作人员没再说话，只是跟在你的身后引导着你们朝肖先生的所在处走去。

“欢迎欢迎。”

一进门，一个外表俊朗的男人便迎了上来。

你们互相寒暄了一番之后，陈歌坐好，也不急着谈生意，反倒率先发问：“肖先生，不知您是从什么渠道知道我的，为何点名要我来跟您谈这单生意呢？”

“我是从江澄那里听来的，她说您业务能力很强，能把果胎素讲得明明白白，说跟您谈生意绝对不用担心被骗。”肖先生笑着回答。

“江澄？那你跟江澄是……”

“她是我子公司的签约艺人。”

……

你听着两人的对话，不知为何你觉得“江澄”这个名字听起来越发耳熟，回想了半天，你突然想起这不是刚刚丽水别墅因为果胎素而意外身亡的小明星吗？！

自己旗下的艺人因为果胎素身亡，身为老板不仅不知道情况，甚至还打算大量购入果胎素？

你皱起了眉头，想把这些话告诉陈歌，但又觉得不是时候，于是你打算在两人谈合作之前委婉地提醒一下陈歌，却不想刚刚的工作人员端着几杯咖啡走了进来，她的到来让刚刚聊得火热的两人一下子停住了。

你看着这个工作人员，看着她给陈歌和肖先生放好咖啡，你思索着这个人自己之前到底在哪里见过，却不想你想得太过出神，咖啡递到你面前你都没有反应过来，也不知你跟她是谁手下突然一滑，咖啡一下子倒在地上，污渍也跟着洒了你一身。

“不好意思，不好意思！”工作人员一边帮你擦拭着污渍一边跟你道歉，擦了几下发现擦不干净，工作人员只好抬起眼略带懊恼地开口，“这位先生，不然您先跟我去卫生间用湿毛巾擦一下？”

你看了眼陈歌，用眼神征求着她的意见，见陈歌并没有什么反应，你便点点头跟着工作人员走了出去。

不远处，卫生间门口，保洁大娘席地而坐，拿着自己的那杆老烟枪正吧嗒吧嗒抽着烟。

“周姨，这里不能抽烟。”路过的工作人员轻声提醒道。

“我就抽两口。”被唤作周姨的大娘吞吐完毕，忙把自己的东西收起来。

“烟这么重，小心警报器像之前一样响了。”

“所以我才在这儿躲着啊，也就洗手间这儿没警报器。”

“不是我说，都这个时代了，您还抽这种烟雾大又不健康的东西，不好，真不好。”工作人员咂咂嘴。

“不好我还能活这么大岁数？”

工作人员本是好心，被周姨这么还嘴，不禁露出嫌弃的表情：“得得得，我好心被你当驴肝肺，我从国外买回来的小火锅你也别吃了。”

“火锅？什么火锅？”周姨语气一下子软了起来。

“一种新产品，说是温度至少能达到六十度，比以前的自热火锅好用多了，热的时间还长，还可以自己涮肉吃，原理是啥我也不懂，反正好吃就行了。”

“那等会儿我休息就去你那儿吃？”

“别，我们还是去外边的小公园吧，别把屋里的喷水器给弄喷水了。”

“这还能把喷水器弄喷水了？”

“之前那个客户不就是吗？我当时进屋整理，看见他们留下的盒子，就是这个牌子。我好奇买了几盒，别说，还真挺好吃……”

……

你瞥了眼那两个聊天的工作人员，这种日常的斗嘴又迅速和好的画面让你想起了以前在家里和妹妹斗嘴的情景，你刚想多听两句，结果那声熟悉的呼唤又从女人的嘴里传了出来：“安元！”

你皱了皱眉，假装没听到，只是往前走的步子变快了。

“安元安元！”

等到周围没了人，女人便开始连连呼唤，且声音越来越高，让你没办法再无视她。你转过头，盯着女人问：“你有完没完，从刚才开始你就在念叨着什么奇怪的东西……”

“安元你不记得我了？我是温雨涵啊。”

“你在说什么，我听不懂。”你拼命想伪装自己，“我叫严文良。”

“你真的不记得我吗？高中时候坐在你斜后方的那个女孩，温雨涵，你记得吗？”

你只觉得心脏猛地一缩，你没想到会遇到在搬到丽水别墅之前的人，你也没想到过了这么久，过去的老同学居然能一眼把你认出来。

你看向温雨涵，虽然你并不记得这张脸，但因为她刚刚的说辞，你隐隐想起了一个扎着马尾的女孩。

此刻的你是要对这个老同学继续隐瞒身份还是承认自己的真实身份？

A. 隐瞒（请跳转至73页阅读剧情5）

B.承认（请跳转至74页阅读剧情6）

05

“我想你认错人了。”你努力让自己表现得礼貌而克制，“我叫严文良，不叫安什么，我一直在国外念书，并不认识什么姓温的女生。”

这话说完，你仿佛看到那个叫温雨涵的女人眼里的光一下子又没了，她呆愣地看了你许久，才尴尬地笑了笑道：“不好意思，我认错人了。我帮您擦衣服……”

“不用了。”你摆摆手，拿过女人手上的湿毛巾，随手擦了两下衣服，见污渍没那么明显，便对着女人抱歉地一笑，转而朝着刚刚谈话的地方走去。

“可……”

女人站在你身后欲言又止，你已经顾不上她想说什么了，你只想赶快回去。然而你却没想到，在你进门的一刹那，你的全身像是触电了一般，紧接着你便失去了知觉。

等再醒过来的时候，你看见陈歌倒在你的面前，现场再无他人。你刚想冲出去喊人，却没想到你听到了肖先生的声音：

“警察先生，就在这里，杀人犯就在里边！”

【结局四：不白之冤】

评价：面对未知的情况一定要谨慎行事，以及适时选择信任的人也是制胜的关键。

06

“温雨涵？”你皱起眉头，盯着女人的脸，努力从记忆里找寻着可以与之对应的人。

“我那个时候很默默无闻的，你不记得我也正常。”温雨涵略带尴尬地笑了笑，拿起湿毛巾便帮你擦起了身上的污渍。

“不用麻烦你，我来就好。”你拿过她手里的湿毛巾，笑得礼貌，想了想补充道，“我已经不用那个名字了，我现在叫严文良，还有，我不希望别人知道我是安元。”

“我知道。”温雨涵乖巧地点头，“你父亲的事我听说了，我跟星明一直有在调查这件事，其间我还专门找过你，但我却始终没找到任何关于你的信息，就好像你早在火灾前就已经人间蒸发了一般。我当时就在想会不会是你爸爸预料到了这些，提前帮你把身份信息掩盖了。”

“你……”

“你想问我怎么会关注这些？”温雨涵笑了笑，有些不好意思地开口，“其实自从你高中毕业之后，我就一直有在搜索你的信息……啊，我不是跟踪狂，我只是……好奇。但是我没想到你们家会卷入那么大的一场旋涡之中，在火灾发生之后我一直想要尽快找到你，我很担心你出事，不过现在看来，你做得比我想象中好多了……”温雨涵说着，脸上渐渐露出羞涩的表情，“其实我早该想到你一定能保护好自己的，毕竟高中的时候你就很聪明，而且还很……温柔。”

你有些听不懂，在你的印象里，高中时期的你不过是个平平无奇的普通人，你想不明白为什么在她的眼里你会如此的不同。

“那等我工作结束我们可以慢慢聊。”你意识到这个人不会暴露你的秘密，便打算返回会议的地方。

“嗯，好……等等！”温雨涵叫住你，皱着眉头想了想开口道，“我建议你别过去。”

“为什么？”

“这是肖先生为陈小姐设的鸿门宴，我怕会误伤到你。”

“鸿门宴？”你猛然想起刚刚肖先生说起江澄这个名字时的不对劲，“不行，我得过去。”

“陈小姐是你的恋人吗？”温雨涵拉住你的衣袖，脸上除了不解便是落寞。

“不是，她是我老板，今天刚认识的。”你甩开她的手，想要赶过去。

“我不懂，如果她跟你没有什么关系，你也不喜欢她，那你为什么这么紧张？”

“为什么？一个跟你认识的人要出事了，正常人都会担心吧？”

温雨涵摇摇头，还是不懂：“我不会。但如果是你的话，我会。但那是因为我在乎你，而且我了解你，可你这个女老板，你知道她是好是坏吗？肖先生跟她是利益关系引发的矛盾，他们两个争得你死我活，不是很正常吗？”

你无法认同她的说辞，但又不想跟她再多纠缠，只想着在危险发生之前赶快过去。

“安元！我建议你不要过去，他们两个人的事情很可能把你卷进去。”

看着温雨涵担忧的眼神，此刻的你：

A. 坚持回去（请跳转至76页阅读剧情7）

B.待在这里（请跳转至77页阅读剧情8）

07

“我要回去。就算不是为了她，为了知道关于我爸爸的真相，我也不能让她出事。”你轻轻推开温雨涵，眼神坚定。

“我跟你一起去。”温雨涵跟上你，然后对着你甜甜一笑，“既然你要保护她，那我就来保护你。”

你感觉自己的心似乎因为这话突然柔软了一下。你捂住胸口，暗自发笑，没想到你自以为坚强，其实内心也在期待着有人能保护关爱自己。

“听我说，肖先生把他那个房间的监控器故意破坏掉了……”温雨涵一边走着一边跟你讲着她所了解到的情况，“以及，这个肖先生，背景远比你想象得要复杂，而且跟着他来的不止一个人。”

“他这是下定决心要做些什么了？”

“我说了，这是两个人，或者说两家的利益冲突。”温雨涵叹了口气，“算了，我现在说再多都没用了，反正你一定会做点什么。”

你点点头，看着越来越近的房间，脑子里思索着要怎么做。

“我建议你不要进去。”温雨涵提醒你，“里边没有监控，走廊的监控似乎也被破坏了几个，具体哪几个我不清楚，毕竟我一开始就没打算帮谁。所以你要小心，之后不管发生什么，一定要让自己尽可能处在监控拍摄得到的地方。”

你点点头：“那既然这样，我应该把他们谁引出来。”

“嗯。”

你看着门，你决定把谁从门内引出来？

A. 肖先生（请跳转至78页阅读剧情9）

B.陈歌（请跳转至79页阅读剧情10）

08

你留在这里本来是想从温雨涵嘴里套出一些有用的信息，但她只是在自顾自地说着对你的思念。

你有些头疼，刚想离开，却听见门外有人尖叫一声，喊着："出事了，出事了！陈小姐，陈小姐……"

后边的话你听不清了，你只知道自己待在原地虽然保全了自己，但你可能会因此责怪自己一辈子。

后来，因为你跟陈歌一起出去，却没有保护好陈歌，你被公司辞退了。而张庆洲也没有再联络过你，你这时才意识到，你不过就是一枚棋子，没了价值便被抛弃了。

【寻求真相失败】

提示：保护好重要的人才是制胜的关键，返回上级重新选择吧。

09

温雨涵看了你一眼，立刻明白了你的意思，她走过去敲了两下门，开口道："肖先生，您好，我是酒店的经理秘书，我这边有一份您的加急文件，您可以出来一下吗？"

安静。

"肖先生？"温雨涵又喊了一声。

里边依然是死一般的安静。

温雨涵转头看向你，用眼神询问你："怎么办？"

你分不清这些走廊上时不时走过的人到底是不是肖先生的人，你的心跳慢慢加快，你努力让自己的大脑快速转动起来。

此刻你要怎么办：

A.想办法喊陈歌出来（请跳转至79页阅读剧情10）

B.到走廊外看看情况（请跳转至80页阅读剧情11）

10

你想了想先拿出手机，给陈歌打电话。但令你不安的事情发生了，对方没有接电话，而你也没有听到从屋内传出的电话声。

你抿了抿嘴，看了温雨涵一眼，走过去敲了敲门："陈小姐，公司这边有点事情，您可以出来一下吗？"

安静。

你又敲了敲门："陈小姐？陈歌？"

依然是死一般的安静。

你看向温雨涵，用眼神问她："怎么办？"

温雨涵撇撇嘴，看着那扇门想了想，又敲了敲门："您好，客房服务，可以进来吗？"

依然是一片死寂。

温雨涵将手放在门把手上，刚打算进去，就听见里边传来了个男声："别进来。"

这下你跟温雨涵都愣住了，没想到刚刚那么安静，是这个肖先生故意不愿意回答。他这样想要掩人耳目，里边一定是发生了些什么。

此刻的你要怎么办？

A. 到走廊寻找突破口（请跳转至80页阅读剧情11）

B.继续敲（请跳转至81页阅读剧情12）

C.冲进去（请跳转至82页阅读剧情13）

11

要怎么办呢?

你努力让自己冷静下来，在走廊上踱步，脑子却在飞速旋转，想着解决办法。

对了!

你抬头看向头顶安装的烟雾报警器，转头问温雨涵:“屋子里也有烟雾报警器吗?”

“有的。”温雨涵点头，“旁边还有喷淋头，一旦发生火灾，喷淋头就会开始喷水。不过报警器跟喷淋器启动原理似乎不太一样。报警器好像是探测烟雾的，烟雾太浓就会报警，喷淋器好像只是跟温度有关。温度过高，好像是五十度左右吧，喷淋器就会开始工作。虽然看起来这样设计好像很完美，但是偶尔也会闹出问题，比如之前有客人偷偷在屋子里吃火锅，结果整间屋子都开始洒水……”

你盯着头顶的喷淋头，意识到可以想办法让肖先生那间屋子里的喷头朝下喷水，这样无论如何，他们都要出来。

或者，让那间屋子里的报警器的警铃大作，这里的负责人肯定是会强行进去检查情况。

但是……如果让报警器和喷淋器同时启动，可能有点不太现实，除非你真的在这里放一把火。但这里人多眼杂，可能火还没放出来你就被保安带走了。所以……到底让哪一个启动会更稳妥呢?

A. 烟雾警报器（请跳转至83页阅读剧情14）

B.喷淋头（请跳转至85页阅读剧情15）

12

你看向温雨涵，给她一个眼神，暗示她继续敲。温雨涵点点头，一边敲一边朝里说着话：“肖先生，您是遇到什么问题了吗？我这边需要进去查看一下情况……”

屋内没再传出说话声，温雨涵再次将手放在门把上，用力一转。

“被锁了。”温雨涵压低声音对你说道。

看来继续敲是没用了，那到底要怎么办呢？

A. 到走廊看看情况（请跳转至80页阅读剧情11）

B.闯进去（请跳转至82页阅读剧情13）

13

你和温雨涵对视一眼，一不做二不休，反正你们有两个人，就算你出了问题，温雨涵总是能帮你做证的。

你往后退了两步，让温雨涵让开，刚准备冲进去，就见不远处走来两个男人，不由分说便把你和温雨涵钳制住。

“你们在做什么？”你扭过头怒吼道。

“没什么，兄弟们无聊，找人一起玩玩。”其中一人回答。

“你们这些混混是怎么进来的？这里不可能让没有身份的人随便进来！”温雨涵大声质问。

这话让你瞬间明白，这些人应该是肖先生安排的，为了防止有人干扰他的计划，同时又为了不承担随意抓人的指控，于是肖先生故意安排这么一些街头小混混。因为即使之后你跟温雨涵被这些小混混带走，肖先生只会说是酒店管理不到位，跟他本人无关。

你咬着牙，想要脱身却没有任何办法。即便你再不甘心，你知道你这次失去了重要的线索。

【寻求真相失败】

提示：面对未知的情况一定要谨慎行事，返回上级重新选择吧。

14

烟雾报警器。

你在心里做了决定：如果烟雾报警器响了，保安们肯定会赶过来疏散人群，这样你就可以趁乱打开那扇门。

只是，怎么才能弄到制造烟雾的东西呢？要去哪里找找看呢？

你猛然想起刚刚去洗手间的时候，你看到有个被唤作“周姨”的大娘正坐在角落抽自己的烟枪。她跟其他工作人员闲谈中，还讲到她的这杆烟枪曾经让屋子里的警报器响了。

你整个人一下子兴奋起来，看了眼四下，见没人注意你，你便快步朝刚刚的洗手间方向走去。

你离开的时间并不长，那个周姨刚把自己的烟枪收起来，拿着自己的拖把正准备继续打扫卫生。

“周姨！”你走上去，假装亲热地叫道。

“你是？”周姨皱着眉头看着你，像是在大脑里搜索着关于你的信息。

“哦，我是新来的……Boss说让我来找你借你的烟枪用一下，说要做什么警报测试还是什么来着。”你编着谎。

“是吗？”周姨一脸怀疑地看着你。

“是啊，不信你问温雨涵。”你没办法，只能把温雨涵拉出来挡枪了，“还是说您怕我们贪您的烟枪？”

“没没没，那倒不至于。”周姨笑着摆摆手，忙从清洁架下面拿出来递给你，“这玩意也不值钱，主要是时间久有感情了，之后记得还给我就行。”

你笑着点点头，而后拿着烟枪朝着肖先生的房间快步走去。

整个实施过程比你想象得要简单很多。你看四周没什么人，便迅速将烟枪点燃，伸到烟雾报警器下，很快，走廊里的烟雾报警器便开始警铃大作。

你看着赶来的人，想了想，点燃了一片纸，顺着门缝塞了进去。

……

“怎么回事？”

“发生什么了？”

“怎么了？”

其他房间里的客人、保安、其他员工全都迅速赶了过来，你朝温雨涵使了个眼色，她立刻会意，指着肖先生的房门一脸惊慌：“这里，这里边着火了！”

未烧完的纸还在冒着烟，这烟从肖先生的门内缓缓飘出来。

“里边有人吗？”保安问。

“不知道。”温雨涵摇摇头，“我打不开门，也看不了情况，是不是这个门坏了？你能把门撞开吗？”

保安想了想，点头道：“行吧，客人安危最重要。”

话刚说完，保安便用力朝门撞去。

“干什么呢？”就在保安撞向门的一瞬间，这扇被锁住的门一下子打开了。保安由于惯性，一个没站稳直接撞进了肖先生的怀里，而肖先生也因为他的这一撞，跌坐在地上。

你趁着这个时机，跨过肖先生朝屋内跑去。

“陈歌！”你看见陈歌晕倒在沙发上，额头上还有被打的痕迹，而旁边则放着肖先生的皮包，皮包下藏着的一把小型手枪让你不禁一阵胆寒，你突然庆幸自己想办法过来了，不然后果不堪设想。

看到这种情况，保安似乎也没想到，呆在原地有些发愣，但马上他便爬起来一把按住肖先生，警告肖先生不要乱动。

你慌忙掏出手机想要报警，还没等你拨过去，倒在沙发上的陈歌便醒了过来。

“先别报警。”陈歌从杯子里拿出一块冰块包在湿巾上轻轻按着额头。

“他都要你命了，还不报警吗？”你不解。

“你不懂。”陈歌拿出手机给不知谁发着信息，“我让可以处理这些事的人半小时内赶过来，这个肖先生既然想逼问我果胎素的配方，那我就要好好逼问一下是谁让他这么做的。”

你看向陈歌，她表情严肃、眼神坚定，明明脸上挂了彩，却让人心生畏惧。

你转过头，看向门外的温雨涵，像是心有灵犀一般，你们四目相对的瞬间，她朝你露出胜利式的微笑。

虽然你现在心里正因为解救陈歌成功而兴奋，但你也清楚地意识到，哪天你得跟这个“老同学”温雨涵好好聊聊。不过……你看着温雨涵闪闪发亮的眼睛，心想或许没多久她就会先来找你。

陈歌好感度+2。（请转跳至88页，继续阅读第四章）

15

喷淋器。

你在心里盘算着：如果室内的喷淋器开始工作，肖先生不会冒着被浇湿的风险继续不开门，况且他跟陈歌身上都有重要的纸质文件，这种东西最怕水了。

只是，要怎么才能让喷淋器开始工作呢？总感觉需要借助点什么东西。

要去哪里找需要的东西呢?

员工休息室!

你想起之前路过洗手间时听到的两个员工的谈话，其中一个说自己买了几盒火锅，是之前触发过喷淋器的火锅牌子。

也就是说，只要拿到了这个小火锅，那让喷淋头工作便不是难事了。

你在温雨涵的带领下前往员工休息室，一进去你便看到了说自己买了好几盒的那个员工。

“你好，我领导突然想吃小火锅，我听你们的工作人员说你这里有，我出三倍的价钱买你一盒小火锅怎么样？”你走过去假装为难地问道。

“可……”员工似乎想拒绝，但刚一张口温雨涵便立刻打断了她：

“王姐，这可是笔少见的外快，你一盒小火锅多少钱？再加上关税邮费……五十有吗？他给你一百五，这可够你买好多其他好玩意了。要我，我就直接卖了。”

“可我本来说想请周姨尝尝的……”

“想让周姨尝以后也能让她尝，你错过这笔买卖可就没有了。”温雨涵继续煽风点火。

“你们领导一定要吃小火锅吗？我这儿有进口的饼干，你们领导吃吗？”旁边看热闹的员工对于这个价格心动了。

“没办法，领导就想吃小火锅。”你假装无奈地摇了摇头。

“行吧，卖你了。”纠结了半天那人终于把自己抽屉里的一盒小火锅递给了你。

你拿到之后付了钱立马赶回肖先生的房门前，然后准备好小火锅让它开始升温。

不多时，你头顶的喷淋器便开始喷水，但可惜，你发现其他地方的喷淋器包括肖先生房内，都没有动静。

【寻求真相失败】

提示：小范围的响动或许还不够，试着换一种方式？返回12重新选择吧。

第四章 过往

01

“砰砰砰。”

解救陈歌事件刚刚过去两天。这天，欣然像以往一样给你送了饭。你刚送走欣然，酒店的门便又被人敲响。

“谁？”你走过去，刚打开门你便愣住了，“你……还有你，你们怎么知道我住在这儿的？”

此刻过来拜访你的是之前喊陈歌去丽水别墅的邋遢男，还有你的老同学温雨涵。果然你还没有去找她，她就主动来找你了。

“雨涵调查了你几年，就差在你身上安个摄像头了，她要是连你现在住哪儿都不知道，那她暗恋可就算白暗恋咯。”邋遢男侧身进来，朝你伸出手，“白星明。”

“严文良。”你握了握白星明的手，简单地自我介绍道。

听白星明这么调侃自己，温雨涵也不理他，自顾自地走进来把手里提的两大袋零食放在了桌上。

“原来雨涵日思夜想的安元就是你啊。”见温雨涵并不打算搭理自己，白星明说得更加起劲了，“她说你温柔善良还阳光帅气，但我看着怎么觉得，你就是个普通人啊，还没我一半帅。”

“你要是想早死直接跟我说就行，没必要这么转弯抹角。”温雨涵面无表情地看了眼白星明，但这一眼却让白星明打了个寒战。

“其实……”你有些尴尬地抓抓头发，“我不是太记得当年的情况……”你委婉地表达出你压根想不起温雨涵，印象里只有一个模糊的身影。

“记不得没关系，我给你讲。”白星明又来了劲，“温雨涵说她上学的时候非常不受欢迎，再加上她是单亲家庭，非常非常缺爱。她怎么说的来着？她说她永远记得一个转学生，笑容阳光，明明跟自己没什么交集，却在自己生日那天走过来对着准备回家的她说了句生日快乐，她说那一刻你就像阳光一样，一下子照亮了她的心……”

“……”你不知道说什么，有些尴尬地开口，“我没她说的那么夸张……”

“少女情怀总是诗嘛，你本人不夸张，她脑子里的你确实有这么夸张……啊啊啊，疼疼疼。”

白星明的感慨还没说完，温雨涵便走过来，朝着他的腿狠狠踢了一脚，然后向你解释道：“白星明是我的工作伙伴，我们合伙开了个侦探事务所，他负责所有，我负责偶尔参与，当然有时候为了收集情报我也会去其他各种地方打工。今天我带他过来，是因为你爸爸李文的事情。”

“我爸爸？！”这话让你一下子严肃起来。

“嗯，我太关注你了，以至于对其他事情毫无兴趣。但白星明却跟我不一样，他在我调查你的时候发现了李文的事件，可能是闲的，他自己也在调查这件事。我带他过来是希望他能给你一些有用的信息。”

“这不叫闲的，这是我通过千丝万缕的线索追查到李文，然后开始着手调查的！”

“哦。”温雨涵洗了个苹果递给你，然后看向白星明，“你别贫了，快点进入正题吧。”

白星明从你手里抢过苹果，咬了一口说道：“我目前的主顾客是陈歌，她找我是想让我帮她调查两件事，第一件事是，她想让我调查是谁窃取了果胎素的配方。”

“窃取？”你不解。

见你的苹果被抢，温雨涵又重新给你洗了一个，顺便还削了皮切成了块，装在盘子里给你端了过来。

“温雨涵，我们好歹是合作伙伴！”白星明瞪大了眼睛，发出不满的哼声。

“别废话，快点继续讲。”温雨涵看了他一眼，坐在一旁，将自己的折叠电脑打开，似乎在查找着什么。

“好，我继续。”白星明清了清嗓子，看着手里的苹果，瞬间觉得不太香了，于是放在桌上拍拍手继续说道，“据陈歌所说，目前市面上流通的果胎素有两种，一种是用于化妆品添加剂，另一种是作为食物防腐剂使用。但可直接食用的，目前还没有。这项技术一直被陈歌的父亲，也就是陈其远掌握着，因为陈其远担心他人知道果胎素的制作方法后，将这些东西用于非法的渠道，比如一个国家可能利用果胎素返老还童的能力，培养出一大批不会老且骁勇善战的战士。但是，果胎素的配方却被泄露出去了，黑市上开始售卖可服用的果胎素，陈歌想让我帮忙调查研制可服用果胎素的到底是谁。”

“那第二件事呢？”

“第二件事是之后了，你先听我讲完。我在调查黑市果胎素时发现了一个叫申林的人，这个人在黑市的果胎素买卖中尤为活跃。”

申林？！

你猛然想起欣然之前给你说过这个人，以及发生在丽水别墅的案子。

“之前你能在丽水别墅见到我，就是因为那里是我调查到的申林住址之一。只是我刚刚追踪到丽水别墅，那里就发生了命案。我当时进去想找找有没有他的信息，可惜他并没有留下什么东西，但是……我还是有了个大收获，这里就要讲到陈歌拜托我的第二件事了。”

你眨眨眼，等着白星明继续往下说，但他似乎故意在吊你胃口，沉默了一分多钟。

温雨涵看不下去，提醒你道：“他在等着你提问呢。”

你试探性地提问：“第二件事是什么？”

“第二件事是，陈歌一直遭受着各种危险，她似乎被谁给盯上了，于是让我帮她查一查到底是谁想要害她。结果，有趣的事情来了，我发现我查到的那个申林就是骚扰威胁陈歌的那个人。”

白星明这话让你猛地想起欣然跟你说过“申林是极端反对派”的话，原来他不光会对支持者下手，还会对果胎素的负责人下手。

“所以你那天让陈歌过去，是为了告诉她这个申林既是黑市果胎素的买卖人，又是威胁伤害她的人？”

“是的。”白星明点点头，顺手拿了块你旁边盘子里的苹果，“可惜没直接证据，再加上这个人神出鬼没，行踪难测，陈歌也拿这个申林没办法。不过现在不是有了个肖先生吗，我们已经顺着肖先生给的线索找到了这个申林，估计没多久陈歌就能从他嘴里问出点什么了。但，你要是以为我今天过来是为了给你讲这些就大错特错了。我不知道你有没有听说，你爸爸李文生前通过陈歌，购买了大量含果胎素的产品。”

“嗯，我有听说过，但还没来得及查证。”你答。

“我不知道你有没有想过陈歌可能是害死你全家的凶手，但我在这里可以打包票，陈歌不是。”

你皱起了眉头：“承诺是这个世界上最不可信的东西，我只相信证据。她是不是凶手，我会自己查清楚。”

白星明耸了耸肩：“随便你咯。反正我也给不了陈歌不是凶手的证据。”

“我多嘴问一下，你和她到底是什么关系？你为什么为她说话？”

“主雇关系呗，我告诉你，只是希望你少走一条弯路，你要非把我的好心当成驴肝肺我也没办法。”白星明不满地仰起头，不想看你，想了想又补充道，“不过话又说回来，我这里还有一条情报，不知道你有没有兴趣。”

“什么？”

“李文在购买果胎素的这段时间，我查到他与那个申林来往密切。我不知道这意味着什么，我只知道申林在黑市上出售大量可服用果胎素。”

“你是想说我父亲跟申林是一类人？是他们合伙这么做的？！”

“不知道，我刚刚告诉你的就是我追查到的线索。但你要说我没往那方面想是不可能的，毕竟两个人的联系太密切了。”

“不可能！我爸不是这种人！”你拍案而起，手不自觉攥成了拳头。

“这个世界上没有绝对的好人，年轻人，我劝你在彻底了解事情真相之前不要把话说得太绝。”

你皱了皱眉头，想要反驳，但又不愿意在刚开始就把关系搞僵，只好把话往肚子里咽了大半，开口道：“总之，我相信我爸。而且，对方不仅害死我爸，还害死了我妈和妹妹，不管真相是什么，对方在这么做的那一刻，哪怕理由再正义，也已经变成了恶魔，无论什么都不是草菅人命的理由！”

“确实……”白星明点点头，“你这么一说，我开始好奇你的选择了。”

“选择？”

“因为我实在是太好奇了，所以我要插个题外话。假如你是个火车司机，火车因为种种原因突然失控，没办法停下。这时你看见前方有四个工人在做检修，你马上就要撞到他们，而右方有一条铁轨，铁轨上只有一个工人在做检修。此时你有能力将火车向右转，你会选择杀四个人还是杀一个人？”

“为什么这么问？”你刚刚攥紧的拳头微微放松下来。

“因为我想知道在面对选择时，你会选择牺牲大部分人呢，还是会选择牺牲小部分人？当然，我的话我肯定会选能够保全自己的那条，也就是不转向。虽然牺牲了四个人，但这并不是我的责任，谁让他们非要在行驶火车的轨道上工作呢。温雨涵呢，我猜她肯定选转向，因为她管不住自己的手。”

“你错了。”温雨涵看着屏幕头也不抬地回答，“我选安元，安元在左我就转向，安元在右我就不转向。”

白星明摇摇头，摆出一副“没救了”的表情，然后看向你：“那你呢？你会怎么选？”

A. 转向（请跳转至94页阅读剧情2）

B.不转向（请跳转至95页阅读剧情3）

C.不知道（请跳转至96页阅读剧情4）

02

“我选……转向。”你答。

“哦？牺牲少数人，拯救多数人吗？”白星明意味深长地笑了起来，“不过你让火车转向了，事后这些多数人可能不会感激你，相反他们会认为你是害死少数人的凶手哦。”

“我有点听不懂你说的。”你回答。

“没关系，我也不知道我自己在说什么。”白星明又是一笑，顺手拿起你盘子里的苹果往嘴里丢了一块。

【解锁道具：密钥】（请在最终结局的时候使用。）

（请跳转至97页阅读剧情5）

03

“我选……不转向。”你答。

“哦？牺牲多数人，拯救少数人吗？”白星明笑得有些意味深长。

“我……”

“你不需要解释，我知道你的答案就够了。”白星明拿起你盘子里的苹果往嘴里丢了一块，嚼得起劲。

【解锁道具：隐藏之心】（可在走向结局后解锁任意一位人物的番外。）

（请跳转至97页阅读剧情5）

04

“我……不知道。”你有些纠结。

“说明你还在摇摆，这可不行啊，年轻人闯荡江湖，立场得坚定才行，你学学温雨涵，立场就很坚定嘛。”

温雨涵白了眼白星明：“莫cue我。”

“我……”你想要解释，但白星明却打断了你的话。

“没关系，你可以慢慢想，这个答案不是说给我听的，是说给你自己听的。”白星明拿起盘子里的苹果块，往嘴里丢了一块，“不过你现在纠结，说不定以后就清楚自己的立场了，现实总会逼着你做决定。”

【解锁道具：白星明的便签本】

（请跳转至97页阅读剧情5）

05

“好了，说回正题。”白星明随手扯了片卫生纸擦干手指，“陈歌跟你爸的事情我就知道这么多，如果你还想了解更多，我建议你可以去试试问陈歌。”

“嗯，我会的。”

“好了，我该说的也说完了，我要回去了。”白星明站起身，整理了下衣服，想了想补充道，“对了，你没去过你爸之前住的那个丽水别墅吧？”

“没。”你摇头。

“没去就好，之前我在蹲点申林的时候发现你们家，就那个空房，在最近这段时间，经常有人过去。”

“有人过去的意思是？”

“我怀疑有人在监视着那座房子，所以你自己要多小心，不要被人发现了身份抓住了把柄。”

“那你知道这个人是谁吗？”你追问。

“我看到脸了，但你让我描述我也描述不出来，而且这又不是我的调查内容，不收费的事情我不喜欢多干。不过要是以后有机会见到那个人了，我可以指给你看，或者拍给你看。”

“等一下。”你叫住准备离开的白星明，“你能不能不要告诉别人我的真实身份，包括陈歌。”

“放心吧，我这点职业素养还是有的。”白星明朝你竖了个大拇指。

“我也会保密的。”温雨涵摆出发誓的手势，“虽然我没忍住告诉了星明，但我发誓以后你的事情，除了我和星明不会有第三个人知道！而且，为了弥补我造成的错误，我们两个会想办法把你的身份隐藏好……”

“还可以隐藏身份？”你问。

“当然，有查身份的职业，就有隐藏身份的职业。恰好这两种项目我们都有做。”温雨涵自信一笑。

“喂，你吹牛揽活可别带上我啊！”白星明不满。

“闭嘴，你知道了这个秘密就应该想办法帮安元保守好！”

“我是被迫知道的。”

……

听着两人的话，你没说什么，但紧皱的眉头却终于舒展了一点。

（请跳转至99页阅读剧情6）

06

再次见到陈歌已经是两周后了，这次她来到公司，指名道姓让你出来。

“怎么了？”你问。

“记得之前的肖先生吗？”

“记得。”

“我从他嘴里问出来了指使他的人，是申林。”

“申林？！”你虽然早被白星明给剧透了，但此刻你依然装出惊讶且疑惑的样子。

“申林是个臭名昭著的果胎素反对派，不知道你有没有听说过他的事迹。如果你不知道我也懒得说，总之你知道有这么个人就行了。”

“哦……可是，为什么？”你又问，“为什么他要指使那个肖先生伤害你呢？”

“因为申林似乎一直在黑市中扮演着一个非常重要的角色，据说是可服用果胎素的买卖中间商。但可服用果胎素配方有问题，之前江澄的死亡就是最好的例子……哦，你可能不知道，上次我带你去丽水别墅是因为那里发生了命案。”

“我知道这件事，当时我看见警车便凑过去听了听情况。”

“没想到你还挺喜欢凑热闹的？”陈歌调侃了一句，紧接着继续她的讲述，“果胎素的配方一直是保密状态，禁止外泄。以前黑市出现果胎素，我一度怀疑过可能是技术团队里有人泄露了，但从现在的情况来看似乎并不是。可服用果胎素出了问题，甚至还闹出了江澄的死亡案件，黑市中售卖的果胎素急需调整配方，但他们没有真正的配方，于是这些人便把主意打到了我身上，毕竟我是技术董事陈其远的女儿。但可惜，这个肖先生花费了那么多心思，结果不仅没问到配方，还被我逼问出了幕后老板。”

“申林的背后应该还有人吧？”你想起之前欣然跟你说申林背景很复杂，跟着猜测道。

“不知道，我找人顺着那个肖先生说的地址找到了申林，可惜这个申林什么也不说，威逼利诱都不说，所以只能靠我们智取了。”

“智取？怎么智取？”

“我现在需要你去黑市一趟。”陈歌从包里拿出一张卡片递给你，“这个是之前在申林住的丽水别墅里找出来的电子卡，我这几天确认了一下，确定这个是进入虚拟黑市的电子卡，顺便还破解了密码。”

“虚拟黑市？”

“是的，为了规避风险，现如今的黑市已经变成了虚拟，需要拿着电子卡才可以进入。你进去之后使用的是初始用户，也就是申林捏造的虚拟形象，不用担心暴露你自己。这也是虚拟黑市能够发展开的原因，买卖双方都很安全。”

“既然是虚拟形象，那为什么还要我去？”你不解。

“因为我怀疑黑市里有公司里的人，但大家对我都太熟悉，就算我使用虚拟形象，对方也很容易通过我说话的方式、语气等意识到是我，所以我进去的话，很可能会搞砸。”陈歌捋了捋头发，焦躁的样子暴露无遗，“但你不一样，你是公司新人，没人能在这么短的时间里熟悉你，但同时你又跟申林一样，对果胎素都有了解，所以你用这个身份进去最保险。”

“但我进去要做什么呢？”

“尽可能多地打听黑市里那些可服用果胎素的来源。申林在黑市里充当着中间商的角色，所以用他的身份进入黑市，找出源头应该会容易很多。”

你想起之前白星明给你说的陈歌的两个委托，不由得猜测道：“你是觉得可服用果胎素是从公司流出去的吗？但也有可能是其他人购买了果胎素产品，研究出了成分，加以改造。就好像市面上某有些饮料口味很独特，把自己的配方层层加密做好保护，但不久市面上还是会出现跟这个饮料口味差不多的饮品。”

“也有这个可能。”陈歌点点头，而后朝你调皮地一笑，“但在彻底确定真相之前，我还是相信我的直觉。”

你无奈地摇摇头：“我不信直觉，我信证据。”

陈歌笑了笑没说话，带着你来到了她的私人办公室：“虽然我在公司没什么职位，但办公室还是有的，里边的东西你可以随便用，反正你用了什么做了什么，我的电脑会把这些全记录下来的。”

陈歌前半句话让你感受到无比的信任，后半句话则让你在心里翻了个大白眼。

“我不会经常用，不会试图探求你或公司的隐私，也不会让你通过这些探求到我的隐私。”你一边说着话，一边将黑卡插在了电脑的终端。

“无所谓，反正我能监控到。比起这个，我建议你动作快点，申林是每个月十五号八点左右会进入黑市，如果时间太晚我担心其他人察觉到。”

陈歌的话刚说完，电脑屏幕上出现了这样几个字：请戴上虚拟眼镜以确定进入。

你扭头看了眼陈歌，陈歌给你比了个加油的手势，便退出了房间。但你知道，你的一举一动她一定会在监控里看得仔仔细细，甚至等你结束她还会从电脑里找出你的虚拟浏览记录。

也就是说，你在虚拟黑市里的一举一动都被陈歌或者其他什么人观察着，你不能太过暴露自己的目的。

你拿起一旁的虚拟眼镜，缓缓地吸了一口气，而后又缓缓地吐了出来。一吸一吐之间，你的心便平静了许多。

你将眼镜戴上，而后你便看到眼前的一切都开始变得不一样了。

……

“虾老板！”

你刚进去，还没来得及环顾完四周，便有人叫住了你。你刚想迈开步往前走，猛地意识到自己现在是顶着申林的虚拟账号，黑市里的熟人或许此刻正在叫你。

于是你为了不暴露身份，故意站在原地摆出思索什么的样子，等待着别人主动跟你搭话。

“虾老板！在想什么呢？”一个将自己的虚拟形象打扮得花里胡哨的人走过来拍了拍你，“咕噜正到处找您呢，您今天上线晚了俩小时，我们还以为您出事了。”

“哦，昨天喝了点酒，今天睡过头了。”你打着哈哈，心里却在盘算着如何能用最快的速度弄明白这里的情况，以及问出你想问的东西。

“虾老板您现在是酒劲儿还没缓过来呢？”问话的人半开玩笑道，“您就快过去吧，咕噜要急死了。”

你点点头，刚走两步便进来一连串的私信，你切换屏幕消息，里边全是问你“有货吗”“我想预订一批”诸如此类的消息。

“怎么了？”跟你说话的人问，“是有什么让你在意的消息吗？”

A. 没什么事（请跳转至103页阅读剧情7）

B.是客户消息（请跳转至104页阅读剧情8）

07

“没事。”你摇摇头，转而开始说正事，“咕噜那边比较重要，对了，咕噜现在在哪？”

“就在他的店里。”

店？什么店？哪个店？

你瞥了眼四周，各种花花绿绿的牌子扰得你眼花缭乱，要怎么样才能知道这个咕噜的店到底在哪儿呢？

A.找路人打听（请跳转至104页阅读剧情9）

B.让找你的人先过去咕噜那边（请跳转至105页阅读剧情10）

08

“都是一些急着问我要货的客户。”你答。

你这话刚一出口，对方便突然停下了说笑：“您不是虾老板吧？我们这儿，可是不把客户喊成客户的。”

这话一出你瞬间变了脸色，而对方也不给你辩解的时间，立刻将你踢出了黑市。

你猜暴露的不仅仅是你，连同申林的虚拟黑市身份被控制住的事情也一起暴露了。

【寻求真相失败】

（请返回重新进行选择。）

09

“行，我知道了。”你摆摆手，示意他可以回去做自己的事儿去了。

等这个人离开了，你看着周围来来往往的人，你打算找什么样的人来问路呢？

你朝一个看起来漂亮的小姑娘走过去。这并不是你的随意选择，你知道如今在黑市里最受欢迎的东西便是果胎素，尤其受很多女士欢迎。甚至有很多女士为了能够购买这种药效强劲的美容药，自己专门注册了黑市账号，这些贵妇、贵太太喜欢把自己的虚拟形象创建得年轻漂亮，因此越是使用这种外形的人，越有可能是路人。

“请问咕噜的店在哪儿？”你问。

“咕噜的店？他不对外开放的，你过去也没用。”小姑娘嘴上这么说着，手上却依然给你指明了方向，“就那个，外边蓝白交错、很有未来科技感的房子就是咕噜的店。”

“我知道了，谢谢啊。”

“不客气，不过你去找他是为了进货吧？”

“啊？啊！是！”你答。

“那希望你进了之后卖给我们能把价格压低点，像虾老板那群人，只会一个劲儿地抬价，脑子都钻钱眼里了。”

你笑了笑没说话，转而向咕噜的店走去。

（请跳转至106页阅读剧情11）

10

“等等。”你突然捂着自己的肚子，“昨天喝得好像太多了，我有点不舒服，去个厕所先挂会儿机，你先过去跟咕噜说声我来了，别让他着急了。”

“也行，那您快点啊。”找你说话的人朝左前方跑去，嘴里还嘟囔着，“喝酒这么误事还整天只顾着喝酒……”

你站在原地不动假装在挂机，实际上你在观察着这个人的走向。当你看到他走进一家科技风的店里后，你才假装重新上了线，朝着那家科技风的店不紧不慢地走去。

（请跳转至106页阅读剧情11）

11

“虾老板，你可把我急死了。”一进店，一个打扮斯文的男子便把你拉进了里屋，“您今天怎么来这么晚？这要不是我看咱俩关系好，给您留了点，不然今天这批货非要被L老板他们给抢完了不可。”

“不好意思，不好意思，昨天喝多了，太误事了，真的太误事了。”你一边道歉一边努力分析着此刻的情况：

看起来申林手上的这些果胎素都是从这个咕噜这里进来的，然后他再负责寻找客户兜售给其他人，或者是把这些事交给肖先生。

而咕噜这边每个月的货量似乎都是一定的，需要几家互相争抢，也就是说跟果胎素源头真正有联系的不是申林，而是这个咕噜。

那么接下来要从咕噜嘴里尽可能地多套话，包括他进货的地方是哪儿，从谁那里进货。这样应该就能完成陈歌交代的任务了。

“我先帮你把表填了，对了，我这里现在只剩五份了，你都要了吧？”

“当然。”你点头，在咕噜填表的工夫，脑子里思索着如何在不被发现身份的前提下套出他的话来。

“对了，地址呢？你那个丽水别墅现在不能送了吧，那要送到哪里去？”咕噜填到一半抬起头来问你。

你有些犹豫，你并不知道申林有几个地址，但你也不能随便编个地址。按照黑市里的严谨作风，怕是送货上门前都会核对一番，如果被发现是假地址可能会出事。

事到如今你得找个理由推掉这批货，这样就可以不用填地址了，也不用担心后续问题，只是要怎么做才行呢？

A.我资金出了点问题（请跳转至107页阅读剧情12）

B.货太少了我不要了（请跳转至108页阅读剧情13）

12

“咕噜，我这边有点事儿想要跟你说一下。”你假装有些不好意思地开口。

“怎么了？”

“我这边资金出了点问题，能不能先不要这批货了？”

你这话刚说出口，咕噜便一下子变了脸色：“虾老板的资金再出问题不至于连五份的钱都没有吧？更何况以前您资金出了问题可是巴不得我多卖点给您，毕竟您能立刻把这货价格翻几番卖出去……说这话，不是您的风格啊虾老板，还是说，你不是虾老板？”

你被咕噜这番话给惊住了，你没想到你的一句话居然能让他想到这么多，你张了张嘴，想要辩解却不知从何说起，还没等你想到好理由，你便被踢出了黑市。

【寻求真相失败】

（请返回重新进行选择。）

13

“不行。”你摇了摇头，“我想了想还是不行。”

“怎么了？”咕噜被你这话吓得停止录入。

“太少了，太少了，我这边要的人有多少你又不是不知道，五份，真的太少了。”

“但现在只剩这么多了，这五份还是我拼死给您留下来的，谁让您今儿个迟了俩小时。”

“唉……都怪我。”你敲了下自己的脑袋，看向咕噜直摇头，“千错万错都是我的错，但不管怎么说，这五份还是太少了，这我要不了。这就好像一个书店，只有五本书，店主有脸把这个店开起来吗？”

“这……”咕噜似乎认为你说得有道理，站在原地思索了一番，“那照您的意思，您打算怎么办？直接找上边要吗？”

“不然您觉得呢？”你学着咕噜的语气反问。

“不行不行，老爷子脾气大得很，说一次只给一百份就给一百份，多一个都不给。”

“那我就不要了，五份，这是打发叫花子呢？”

“虾老板可别这么说，我可不想伤了我们之间的和气。”咕噜抓了抓头发，想了想道，“这样吧，我再去跟老爷子聊聊看吧。”

你听到这话，心里立刻一喜，看来马上就可以知道这个背后的人到底是谁了。

A.我去跟老爷子聊（请跳转至109页阅读剧情14）

B.你去吧我在这儿等你（请跳转至110页阅读剧情15）

14

“算了，我也不难为你，这样，你把老爷子的地址给我，我去跟老爷子聊。”你表现出大度的样子。

可你这话却让咕噜皱起了眉头：“老爷子不见外人，这你不是不知道吧？”

“我当然知道，我这不是想减轻你的负担怕你说不明白我的情况吗。”你努力为自己辩解着。

咕噜摇了摇头道：“虾老板，不好意思，别怪我敏感，您这话说得太不合时宜了，我想我需要对您的账号观察一段时间，以确保您没有问题。”

咕噜的话音刚落你便被踢出了黑市。

【寻求真相失败】

（请返回重新进行选择。）

15

“行吧，你去吧，我就在这儿等你。”你表现出焦急的样子，假装自己非常在乎这批货。

咕噜咬咬牙，想了想道：“行吧，你等一下。”而后他便待在原地一动不动。

挂机了？

你看着咕噜站在原地呆愣的虚拟形象，立刻意识到这个咕噜跟那个生产可服用果胎素的人在现实里是认识的，而且还是那种可以随时随地立刻联系到的关系。

等待咕噜上线的工夫，你在店里慢慢踱步，实际上你在想办法看咕噜笔记本上的信息：刚刚他就是在那上面帮你登记信息的，这也就是说他经常用这个笔记本，如果往前翻，说不定能看到其他什么更有用的信息。

你四下环顾了一圈，屋子里似乎没有什么特别值得注意的地方，那也就是说这里发生的事情可能会被电脑自动记录下来，说白了就是这里虽然没有监控，但因为是虚拟世界，所以其实相当于安装了一个无死角监控。

只不过这个无死角监控保存视频的时间非常短，这也就是说你可以通过创造机会来看笔记本上的内容，也可以正大光明地看笔记本然后通过故意拖延时间，把这件事彻底掩盖。

你打算：

A. 创造机会偷看（请跳转至111页阅读剧情16）

B.正大光明偷看（请跳转至113页阅读剧情17）

16

你巡视着屋内，思索着哪里能成为最好的死角。

应该是桌子底下了，如果把笔记本一不小心撞到了桌子下，你立刻蹲下身去捡，这样，无论从哪个角度都看不出你在做什么，只是把本子撞到桌子底下之后你看的速度一定要非常快才行，不然很可能让人起疑。

你咽了口唾沫，努力让自己不那么紧张，而后你装作在想什么的样子，朝着放笔记本的桌角径直走了过去。

“砰！”

笔记本被你撞落在地，而你也装作受伤蹲在地上揉着肚子。

这就是虚拟黑市的好处，为了更好地售卖产品，这里的每个人都能体验到真实世界里相同的体感。吃到的糖会是甜的，吃到的药也能让买家感受到身体的变化。一致的体感，却不会对本人造成任何的真实伤害。举个例子，在虚拟世界里，你发生了车祸，你会真的疼得在地上打滚甚至昏厥，但你本人的身体并不会有任何的损伤。

这种设计也是为了保证客人在服用或者体验新产品的时候，一旦发生了意外，能及时止损。商家不需要承担更大的风险，买家也能选到更适用于自己的产品。

你下蹲的瞬间脚尖微微发力，便把那本撞落在地的笔记本踢到了桌子下，你一边揉着肚子一边斜眼看向笔记本，试图看清楚那上面写的是什么：

"订单情况"

"交易情况"

"果胎素行情"

……

其他的你有些看不清，于是你站起身，假装恢复过来，但立刻你便发现桌子上的笔记本被你撞到了桌下，于是你慌忙又蹲下身子，把身体探到桌底去捡笔记本，就在你做这些动作的同时，你的手迅速翻动着纸页：

"果胎素原料购买清单明细：fx5、px-3酶……"

"副作用情况汇总"

"江澄使用情况及反应记录"

"时间回溯机采购明细"

……

江澄？

如果你没记错，这个江澄应该就是申林的那个女朋友吧？为什么这里会有关于她的记录？

难道申林一直以恋爱的名义欺骗江澄？

"不行啊，老爷子说原料不够，他也不想加班搞。"

你把本子捡起来刚放到桌上，咕噜便回来了，这让你不由得在心中暗叹“好险”。

“那算了，我宁愿空手等着下一次。”你摆摆手，准备离开。

咕噜叹了口气，挥了挥手道：“那你下次别再睡过头了。”

“知道了知道了。”

（请跳转至114页阅读剧情18）

17

你走过去，看着那本笔记本，伸过手翻开，刚打算看看内容，屋子里的警报突然响了起来。

“异常动作，异常动作……”

机械的声音始终重复着这样的话，还没等你反应过来，你便被踢出了黑市。

【寻求真相失败】

（请返回重新进行选择。）

18

虚拟黑市时间结束，陈歌缓步进来，问：“你有找到什么线索吗？”

“我也不知道这算不算线索。”你将你在笔记本上看到的内容一五一十地告诉了陈歌，只见她的表情瞬间阴沉了下来。

“我的直觉没错。”

“什么？”你不解。

“这些事我来处理，你不要把这话告诉别人。”陈歌皱起眉头，你不知道她到底对你说的哪一条内容产生了兴趣，但你知道里边一定有对她来说很重要的内容。

“嗯。”你点点头，不打算多问。

“对了，作为奖励，你可以提个要求。”陈歌让自己的表情恢复正常，微笑着看着你，“说吧，升职还是加薪？甚至你想直接当个小主管我也是可以帮你实现的。”

对于如此突如其来的“福利”，你有些惊讶，但你转念一想，意识到可能是她打算用这个方法封自己的嘴。

你本想拒绝，但意识到这样的机会来之不易，况且陈歌似乎知道不少父亲的事情，不利用好这次机会，可能就没有能问她的好时机了。

“我的愿望，只是想问你一个问题。”你看着陈歌，只觉得笑不出来。

“哦？问题？”陈歌有些不太理解，“仅仅只是一个问题吗？”

“是的，你只要回答就好了，其他的我什么都不需要。”

“哦？”陈歌摆出好奇的表情，“你问吧，我很好奇什么问题能让你放弃升职加薪的机会？”

“在我问之前，我希望你能保证，你会完全诚实且毫无保留地把你所知道的告诉我。”

“嗯……”陈歌略微思索一番，似乎意识到你这个问题涉及什么方面。

“你不愿意了？”你见对方开始沉默，不禁质疑道。

“不，我只是在思考你可能提的问题是什么、我回答问题之后会造成什么后果，以及最坏的结果可能是什么。”

“那答案是……”

“没问题，即便是公司机密，我也可以告诉你。毕竟我承诺了，而且我自认为这之后所造成的任何后果都在我的控制之内。”

你扬了扬嘴角，你发现你突然很欣赏这个人的魄力。

“我想知道，李文的事情。”

（请跳转至116页阅读第五章）

第五章 玫瑰事件

01

“李文？”陈歌似笑非笑，“你指名道姓要知道他的事情，是跟他有什么关系吗？”

“我有权不回答。”

陈歌挑了挑眉：“你当然可以不回答，不过提前说一声，之后我会调查你的。”

“这是你的自由。”你摊手，摆出任君处置的表情。但你敢这么做，实际上是因为之前温雨涵他们已经给你做好了身份隐藏，任谁短时间内都不可能查到你的真实身份，“那，现在我们是不是可以把话题从我身上移开了？”你催促道。

“可以。”陈歌将一条腿翘在另一条腿上，喝了口桌上的茶水，便开始了讲述，“不单单是李文，凡是跟公司有大宗交易往来的客户，我都会派人跟踪调查一番。如果客户可疑，我会亲自接下这个单子前去谈判，当然了，成不成无所谓，我过去的主要目的就是为了弄清对方想干什么。这是一件很危险的事情，这也是之前小王不在我让你跟着我去见肖先生的原因，因为你是男的，而且看起来比较能打的样子。”

“你想得真周到，不过你这样也太冒险了……”

“没办法，比起我个人的安危，我更希望公司好。这不是因为我父亲是公司的董事之一，而是只有公司好，才能实现我父亲和老师的心愿。”

“心愿？”

“嗯……从我高中开始，我父亲陈其远跟我的老师李一鸣就已经着手研究时空穿梭项目了。当时最伟大的科学家霍因预测未来二十年内，人类将会实现时空穿梭的梦想。也是这话，让他们有勇气辞掉工作全身心投入到这项研究之中。但可惜，他们的项目缺少资金。为了获得实验所需的资金，我父亲跟他的团队研制出了最初的果胎素。那个时候的果胎素并没有现在的这么神奇，只不过是比保鲜剂更好的保鲜产品。他们希望通过这个项目来挣得时空穿梭实验所需的资金。H35公司就是在那个时候找到了父亲，说想要让他改进果胎素，使其除了能用于保鲜食品还能‘保鲜’容颜。”

时空穿梭？你猛然想起刚刚在笔记本中看到的“时间回溯原料购置清单”，瞬间明白陈歌刚开始说的那句“直觉没错”是什么意思了。

看来透露果胎素配方的真的是技术部内部的人，而且还是核心人员，不仅仅参与了果胎素项目，还参与了最初的实验项目。不过这些都和你无关，于是你并不打算在这个问题上深究什么。你顺着陈歌的话提问：

“就是现在热销化妆品里全都添加有的果胎素？”

“是的。”陈歌点点头，“父亲跟他的团队很快将果胎素改进完毕，H35公司用了一大笔钱购买了果胎素的专利。当然，这些是在玫瑰事件之前，玫瑰事件之后，公司意识到他们需要一个懂技术、能时刻改进果胎素的人来把控风险，于是就让我父亲参与进来。加上那个时候时空穿梭项目实验失败，之前拿到的资金一大半都打了水漂，团队需要更多的资金才能再次将实验进行下去，所以我父亲就接受了公司的邀请，白天忙公司的技术项目，晚上忙时空穿梭项目……他都这么忙了，我只能努力让公司运营得更加稳定一些，不然资金链一断，父亲、老师还有其他人的心血就这么没了。”

陈歌说罢忍不住叹了口气，补充道：“当然，也是因为我过多干涉公司跟客户的事情了，公司其他元老怕我掌握太多客户信息，握住太多人脉，威胁到他们的地位，所以联手把我架空了。主要还是于东明这个公司元老。”

“于东明？”

“你不知道于东明吗？”陈歌满脸惊讶，“我们公司最高层分为三部分，分别是负责技术的我爸陈其远，负责运营、营销方面的于东明，以及负责资金支持、掌握大部分股权的廖文。廖文就是当年找到我爸，说要买果胎素专利的那个人。他在公司地位最高权力最大，不过他不经常操心公司的事情，喜欢投资一些乱七八糟的副业，想着怎么钱生钱。二把手就是于东明，他底下有好多‘谋士’，这些人整天给他出主意怎么坐稳位置，怎么让公司更好地运营下去。我爸呢，虽然说是技术部门的最高领导，但地位跟于东明手底下的‘谋士’差不多。所以当我掺和进谈合作的事情，他们就开始变着法设计我。我刚开始负责的时候，他们还觉得我是个好用的劳动力，结果我稍微出点成绩，他们就吓得要卸磨杀驴。”陈歌说着说着语气变得咬牙切齿起来。

你点点头，大概明白了整个公司的大体框架，虽然这些人名你一个也记不住。

“当然，这些都是题外话，说回正题。”陈歌揉了揉脸，从刚才的满脸怨气立马变成了一脸平静，“李文呢，是我对接的众多客户之一，其实他没什么特别的，他跟我的性格差不多，很谨慎，但可惜……”陈歌咂咂嘴。

“可惜什么？”

“他谨慎，并不代表他的家人谨慎。我不仅会调查客户本人，还会连同他的亲朋好友都一并调查。这听起来好像是个很庞大的事情，实际上就是信息筛选。我当时筛选到他女儿有发表过反对果胎素的言论。说实话，我当时很不解，因为我觉得面对一个刚出现不久的新东西，小孩子应该不会有太强烈的个人主观观念，例如特别支持或者特别反对。于是我就接着调查下去了，然后我就知道他女儿之所以这么强烈反对果胎素，是因为玫瑰事件。他女儿知道这件事，那李文本人也肯定知道，所以我这才对他上了心……”

“玫瑰事件到底是什么？”你忍不住问道，“这件事好像是很多事情的转折点。”

“这个嘛……”陈歌狡黠地一笑，“这件事好像跟你的问题没什么关系。”

“你已经说了很多无关的事情。”你吐槽。

“确实哦，那我要告诉你更多是不是很亏？”陈歌笑问，看你吃瘪的样子，不由得笑得更开心了，“‘玫瑰事件’是公司的机密，当年公司为了压下这件事裁了很多人，也做了很多工作。哪怕到了今天，公司还因为对当初‘玫瑰事件’的恐慌，把主页关于果胎素的中差评全都删了。他们宁愿获得一个看起来很假的百分百好评，也不愿意见到一个关于果胎素的差评。所以，我劝你还是不要知道的好。”

“但李文身为局外人，跟公司没有任何联系，却知道‘玫瑰事件’，这不是很奇怪吗？”

“是的，所以我才会尤其注意他。”

“那你在这段时间有发现什么？”

“嗯……”陈歌撑着脑袋思索着，“发现他跟一个叫申林的人和一个身份未知的人来往密切。本来我想继续追查下去，但那个时候我一直被人骚扰，自顾不暇，于是我就只能先管好自己了。等我回过神来的时候，李文那边便发生了火灾……你知道的，他跟我们公司有过来往，我怕媒体会乱写，危及公司利益，阻碍我爸他们的科研进程，所以我就把这件事给压了下来。”

你听着陈歌的讲述，越听越觉得好像哪里有点问题：

父亲知道“玫瑰事件”，那么告诉他的人一定是之前在公司的老员工。

是的，老员工。

“玫瑰事件”发生在十多年前，之前刚入职的时候，闲谈时也有人跟自己说过，当年的老员工都走了很多，他是为数不多的几个老员工。

而且刚刚陈歌说公司十分忌惮“玫瑰事件”，以至于把公司对外展示的评价都改成了百分百好评，看这个态度，就说明当初被开除的都是知道“玫瑰事件”或跟“玫瑰事件”相关的员工。

所以，除了陈歌所说的申林，还有一个人，很有可能就是告诉父亲“玫瑰事件”的人，这个人恰好就是H35公司的老员工，这个人是：

A. 陈歌（请跳转至120页阅读剧情2）

B.张庆洲（请跳转至121页阅读剧情3）

02

这个人就是陈歌！毕竟她是负责跟父亲谈生意的那个人，而且她又恰好知道“玫瑰事件”！

你这样想，但抬眼便看见陈歌朝你丢了一记白眼。

你摇摇头，她为什么要做这种事？希望她父亲的研究所早日倒闭吗？

再选一次吧。

（请返回重新进行选择。）

03

张庆洲！

你脑海里突然浮现出这么一个名字。是的，他符合所有的特征：公司老员工、离职、跟父亲认识且认识时间恰好在最近、跟父亲一样是反对派……

这些信息一个个拼凑组合起来，你看到了一个这样的故事：张庆洲因为“玫瑰事件”而成为果胎素反对派，而后不知什么原因找到了父亲，希望身为代表发言人的父亲将反对派的观念传达给所有人，于是他把“玫瑰事件”讲给了父亲听，而父亲则开始着手调查事实真相，在这中间触犯了某个人的利益，使得全家遭到了杀身之祸。

而这个人，最大可能就是H35公司的高层里，最害怕“玫瑰事件”曝光的那个人。

这么说的话，之前张庆洲让自己进入H35公司确实是为了查清真相，揪出凶手。

只是……这个“玫瑰事件”，具体是什么情况？

你握紧了拳头，心里越发焦虑起来。看来，自己得找张庆洲出来谈谈了。

（请跳转至122页阅读剧情4）

04

“文良！”

看见你主动来到家里，欣然的眼睛亮了：“你怎么来了？是想搬过来吗？”

“嗯……不是。”你笑了笑，看见欣然眼底黑了一圈，问，“你黑眼圈怎么这么重？”

“熬夜做视频，我刚准备去睡觉……”话说一半，欣然就忍不住打了个长长的呵欠，打完呵欠欣然揉了揉眼睛，“对了，张叔叔刚好起床给我做了早饭，你要不要跟着一起吃点？”

“嗯。”你想起此次过来的目的，勉强笑了笑，走了进去。

“叔叔，文良哥哥来了！你得多煎个鸡蛋了。”欣然热情地张罗着，如果不是她这一句话打了两个呵欠，你会以为她真的和跟自己说话时的语气听起来一样精神。

“文良来了？”张庆洲乐呵呵走出来。

“叔叔不用给我准备了，我今天来是想问您一些事。”你答。

张庆洲把做好的煎鸡蛋和热牛奶递给欣然，叮嘱道：“进屋吃吧，吃完就快点睡觉。”

欣然嘟着嘴看了你一眼，似乎想多留一会儿，但看了看张庆洲，还是乖巧地点点头道：“那好吧。”

你看见欣然卧室的房门关上后，才重新开了口直奔主题：“我想来问问您，知不知道当年‘玫瑰事件’的具体情况。”

张庆洲原本悠闲地喝着牛奶，听到你的问话，一口牛奶硬是咽了好久才咽下去。

“你怎么突然问这个？”张庆洲云淡风轻式地回问，即便你听到了他话语中的颤音。

“因为您不是说让我到H35公司任职除了调查果胎素，还有就是您的好友、我妈的老情人李文的事情吗？”你微笑着回答。

“确实，那你有调查到什么吗？”

“我从陈其远的女儿陈歌嘴里，了解到一些信息。她说李文是因为知道了“玫瑰事件”，才给自己招来了杀身之祸。我过来是想问问您，能不能告诉我“玫瑰事件”的具体过程？”

张庆洲的脸色变了又变，他努力克制，却依然藏不住自己额头上渗出的冷汗：“陈歌都跟你说了？你现在跟她已经很熟了吗？”

你没有回答是或不是，你只是盯着张庆洲，良久才回答：“我想听听您的说法。”

张庆洲盯着你，并不打算轻易开口。你知道他这是在看，看你知道多少，然后他再把你知道的内容告诉你，这样你就会更加相信他。

而你，除了从张庆洲嘴里得知“玫瑰事件”之外，再无其他途径，所以你要尽可能假装自己知道更多的信息，逼得张庆洲说出更多内容。

这是一场博弈，一场决定你能否更靠近真相的博弈。

“果胎素刚开始大批量生产的那段时间副作用很严重……”张庆洲一边说一边观察着你的表情，“当时我是车间的负责人，监管工人的流水线工作进度是我的工作内容之一。刚开始把生产内容换成了生产包装果胎素时，大家其实没什么反应，毕竟公司要求什么我们就做什么。但是没多久，流水线上的女工就表示自己的手好像柔软了许多。我不知道你理解不理解这句话的意思，在流水线上工作的人的手因为重复触摸产品，多多少少都会变得粗糙、干裂，甚至长出茧子，但女工手上的茧子却在接触过果胎素后神奇地消失了。”

“这应该就是最初的果胎素吧？”

“是的。”张庆洲苦笑，“后来一个接一个的人反映这种情况，什么手变嫩了，胳膊变白了，还有人说自己三四十岁了返老还童长青春痘了……甚至连那些不在乎形象的男工都意识到自己身上确实发生了点变化。但你知道，没什么文化的人总喜欢夸大事实，我就没怎么在意。毕竟之前我给上面反映情况，上面告诉我这些是正常的，果胎素本身就是添加在化妆品中的能让皮肤年轻化的产品。而且这些工人不花一分钱就能享受到这种好东西带来的效果，我干吗管那么多呢。但这些工人，怎么说呢，手脚不太干净，意识到果胎素的神奇，总会有几个人往自己口袋里塞一点自用，还有的是为了带给自己老婆孩子用，甚至还有拿出去卖的……那段时间我快头疼死了，整天就负责通过监控看他们……谁都没想到后来能发生那种事情。”

你沉默，摆出认真倾听的表情，也不急着催促他。

见你没什么反应，张庆洲叹了口气，只得继续讲道：“不久之后，有个女工生病……唉，说起来陈歌有告诉你这个女工叫什么吗？”

你微不可见地皱了下眉头，看起来张庆洲已经开始试探你知道多少东西了。

此刻的你该如何回答：

A.正是因为没有说，所以我才来问您

（请跳转至125页阅读剧情5）

B.她告诉我了（请跳转至125页阅读剧情6）

05

“正是因为她没有说，所以我才来问您。”你回答。

你这话让张庆洲的表情变得有些僵硬，他不禁碎碎念道：“没想到她连这些都会告诉你。”

这些?

你迅速转动着大脑：张庆洲所说的“这些”肯定不是女工的名字，而是女工名字背后所关联的事情。

是什么事情能让张庆洲如此紧张?

但你看向张庆洲，他似乎略带犹疑，看来你需要再说一些话刺激他一下，让他彻底说出当年的真相。

A.她还说这个事件您知道得最详细
（请跳转至126页阅读剧情7）

B.她还说这个女工的事情您知道得最清楚
（请跳转至127页阅读剧情8）

06

“她说了。”你回答。

“是吗?”张庆洲不知为何突然笑了起来，“你在骗我?”

你被这话吓了一跳，张大嘴巴不知如何回答。

“我开玩笑的。”张庆洲拍拍你的肩膀，“不过怎么说呢，陈其远他们是在‘玫瑰事件’之后过来的，他们搞混某些具体事情也很正常。”

你心底一沉，看到张庆洲自信的表情，突然意识到自己似乎说错了话，让这个人瞬间便看穿了你肚子里藏有多少东西。

END

【寻求真相失败】

（请返回重新进行选择。）

07

“她还说，这件事您知道的最详细。”你继续说道。

张庆洲努力恢复好状态，笑着摇了摇头：“我知道什么啊，我就是个底层员工，对这整件事情了解最详细的，还是大老板啊。”

看起来你这个问话并没有诈出来太多东西，你的脑袋飞速转动着：要想办法让他把事情说清楚了。

你看着张庆洲，笑着开口道：

A.有些东西，陈歌也想知道

（请跳转至127页阅读剧情8）

B.有些东西，我也想知道

（请跳转至131页阅读剧情9）

08

“有些东西，陈歌也想知道……比如她还说这个女工的事情您知道得最清楚。”你补充道。

这一句话让张庆洲脑门上的汗水就这么涔涔流了下来。

“这个女工，叫玫瑰。”张庆洲犹豫了许久，见你表情没有变化，这才忍不住说了实话，“于玫瑰，她是第一批得病的人，也是最严重的那个。”

你没想到，大家口中“玫瑰事件”的“玫瑰”二字，居然是个人名。但这么说也在理，不然刚刚张庆洲为什么突然问你女工的名字。

但张庆洲这么说，也恰好证明了他跟这个名为“玫瑰”的女工有特殊的故事。

“说起来也是我害了玫瑰。”张庆洲有些懊恼地低下头，“当时我跟玫瑰是秘密情侣，因为如果让大家知道车间主任跟车间女员工有情况，总会让人觉得我有偏袒。为了不惹出麻烦，所以我们两个都心照不宣地守着这个秘密。那段时间大家对果胎素的夸奖声实在是太多了，玫瑰也禁不住变年轻貌美的诱惑，再加上那段时间我有点冷淡她，她就私藏了一些流水线上的产品，想要自己用。我当时正在抓私藏的员工，看见玫瑰这么做，我实在是舍不得对她生气，只能私下提醒她注意点。其实现在想来，要不是我这样放任，玫瑰最后也不会……”

张庆洲长长地叹了口气，他拿手捂住自己的额头，你虽然看不见他的脸，但你知道他此刻的表情一定很难过。

“初期果胎素有问题，副作用非常大。没多久，当初接触过的人多多少少都出现了问题。症状稍轻的就是皮肤出现大面积红疹，又痒又疼；稍微严重点的就是头疼、嗜睡。最严重的是玫瑰，她以肉眼可见的速度迅速衰老，原本不到三十的人，仅仅一周时间，就变成了五十多岁的女人，从头到脚，不仅仅是脸，还有她的皮肤、手、脖子……当然最让我崩溃的是，当时我带她去医院检查，医生告诉我们她有了身孕。我不知道该怎么办，玫瑰辞职了，我白天上班、找领导讨说法，晚上回去要照顾玫瑰。那段时间……真的让人很崩溃。”

你没说话，但你意识到这些故事，几年前父亲也听过，或许就是这样的故事让父亲奋不顾身地去查果胎素，去研究果胎素。

“关于玫瑰孩子的事情，我当时是希望她打掉然后好好治疗，毕竟吃药肯定会对小孩不好。但她不同意，她说这可能是她第一次也是最后一次怀孕了。现在想来，大概那时她就意识到自己的死亡了。后来公司终于听到了我的声音，他们找来了研究果胎素的那批人，患病的工人就像是一个个试验品，被他们叫过去——检查，抽血、化验……什么都有。我不知道他们是给了解药或是什么，但那些人之后确实都有了好转，还没等大家高兴，大家突然全被辞退了。应该说得病的跟知道这件事的，全被辞退了。为了防止我们暴露公司的这些秘密，我们临走前都被要求签了一份协议，他们说这是一份泄密者要赔偿巨款的协议。除此之外，他们还专门为一部分人安排了新的工作，我不知道这是人道主义还是怕我们聚集闹事。”

“比起这些，玫瑰小姐的处理情况才是最重要的的部分吧？”你催促道。

“是的，公司找到了我跟玫瑰，强烈要求玫瑰把孩子生下来，他们愿意承担这个孩子后续的一切费用。我当时以为公司是良心发现，但后来我才知道，他们只是想把这个孩子当作果胎素的早期试验品罢了。服用大量果胎素的人生下的后代会是怎么样？是天生拥有不老不死的能力，还是会被副作用影响？这对他们来说是重要的实验资料……"

你的手开始微微颤抖，你终于明白父亲为什么会愿意在果胎素事件中付出这么多。因为他不忍心看到这种毫无人性的事情发生，他不愿意看到任何践踏人的尊严、把人当作试验品的事情发生。

"玫瑰把孩子生下来之后的第三天就走了，她走的样子像是个寿终正寝的老太婆。公司也给了我一大笔钱，让我照顾好这个孩子。"

张庆洲这话让你的眼皮开始狂跳，你不由得瞥向欣然的房间：玫瑰的那个孩子，就是欣然吧？

张庆洲不愿意告诉欣然真相，不愿意让她喊自己"爸爸"，大概是希望自己能忘掉自己的女儿是试验品这一事实吧。

"后来，这孩子出现了很多症状，每一次症状发作公司都会派人来检查记录，结束后他们会给一瓶药剂，喝了就可以缓解这孩子的痛苦，让她可以正常生活一段时间。只是……后来公司停止了药剂供给，或许是这孩子已经没有价值了，或许公司内部出现了什么问题，也或许是其他什么原因。总之我找不到任何愿意帮助这孩子的人，但我又不能眼睁睁地看着这孩子受苦，于是我求助我的好友李文，希望他能曝光公司的恶行。但没想到发生了那种事，所以我只能把希望寄托在你身上，我希望你能找到可以缓解这孩子痛苦的药剂配方，可以让这孩子不再痛苦……"

话说到这儿你已经彻底明白了，张庆洲一开始让你进入H35公司就是为了欣然，如果说还有其他目的，或许第二个目的就是为了查清你父亲李文的死因。

但……将欣然当作实验品观察的人，应该就是当年负责果胎素的人，也就是陈其远，或者他团队的某个人。

只是陈其远团队里的人可以越过他直接进行这种观察实验吗？

你摇了摇头，暂时不想去想这么复杂的事情，你在思考陈歌如果真的没有害你的父亲，也没有参与过。那真凶一定是跟果胎素利益息息相关的人，这个人知道“玫瑰事件”，且一直在努力地掩盖“玫瑰事件”的真相。

父亲从张庆洲这里听到了“玫瑰事件”的真相，于是这个凶手便起了杀心。

你的大脑飞速转动着：第一，凶手一定是公司的人；第二，凶手一定是知道“玫瑰事件”的人，而且“玫瑰事件”对此人来说非常重要，他非常怕它被公之于众。

这个人会是谁呢？

“啪！”

你正思考的空当，欣然卧室里突然传来什么东西摔碎的声音。你被吓了一跳，刚想过去看看情况，张庆洲拉住你叹了口气道：“别去了，没用，没有能够抑制症状的药剂，她隔段时间就会这样难受一次，她为了不让我听到她的声音，每次都会咬住床单自己憋着。你……还是别去的好，欣然她，可能也不想被你看到自己现在的样子。”

你的心猛地一缩，像是空气化成了冰针刺进了你的心脏。你想起欣然平日里笑嘻嘻的样子，你这才意识到，在这些笑容背后隐藏着多大的痛苦。

“其实我没想过你能找到配方，我只是想给自己找个安慰罢了。”张庆洲压低声音，话语间有些哽咽，“可能欣然哪天熬不过，就……”

“我不明白。”你摇摇头，“既然你一开始就是出于这个原因，为什么不直接告诉我？当初却把理由说得那么含糊呢？”

“我顾虑很多，一来，我不想让欣然知道这件事；二来，我怕你不小心在公司说漏了嘴，会引来杀身之祸，毕竟我的好友……不过现在你这么问我，陈歌似乎也成了你的靠山，我想我确实应该坦白了。”

此刻，知道了这些事的你，是决定优先帮助欣然，还是优先查清父亲的事情?

A.优先帮助欣然
（请跳转至132页阅读第六章）

B.优先查清父亲的事情
（请跳转至153页阅读第七章）

09

“有些事情，我也想知道。”你答。

张庆洲摇摇头：“算了，还是不要知道最好。有些事情，你知道了会惹来杀身之祸的。”张庆洲说着看了眼时间，开始催促你回去，“时间不早了，我该去工作了，你也早点走吧。”

【寻求真相失败】

（请返回重新进行选择。）

第六章 转向

01

当你听到张庆洲说的那些话之后，不知为何你突然觉得欣然在你心目中有了变化。不是因为你可怜她，而是因为你意识到这个小姑娘比你想象的要乐观坚强得多。

离开张庆洲的家不久，你便收到了欣然发的消息：

我刚睡醒一觉，晚上去你那儿玩，你晚上想吃什么？

你看着这条消息，又想起屋子里摔碎东西的声音，心脏不自觉地疼了一下。

以前你经常希望妹妹坚强一点，她总是因为受了一点小伤就会流眼泪。但欣然却坚强得让人心疼。

如果是这种坚强，你宁愿她软弱一点。

你叹了口气，不想再感慨什么，当务之急是要找到欣然之前用到的药剂。既然是要找果胎素的专业人员，想来应该没有人比陈其远的团队更专业了。

看来想要取得药剂，还是要通过陈歌这边。

你打算怎么做？

A.从陈歌的电脑里搜索线索
（请跳转至133页阅读剧情2）

B.直接跟陈歌本人商量
（请跳转至136页阅读剧情3）

02

你想起之前进入黑市的时候，陈歌说过你可以随意使用她的电脑，那是不是也可以在上面查些关于果胎素的信息？

你趁着中午大家休息的时间，进到陈歌的办公室，打开电脑搜索着相关的内部文件。

果胎素……

几秒钟后，弹出了几个关于果胎素的文件，而那个被命名为“果胎素配方”的文件则吸引了你的注意力。

之前张庆洲让你找果胎素配方，那是不是说明知道了配方，就能弄出来相对应的药剂？

你想了想点开了文件，而里边显示的内容，却让你异常惊讶：因为这里边的内容和你在虚拟黑市里看到的配方单几乎完全一致。

怎么回事？

虚拟黑市的人真的窃取到了果胎素的配方吗？不，如果窃取到了申林为什么还要肖先生去逼问陈歌配方？

这到底是怎么回事？

你只觉得大脑一片空白，信息量太大，太过复杂，现在的你怎么也想不明白。

“严文良。”

就在你盯着档案发愣的空当，一个熟悉却冰冷的声音响起，你慌忙转过头，看见不知何时已经站在门口的陈歌。

“陈……”

“你为什么要找果胎素的配方？”她问，眼神冰冷。

“因为……”你突然不知道该怎么说，欣然这件事现在说怎么看都像是你在找借口。

“因为你跟申林他们是一伙的，不，应该说，你也是虚拟黑市中的得利者。”

“不，不是的……”

“你猜我身边那么多人，为什么我偏偏让你进虚拟黑市？”陈歌靠在墙上，仰起下巴，满脸不屑地看向你。

“因为你，在试探我。”

“没错，我想看看你对黑市到底熟不熟悉，还想看看你来公司的目的是不是找果胎素配方。所以我事后故意告诉你我的电脑你可以随便用。”陈歌耸耸肩，“我是个天性谨慎的人，如果你通过我的考验，我自然不会对你起疑，还会把你当作可信任的人，但要是没通过……”

“要把我灭口吗？”

“不，只是会让你离职罢了。”陈歌收起了她高傲的姿态，微皱了下眉头，眼里尽是可惜，“其实我原本是想跟你做朋友的，但可惜……”她叹了口气，没再往下说。

你笑了笑，接过她的话道：“我们本就没办法变成朋友。”

“是吗？我倒是很想和你做朋友呢。”陈歌苦笑。

“我能在最后多嘴问一句吗？”

“什么？”

“为什么你总是这么的谨慎，或者说……多疑？是天性如此？还是经历过什么事情？”

“我记不得了，有时候我甚至分不清这些事情是梦还是真实的，我记得我拥有了穿越时空的能力，却总因为一点点小细节害死了身边的人，我只能一遍遍重来……”陈歌叹了口气，自我嘲笑道，“也或许是我太期待父亲的研究项目了，以至于产生了这样的幻觉吧。但之后我意识到自己就是个普通人，没有重来的能力，我只能把每一件事都做到完美，至少不要把事搞得无法挽回。但我并不后悔认识你，只可惜你我的立场不同，不然的话我们很可能变成很好的朋友。”

你笑了笑，没有对她的话表示赞同抑或是反对。

【结局七：不被信任的人】

评价：信任的破碎往往就在一瞬间或是细节处。

03

你总觉得这种事情马虎不得，比起擅自做决定，费劲打听药剂的位置、配方，不如直接求助陈歌更为稳妥。

况且从你跟陈歌这么久的相处来看，你知道她其实是个温柔又善良的人，虽然她不轻易在外人面前展现这一点。

“陈歌，我想跟你说些事。”你给陈歌发着信息，纠结着要如何开口。

“重要吗？”很快她的消息便回复了过来。

“算重要吧。”

“那好，中午休息时间来我办公室谈。”

见到陈歌这样的回复，不知为何你觉得自己好像有些安心。

“说吧，什么事。”

午休时间刚到，你推开陈歌办公室的门，便看到她已经坐在里边等你了。

“我需要一种药剂，一种可以缓解果胎素副作用的药剂。”你纠结了半晌，最终还是选择了一个异常直白的开场。

“副作用？”陈歌皱起了眉头，指尖不自觉敲击着桌子，“怎么回事？你详细跟我说下。”

你顿了顿，将欣然的事情一五一十地讲给她听，不过你并没有透露欣然的身份，只是说这是一个老员工的孩子。

“居然有这种事？我爸从来没跟我说过。”陈歌满脸惊讶，但想了想还是给了你回复，“我去问问我爸，算了，你跟我一起去吧，我觉得这件事我一个人可能说不明白。”

“啊？”

你突然有些没来由的紧张，但你又不知道如何解释这种紧张，你站在原地，思考着这个时候到底适不适合见陈其远。

“哎呀你还在想什么呢？人命要紧。”陈歌从座椅上起来，不由分说便拉你出了公司，“一般下午的时候我爸会待在他的实验室里，不会来公司，正好现在我们可以去实验室找他。”

听陈歌这么说，你决定跟着她去实验室还是留在公司等消息？

A. 跟着去（请跳转至138页阅读剧情4）

B.留在公司（请跳转至144页阅读剧情5）

04

你没有说话，只是跟在陈歌身后。

见到陈其远，说不定能获取到更多的信息，张庆洲也说了，是在初代果胎素出事之后陈其远他们才被雇用到公司，帮忙解决了危机。而父亲也一定从张庆洲那里听到了这些事情，说不定当时父亲已经调查到陈其远身上了。这一次，如果运气好，你说不定不仅能从陈其远那边获取欣然需要的药剂，还能获取更多有用的信息。

“说起来，跟着陈董一起为公司工作的都有谁啊？”你在车上假装闲谈问起了问题。

“我老师李一鸣、一个叫周国成的叔叔，还有个姚旻，其实也不多，加上我爸总共也就四个，但他们四个基本上就是团队的核心了，不管是时光回溯项目还是果胎素项目，他们都是主要负责人。不过说起来，根据我了解到的情况，我觉得李老师更适合担任董事这个职位，毕竟他是率先提出研发果胎素来挣钱的人，而且他在很多方面都更加灵活一些。让我爸担任这么重要的职位纯粹是因为他责任心比较重，公司不用担心他偏袒实验室那边，不为公司做事。”

“哦……”你点点头，“那我跟你过去的话，也能见到其他几个人了？”

“差不多，这种事情我觉得他们肯定多多少少都知道点，而且他们也应该为当年的事情负责，更何况能缓解初代果胎素副作用的药剂，也只有我爸他们知道怎么配了。”陈歌皱起了眉头，“其实比起这些，我更想过去问问他们，为什么会让这个孩子出生？既然出生了，为什么没有负责她的人？如果有，为什么现在又不负责了？当然，更重要的是，之前你去黑市之后我有怀疑过技术团队的人，但总没有好机会去试探试探，这次你找我正好是个好机会。”

陈歌这么说你便明白了她的意思，两个项目都有参与的核心人员就四个：陈其远、李一鸣、周国成、姚旻。

也就是说黑市里咕噜嘴中的那个老爷子肯定是这四人中的一个，到底是谁，陈歌也不确定，所以她让你跟她一起去实验室，或许就是为了借你的事情来判断那个“叛徒”到底是谁。

你点点头，没说话，你想或许到了实验室那边，当年的一切就会大白。

“爸！”刚一进去，陈歌便到处叫嚷着，一副生怕别人不知道自己来了的样子。

“陈小姐怎么来了？”一个中年男子堆着笑走了出来。

“廖叔叔！”陈歌的眼睛一亮，欣喜地问道，“廖叔叔你怎么过来了？”

“我来跟你爸聊聊天，看看你们的新项目我有没有可投资的空间。”

……

你听着两人的对话，意识到这个廖叔叔便是公司的董事廖文，也就是最初找到陈其远购买了果胎素专利的人。

怪不得陈歌对他这么热情，这个人可以说是改变了他们一家命运的人。

寒暄过后，等廖文离开，一个男人便在一旁阴阳怪气起来：“什么新项目，就是想过来让大家把票投给激进一派，一个老板搞政治搞到科研人员身上了。”

“老周你也没必要这么说，他说他的，咱们该怎么做就怎么做呗。”陈其远当着和事佬。

你听陈其远这么称呼这个男人，便意识到这应该就是周国成了。

“不知道，就怕有的人经不住诱惑，当了这个廖商人的说客。”周国成依然阴阳怪气地说着话，搞得屋子里的气氛一下子尴尬起来。

陈歌看了眼大家，打着哈哈：“廖叔叔的事情我们先不聊，我想问一下大家，还记得当初的‘玫瑰事件’吗？”

“‘玫瑰事件’不是都解决了吗？怎么了？”姚旻一边写着自己的东西一边头也不抬地问。

“没有，‘玫瑰事件’里有个受害者生了个孩子，这个孩子深受副作用影响，急需治疗……”

“什么？！”

你观察着每个人的神情，大家似乎都对这件事表现得十分惊讶，但你跟陈歌知道，在这里，至少有一个人是装的。

张庆洲说过，欣然之前是有药剂可用的，那也就是说至少有一个人知道她的事情。

非核心团队人员是不可能做出所谓的药剂的，这个人只有可能是四人当中的某一个。

“你们都不知道吗？”陈歌装作惊讶的样子，“这个老员工都主动找我，求我帮他了。他说他的孩子现在急需能够缓解症状的药剂，我就过来问问，看大家能不能帮帮他们。”陈歌一边把你说的情况添油加醋地说了一遍，一边观察着每个人的反应。

“这……”姚旻皱了皱眉头，“说实话，如果只为了一个人而让所有人去为她研究什么抑制剂，这投入跟产出实在是太不成比了。换句话说，就算大家花费时间、金钱给研制出来了，也不一定来得及给她治疗；就算来得及，她也不一定能买得起。要知道，我们是做科研的不是做慈善的。”

陈其远点了点头：“这么说虽然有点冷血，但事实确实如此。”

“那……爸，我想问一下当时H35公司闹出的‘玫瑰事件’，那些受害员工都是怎么处理的？完全不管他们因为副作用而产生的不良反应吗？”

“当时负责处理这件事的人是我。”李一鸣站了出来，“我当时发现px-3酶可以抑制果胎素引起的不良反应，于是就给他们打了有px-3酶的针剂。至于陈歌说的那种情况，在被果胎素影响的情况下还生出了健康的孩子，只需要某种药剂就可以存活这种事，我并不知道。也许是有人把当年没使用完的px-3酶剂拿去卖给她了吧？”

李一鸣这话给你提了醒，你突然想到也有可能是某个人囤了当年的针剂，再以此威胁利用张庆洲也说不定。

如果是这样的话，那指使张庆洲、申林的人就不太可能是技术部的，而可能是于东明和廖文的人。

“现在的果胎素之所以没有闹出当初的问题，除了把它制作成不可服用的状态，我还添加了px-3酶，这样就不会闹出当年的事了。”李一鸣继续说着，这让你更加迷惑了。

根据你的调查情况来看，黑市果胎素的来源应该是技术部这边没错，但黑市的果胎素却闹出了人命。而且申林这边也一直在寻找现在果胎素的配方，是想脱离那个“老爷子”自己做生意吗？还是指使他的人让他这么做的？又或者是障眼法？

你有些弄不明白，脑子里越发混乱，像是一团糨糊。

“如果px-3酶还对那孩子有用，我这里还有不少，你们可以给她送一些让她用用看。其他的，我无能为力了。”李一鸣从仓库里拿出几管药剂递给陈歌，叹了口气。

陈歌看了眼李一鸣又看了眼陈其远，见自己的父亲催促着她快给那孩子送去，便点了点头，带着你离开了。

“我不明白。”陈歌摇摇头，“为什么我刚开始特别肯定就是技术部的核心人员干的，但现在我又开始自我怀疑了呢？”

看来陈歌跟你的想法一致，也是因为李一鸣那番话陷入了纠结。

“丁零。”

陈歌的手机响起，她略显烦躁地接了起来，很快她的表情便转成了欣喜，紧接着又变成了愤怒。

“行，我知道了。”陈歌回了声便挂了电话。

“你听到什么了，怎么还在我面前表演了一出川剧变脸呢？”你调侃。

“申林说了。”

“说了什么？”你一下子激动起来。

“他幕后的老板。”

“谁？”

“于东明。”

“于东明？！”你虽然表现出不可思议的样子，但你却隐约觉得自己心里其实已经隐隐有了这个答案。

“我就知道是这个老东西。”陈歌恶狠狠地拍了下方向盘，仿佛那个方向盘就是于东明的脑袋。

“但，于东明不是公司的运营跟销售的负责人吗？他是非常拥护果胎素的，申林可是果胎素的反对派，而且是极端反对派。于东明为什么要这么做？”

“告诉你吧，申林当反对派是于东明要求的。”

“为什么？我不懂。”你只觉得自己的脑子有点跟不上节奏。

“果胎素从一开始就很有争议，反对派跟支持派各执一词，这影响了果胎素的销量。于是于东明想到了一个方法，那就是让大家厌恶反对派，如果普通民众厌恶反对派，他们就会因为厌恶而不知不觉间开始支持果胎素，甚至会将支持果胎素跟支持正义画等号。

为了实现这个目的，于东明便找到了申林，让他来成为那个臭名昭著的反对派。很显然，他做到了，现在市面上对果胎素的优劣讨论早就变成了反对派脑子到底有没有病的讨论了。”陈歌轻蔑地一笑，“这是于东明常用的舆论控制技巧。但我现在最关心的不是这个，而是他曾指使申林，让申林派人来害我。”

你想起肖先生的事情，忙问：“那你现在有了证据，是不是就能指控于东明了？”

“没那么简单，他财力雄厚，我一个在公司都没地位的小人物，恐怕指控他会被反咬一口，说我未经允许随意拘禁他人。”陈歌咬了咬嘴唇，“我要去公司看看情况，这个东西你拿好，先去看看那孩子的情况。”陈歌把那箱放着几管药剂的箱子递给你，等你下车便立刻脚踩油门飞快开走了。

你看着这药剂，心里突然有了一种轻松的感觉：欣然可以不用再硬撑了。

（请跳转至150页阅读剧情11）

05

还是留在公司等消息吧。陈歌没有深入追问这条消息的来源，但这不代表其他人不会追问。

到时一旦回答得有漏洞，你的真实身份很容易被查出来，为了保险起见还是不去比较好。

“等等。”你停在出公司的走廊上，“我觉得我还是不去比较好，我是个新人，而且还是运营部的，你不是说运营部的董事于东明一向跟你们不太和嘛，就……本来我跟你走得近就惹人闲话了，如果我这次再过去见你爸他们，可能我会被认为跟你们技术部门走得太近了……所以……”你话说得磕磕巴巴、含含糊糊，这是为了让陈歌相信你此刻确实很为难。

听了你的话陈歌也立刻反应过来，略微思索一番便点点头道：“你说得有道理……那还是我过去吧，你在这里等消息就好。”

“嗯，麻烦你了。”

陈歌挥挥手：“麻烦倒不至于，主要是我自己对当年的事情也比较好奇。”

你盯着钟表等待着陈歌回来，不知等了多久，你看到陈歌踩着高跟鞋将一个银白色的手提箱放在你面前，说了句：“这是那孩子需要的东西。”便转身离开。

你盯着陈歌的背影，总觉得似乎发生了什么，你似乎因为没有跟着她过去而错过了什么大消息。

但这些不重要了，重要的是你拿到了给欣然的药剂。

在你准备离开公司去找欣然的时候，娇姐叫住了你：“严文良，你等一会儿，一会儿公司有个会。”

“会议？我要参加吗？”

“废话，不然叫你留下来干什么？”

你看着手提箱，有些犹豫，你到底要不要留下来？

A. 留下来（请跳转至146页阅读剧情6）

B.不留（请跳转至147页阅读剧情7）

[06]

你看着手提箱，想了想将它小心地放在你的办公桌下，这才略带忐忑地等在会议室门口。

“你就是小严吧？”没多久，一个中年男人笑呵呵地朝你走来，你看了眼他的长相，意识到这是经常出现在网站主页的那张脸：于东明。

“老板好。”

“别好了快进去吧。”于东明指着会议室，示意让你进去。

“可是人还……”

“是我让娇娇通知你，让你留下来的，我想单独跟你聊聊。”

“不知道老板想跟我聊什么？”你跟着走进了会议室，心里有了一丝不安。

“我听人说，你最近跟那个陈家丫头走得挺近的啊。”

“哦没有，只是陈小姐派我办事我也不好拒绝。”

“那她都让你做了什么事？你能跟我说说吗？”

你微微皱起眉头，于东明的意思很明显，他想看看你的忠心，同时又想利用你知道陈歌都在做什么。

你要如何回答：

A. 一五一十和盘托出（请跳转至148页阅读剧情8）

B.有选择地告诉（请跳转至149页阅读剧情9）

C.不告诉（请跳转至150页阅读剧情10）

[07]

不留，救人要紧，更何况来这个公司工作又不是你自己想来的。

你当即收拾东西离开了公司，还没等你赶到欣然家门口，你便收到了老板的电话，他在电话里非常生气，并告诉你你被辞退了。

【结局八：我都干了些什么?】

评价：有些事情不能太随心所欲。

08

你把陈歌委托你办的所有事都一五一十告诉了于东明，从肖先生到申林，从黑市到丽水别墅。

你看见于东明脸色变了又变，而后起身皮笑肉不笑地朝你伸出了手：“感谢小严你跟我说这些，这可是非常重要的消息，回头升职加薪少不了你。”

你伸出手跟于东明握了握，然后你看见他急急忙忙跑出去的身影，突然意识到，陈歌可能接下来要凶多吉少了。

而作为背叛者的你，也无法在公司久待了。

【结局九：背叛者】

评价：背叛或许会让你过得很好，但并不意味着永远都会很好。

【09】

“没什么，只是让我陪她去见见客户，偶尔还要帮她做一些跑腿打杂的工作。”你笑着回答。

“是吗？”于东明笑得虚伪，“那你有没有从她那儿听到一个叫申林的人？”

“申林？没有。”你摇了摇头，满脸真挚地看向于东明。

“好了，我知道了。”于东明起身拍了拍你的肩膀，转身离开了会议室。

你看着于东明的背影，后知后觉地意识到他多半是来看自己到底是谁的人。

果然，不出你的预料，第二天你便收到了离职的通知。

【寻求真相失败】

提示：有时候有些人不可以轻易得罪。返回3重新选择。

10

“不好意思，我不想说，这是我们的秘密。”你答。

“不说？”于东明皮笑肉不笑，“不说好啊，年轻人。”于东明站起来用力拍了拍你的肩膀，而后头也不回地离开了会议室。

第二天你便被通知不用再来了。

END

【寻求真相失败】

提示：有时候有些人不可以轻易得罪。返回3重新选择。

11

你赶过去的时候，欣然正在忙着剪视频，你看她状态似乎好了很多，整颗心也跟着落下来了。

你看向张庆洲，把手中的箱子递给他：“你看看需不需要我教你怎么用。”

张庆洲点点头，感激涕零，差点就要给你跪下。你扶起他叹了口气，催促着他先打开箱子看一看。

“对，就是这个，之前她用的就是这个东西。”张庆洲又是一阵感激。

你笑了笑：“那就按照以前的量给她用就好。”

给了东西你便离开了。

回到酒店你梳理着这么久以来你收集到的信息，想要从中再理出点头绪出来，还没几分钟，门铃便响了起来。

“谁？”你走过去开了门，看见欣然正笑吟吟地站在门外。

“你怎么来了？”你忙把门敞开，让欣然进来。

“我前段时间生病了，现在我病好了，就过来看你了。”欣然笑得灿烂，完全不像是被病痛折磨的人。

“那就好。对了，你要吃水果吗？我给你洗个苹果吧？”不知是不是因为你知道了她的秘密，你觉得自己好像跟她没有之前那么生疏了。

“不用了。”欣然朝你笑了笑，想了想又开了口，“小严哥哥，你知道我为什么突然病好了吗？”

你抿了抿嘴，假装咳嗽了两声问：“为什么？”

“其实你都知道的对不对？张叔叔跟我说那些药剂是你给我的。”欣然深吸了口气，似乎是想让自己努力平静下来，“我反对果胎素是因为我深受其害，它的副作用，能让一个人在一天之内经历衰老、枯竭、死亡的痛苦，又能让人在第二天恢复正常。”

你的呼吸一紧，你没想到欣然居然从小经历着这些。

“不过还好，我遇到了你，你是除了张叔叔以外，这个世界上最关心我的人！”

你“扑哧”一下笑出声来，仔细想想，其实你并没有为欣然做什么，不过是给了她几管她需要的药剂，相反，从你进入若曼市开始，是欣然照顾你比较多。

“说我关心你，不如说你更关心我吧，你都给我送了多少次饭了。我来到若曼市以后，晚上能吃到热乎乎的家常菜都是托你的福。”

“那……我以后还能再给你送饭吗？”欣然小心翼翼地问。

“为什么不行啊？当然可以啊！”你微笑着回答。

“我只是觉得，好像我一觉起来，你跟张叔叔的关系好像变得有些生疏了，我怕你也排斥我……”

你有些惊讶，没想到这个小姑娘这么敏锐。但你还是笑着揉了揉她的小脑袋：“没有，你想多了。”

“那就好！”欣然笑弯了眼睛，“我以后要天天来给你送饭吃！”

“不要搞得像是在探监一样。”你吐槽。

“要是探监我就天天探！”

“好好好，只要你不觉得累，你想探多久都可以。”

听到你这话，欣然的表情有一瞬间的僵硬，她垂下眼帘问：“如果有一天，我是说如果，我不能给你送饭了，你会想我吗？”

“当然会了，你做的饭那么香，让人一辈子都忘不掉。”

“真的？”欣然又一次笑了起来，这次你看见她的眼睛里泛起了波澜，“能被你记住，我很开心。”

你微笑着看着欣然，不知为何你的眼睛里也泛起了一丝涟漪：“我也很开心。”

“那……我有个请求，我一直都没有亲人，所以我可以喊你小严哥哥吗？我可以当你的妹妹吗？”

欣然这话让你的心脏又痛了一下，你想起妹妹的笑脸，还有弄不懂问题时一脸卑微地求你教教她，还有她跟同学介绍你时，满脸的骄傲：“这可是我哥，你们没有的那种哥哥。”

想起了妹妹，你面对欣然的请求，怎么也没办法点头同意。

（请跳转至170页阅读第八章）

第七章 不转向

01

你在回去的路上一直思索着：父亲一直都是个悲天悯人的人，他一定是被张庆洲这番话说动了，所以才打算帮助他。当然，还有就是果胎素在国内的影响力似乎在逐步扩大，父亲对这种东西产生担忧也是正常的。

但是……

你努力回忆着之前的一切，张庆洲最开始交代你进入H35公司要做的任务好像是……找到果胎素配方吧？他给的理由是什么来着？配方内容会很有利于反对派的发展？

你越品越觉得其中有些不对劲。

张庆洲之前不过是个小小的车间主任，他对药剂这类的东西，别说是弄懂，可能连名词都没听说过。他要这个配方做什么？有了这个配方他就可以研究出所谓的“解药”来救欣然了吗？

这显然是不可能的。

但说起配方，你突然想到一个人，一个竭尽全力希望研究出配方的人——申林。

不，应该说是，可服用果胎素的发明者、申林背后的那个人。

所以，这么推的话，张庆洲跟申林应该是一伙的。这么一来，陈歌之前跟你说的话也能理顺了，她说她查到你父亲李文跟申林来往密切，却没有查到张庆洲。这就说明张庆洲在父亲调查果胎素的事情中并没有太大的作用，可能只是个中间人，他是负责让申林和父亲认识的那个人。

这样一想，欣然的病是真是假，便成了谜。

像是想明白了一般，你的目光变得坚定起来：比起当老好人被利用，不如专注于自己最开始的目的：找出真凶。

那么根据现有的线索，找这个真凶，从哪里查起才最好呢？

A. 申林（请跳转至155页阅读剧情2）

B.张庆州（请跳转至159页阅读剧情3）

02

申林现在不知去向，虽然陈歌一直在查，但你身为“无关人员”，没有理由去问陈歌调查的结果。

不过……你想起了一个人：白星明。

白星明是陈歌的专属侦探，温雨涵又跟白星明是合作伙伴，而且她对你又是言听计从。想来，从他们那里打听消息也不是什么难事。

你捏紧手机，想了想打通了温雨涵的电话：“喂，今天什么时候有空可以见个面吗？我有点事想问你。”

对方应得迅速，甚至表示如果现在要见，她也可以立刻赶来赴约。

你：“倒也不必这么急，等你中午下班就好。”

……

“找我有什么事吗？”在别人看起来不喜言笑的温雨涵，看见你立刻笑弯了眼。

“我想来问问你，知道申林的事情吗？”

“申林？”温雨涵努力回想着，“之前好像听星明有提到过……是什么……哦，我想起来了，好像丽水别墅有一宗命案，死的就是他女朋友。”

“对，是他。除此之外你还知道什么吗？”

“不太多，我等会儿问问星明，或者看看他电脑里有没有存档，晚一点发你。你怎么突然问起他了？是跟火灾的事情有关吗？”

“是。”你揉了揉眉心，不知是不是因为最近你皱眉头的次数太多，眉间的肌肉有些酸痛，“我需要知道他为谁服务，我觉得他背后的那个人很有可能就是害死我全家的真凶！”

温雨涵抿了抿唇角，表情温和了许多："真好，我一定会帮你问出来的。但你有没有想过，找到真凶之后，你要怎么做？"

"什么？"

"你父亲并不算普通人，有官职不说，在国民中也有一定的知名度。可是遭遇了这种事情，他的死却能被轻而易举地压下来。这说明真凶的势力，可能远在你父亲之上。这也就是说如果你找到了真凶，也有很大概率会面对无能为力的情景……所以你有想过要怎么办吗？"

你有些语塞，说实话，温雨涵这些话你不是没想过，只是去想自己之后可能面对的无能为力，不如让自己专心在查找上。毕竟做些什么总比什么都不做的好。

"我……暂时不想聊这个。"

温雨涵从口袋里掏出一块巧克力递给你，朝你甜甜一笑道："没事，我不会让你面临这种无能为力的情况，凶手肯定会得到严惩的。"

你没有说话，只是默默地接过巧克力，撕开包装塞进了嘴里，慢慢品尝着甜腻中的苦味。

三日后。

温雨涵来到了你住的酒店。

"好奇怪，之前来你家，屋子里总是有股香气，现在怎么全变成方便面的味道了？"温雨涵一边坐好打开电脑，一边跟你聊着天。

"最近没太注意自己的生活。"你笑着搪塞，但你心里知道，温雨涵说的那股香气，是欣然身上的香水味。

之前欣然经常来给你送饭，照顾你的日常起居，屋子里难免会留下她的味道。只是自打你下定决心不帮张庆洲和欣然之后，你便不让欣然再来自己这里了。

毕竟你都不打算再帮他们什么了，如果再吃欣然送来的东西，你总觉得不太舒服。况且，你实在是不忍心看到欣然那张笑得热情又单纯的脸。也许，这么多乱七八糟的理由，到头来只是你单纯的愧疚感在作怪。

你摇了摇头，不想再跟温雨涵讨论这个问题，转问道：“对了，申林的事情，你查得怎么样了？”

“你知道于东明吗？”

“于东明？”你努力在大脑里回忆着，“他不是H35公司负责运营营销的董事吗？”

“是，他就是申林背后的那个人。”

“什么？！”你这时才意识到，他们说申林背后的强大势力，说的是于东明，怪不得申林敢找肖先生来对陈歌下毒手，“可……申林不是果胎素的反对派吗？于东明可是果胎素公司的董事啊。”

“是的，申林当反对派也是于东明要求的。”

“为什么？我不懂。”你只觉得自己的脑子有点跟不上节奏。

“果胎素从一开始就很有争议，反对派跟支持派各执一词，但这也影响了果胎素的销量。于是于东明想到了一个方法，那就是让大家厌恶反对派，如果普通民众厌恶反对派，他们就会因为厌恶而不知不觉间开始支持果胎素，甚至会将支持果胎素跟支持正义画等号。为了实现这个目的，于东明便找到了申林，让他来成为那个臭名昭著的反对派。很显然，他做到了，现在市面上对果胎素的优劣讨论早就变成了反对派脑子到底有没有病的讨论了。至于你父亲他们……”温雨涵看了你一眼，语气不由得放缓，似乎怕刺激到你，“只不过是被利用的一环。张庆洲跟申林是一伙的，他们为了将反对派的恶行更加扩大化，便给你父亲设了这样的局，不过因为你父亲的事情被陈歌给压了下来，他对果胎素的态度也没有在公众面前展示得很明显，所以他们并没有成功……”

你的牙齿被咬得咯咯作响，你没想到原来父亲、母亲还有妹妹，居然不过是别人的棋子，只是别人为了把控舆论便可以随意杀掉的小虫子。

“那……你现在知道真相了，你想怎么办？”温雨涵看着你的眼睛，小心地问道。

A. 复仇（请跳转至167页阅读剧情6）

B.放下一切离开这里（请跳转至169页阅读剧情7）

03

张庆洲?

是的，你总觉得这个老狐狸还有很多事没告诉你，或者说，没有说实话。

你想是时候调查一下他了，或许他才是整个火灾事件解密的关键钥匙。

可是单凭你自己的力量调查不了他，不如把这件事委托给专业的人。

你打算找谁：

A. 白星明（请跳转至160页阅读剧情4）

B.温雨涵（请跳转至160页阅读剧情5）

04

“是白星明吗？我想拜托你帮我查点东西。”你给白星明打电话问。

“严文良？”白星明像是刚睡醒，声音沙哑又低沉。

“对，是我。我想让你帮我查点东西。”

“不查，我现在有事，我雇主的任务还没完成呢。”他拒绝得太过干脆利落，以至于你一下子不知道要说什么。

“还有事吗？没事我挂了，我要睡会儿。”白星明打了个呵欠，不等你说话，“啪”的一声便把电话挂断了。

你：……

看起来没找对人，试着再找一次吧。

（返回上一级重新选择。）

05

“喂，是温雨涵吗？我是严文良。”

虽然你觉得利用温雨涵对你的好感来请求对方为自己做事有点不太厚道，但眼下也管不了那么多了。

你听到电话那头的回应，便开始说起了正事：“雨涵，你能不能帮我查个人？他叫张庆洲。”

“张庆洲？”

“对，他之前应该是H35公司的车间主任。”

“H35公司？我知道了，我查到会告诉你的。”

几日后，温雨涵来到了你住的酒店。

自从你决定放弃帮助张庆洲之后，便跟欣然断绝了来往，你想你没办法接受她的好意，尤其是这些好意只是为了更好地利用你。

也或许是因为你不愿意一边接受着她的好意，一边又在各种怀疑他们。

不管什么原因，让欣然继续来你这里，总让你觉得不舒服。

“查到了吗？结果怎么样？”等温雨涵坐下，你不禁问道。

温雨涵摇了摇头：“他身份、经历都不复杂，并没有特别值得注意或者调查的地方。但是，我查到了一个可能你会感兴趣的点。”

听到毫无结果的消息时你一度有些低落，但温雨涵这话让你一下子又打起了精神：“什么消息？”

“李文，也就是你爸的住址，被人放了监控，放监控的人是张庆洲。而且他每隔一段时间就会去那个房子旁边转悠，还会带上一束鲜花。除此之外，我还发现，他有几次跪在你家门旁的角落，有时候还会哭……”

“为什么？”你搞不明白，难不成张庆洲跟父亲的关系真的这么好？可是他在附近装监控又是什么意思？

“不知道，我想这些事情，只能问问他本人了。”

你捏着下巴，眉毛拧成一团：“嗯……看来我确实要跟他好好聊聊了。”

或许是你太心急了，这次你没打算好好跟张庆洲谈，毕竟他这个老狐狸说的话有多少真又有多少假，你永远猜不透。于是你让温雨涵把张庆洲给五花大绑地“请”了过来。

“张庆洲。”你居高临下地看着坐在地上的男人，眼睛里满是狠厉，“你为什么在我家的别墅门口放花放监控？”

事到如今你不想再隐瞒什么了，你只想从他嘴里撬出所有他知道的东西。

“你家？”

“丽水别墅303。”

不出所料，你看见张庆洲脸上的惊讶，以及惊恐，这绝不是一个知道自己好友还有亲人存活于世的表情。

“你知道多少？”张庆洲努力让自己平静下来。

“很多，‘玫瑰事件’、陈歌、申林、三大董事、你……我都知道。”你把自己认为重要的东西都说了出来，生怕张庆洲没被你唬到。

张庆洲有些迟疑，你不知道他在想什么，于是厉声质问道：“我问你，你在我家门口放监控什么意思？”

见张庆洲不说话，温雨涵摆出一副打算要逼问他的样子，这把张庆洲吓得够呛，忙开了口：“放花是因为我怀念我的好友……”

“你还在嘴硬？”温雨涵蹲下身，紧盯着张庆洲，“你以为我没调查你吗？别让我把那些调查的结果说出来。”

这话让张庆洲猛地一震，他略带结巴地讲着：“我真的没做什么，我只是，只是在李文打算公开发表反对果胎素言论的前一天，把他这个打算告诉了……告诉了……H35公司的董事。我真的没做什么，我怎么知道他们会做这种事？欣然那个时候需要药剂，难受得死去活来，我只能拿这个信息跟他们换……我，我真不是故意的，我放监控只是希望能拍到那些人的杀人证据，我……我不是故意的……”

张庆洲这话让你呆在原地，你的牙齿咬得咯吱作响，你终于明白为什么张庆洲从一开始就让你进入到H35公司，一是为了给欣然找药剂，二是为了找凶手，他希望你从三个董事中下手，找出那个真正发号施令的人。

但张庆洲做贼心虚，生怕别人把他归为帮凶，于是他只能委托你做这些事，顺便在别墅附近放好监控。

“我刚来若曼市的时候，听司机说丽水别墅附近晚上总会传出细碎的哭声或是说话声，那是你吧？”你开口问，语气平静，平静得连你自己都有些惊讶。

“应该是……”张庆洲低下头，“我是真的没想到他们会那么做，我当初拜托李文，也就是你爸爸，是真的希望他能帮帮我们，他也真的帮了，但是，我实在是不愿意看到欣然那样子……我是罪人，我去那里是想赎罪的，但我想，我这条命才值多少钱啊，我想将功赎罪，起码，等以后在下面见到了李文，我也不至于那么没脸，所以我才让欣然帮我找一些人，我想从中挑选出能够找出凶手的人……”

你冷眼看着张庆洲：“不管之后找到的凶手是谁，也不管最后的真相究竟如何，你都是帮凶。你的罪，一辈子都洗脱不掉。”

“是，我是罪人……李文那样帮我们，为了揭露果胎素，做了那么多工作，没想到最后全被我给破坏了……”张庆洲一边说一边落泪，你分不清他这泪到底是为自己的行为悔恨还是为自己被你抓到了而委屈。但这些已经不重要了，重要的是，你觉得自己离真相又更近了一步。

“我不管你说的这些到底几分真几分假，我接下来要问你的话，你必须给我诚实回答。”你努力让自己从混乱的场景中清醒过来，努力不让自己去想父亲、母亲、妹妹在大火中遭遇了什么，不让自己去想一家人原本美好的未来就这样被一个人给轻易地毁掉。

“好，我说。”

“果胎素的秘密，到底是什么？你刚刚说我爸一直在调查果胎素，到底在调查果胎素的什么内容？他是准备在揭露的前一天被灭口，他究竟调查到了什么？”

“是……”张庆洲咽了口口水，“现在市面上的果胎素，跟之前的，引起‘玫瑰事件’的果胎素，是一个东西，并没有大的更改。”

“什么？！”你不可置信地睁大了眼。

“我不知道，这些是李文告诉我的，我看不懂配方也搞不明白他说的那些话，我只知道现在的果胎素跟十几年前的，是一个东西。”

“那为什么现在的果胎素没有引起那么多副作用？”

“我不知道。”张庆洲摇头，“我真的不知道，我听不懂，也问不明白，李文说到时候他会清清楚楚地在网络上告诉大家一切，让我等着就好了。”

“那第二个问题，你当时把消息告诉了谁，公司的三个董事，你告诉了谁？”

“我……”张庆洲疯狂摇头，“我不知道，当时跟我对接的是申林，我跟他说了，他就立刻给我拿来了给欣然喝的药剂……”

“申林？他是谁的人？”

“我不知道。”张庆洲又是一阵疯狂摇头。

你眉头皱得更紧了，能够拥有药剂的应该是技术部的人，但陈歌是陈其远的女儿，申林却让肖先生对陈歌下毒手。这就说明申林应该是其他两个董事的人……

你觉得自己脑子有点不够用，这里的谜团太多，明明马上就要揭开真相了，却似乎总被一点什么东西给挡住。

你不由得有些焦躁，总感觉自己好像哪一步出了错，或者哪个细节忽略了。

“如果你搞不明白，不如把申林也干脆抓过来问个清楚。”温雨涵看出了你的不安，如此提议道。

“申林现在在陈歌那边，还不知道被她怎么处理了，可能不太容易接触。而且之前陈歌也说了，申林这个人秘密很多嘴巴却很硬，什么都不肯说，就算抓来了，也可能什么都问不出来。”你长长叹了口气。

“那你打算怎么办？想办法继续调查还是……放弃？”

温雨涵这话让你皱起了眉头，继续调查的话张庆洲知道了你的真实身份，你很难保证他不会出卖你。但如果放弃，你实在是不甘心。

“不用纠结，我可以去调查一下申林为谁服务，就算不是他本人说出口，以前他做的那些事情总会留下蛛丝马迹。”见你不答话，温雨涵贴心地提议。

“那好吧，只能这样了。”你回。

三日后，温雨涵带来了一个新消息：申林背后的人找到了，是于东明。

于东明？

“于东明不是极端的果胎素支持者吗？他是申林背后的人？”你不解。

“是的。申林当反对派也是于东明要求的。”

“为什么？我不懂。”你只觉得自己的脑子有点跟不上节奏。

“果胎素从一开始就很有争议，反对派跟支持派各执一词，但这也影响了果胎素的销量。于是于东明想到了一个方法，那就是让大家厌恶反对派，如果普通民众厌恶反对派，他们就会因为厌恶而不知不觉间开始支持果胎素，甚至会将支持果胎素跟支持正义画等号。为了实现这个目的，于东明便找到了申林，让他来成为那个臭名昭著的反对派。很显然，他做到了，现在市面上对果胎素的优劣讨论早就变成了反对派脑子到底有没有病的讨论了。至于你父亲他们……”温雨涵看了你一眼，语气不由得放缓，似乎怕刺激到你，“只不过是被利用的一环。张庆洲跟申林是一伙的，他们为了将反对派的恶行更加扩大化，便给你父亲设了这样的局，不过因为你父亲的事情被陈歌给压了下来，他对果胎素的态度也没有在公众面前展示得很明显，所以他们并没有成功……”

你的牙齿咬得咯咯作响，你没想到原来父亲、母亲还有妹妹，居然不过是别人的棋子，只是别人为了把控舆论便可以随意杀掉的小虫子。

“所以张庆洲那个老狐狸还是没跟我说实话。”

“也有可能他们两个一开始是打算构陷你父亲，但后来张庆洲意识到你父亲能帮他，就想脱离申林，结果最后他发现因为欣然他还是无法脱离申林跟公司。”温雨涵猜测着，试图让你平静下来。

“我不管是什么原因，有些事他们做了就是做了，那把火放了就是事实。”

“那……你现在知道真相了，你想怎么办？”温雨涵看着你的眼睛，小心地问道。

A. 报复（请跳转至167页阅读剧情6）

B.放下（请跳转至169页阅读剧情7）

06

“我想为我父亲他们报仇。”你答，你想如果此刻你的面前有面镜子，你肯定会发现自己那双眼睛愤怒得能喷出火来。

“你确定？”

“我确定。”

“好，那我来帮你。”

你还没来得及问清楚温雨涵这话是什么意思，她便头也不回地走掉了。

几天后，你在新闻上看到这样几条消息：H35公司董事于东明昨晚被发现暴死街头；某申姓市民家中突然失火，据了解屋内似乎还有一位中年男人，姓张，火灾造成两人死亡，后续情况我们将持续报道……

于东明、申林、张庆洲……

你看着这些名字，突然觉得心里空落落的，原来复仇也并没有多开心啊。

温雨涵再也没回来过，也再也没联系过你，你很想知道她是怎么做到的，还想跟她坐下来好好聊聊天。在你回国的这段日子里，知道你过去的只有她，完全信任你的也只有她，可是她却不见了。

你辞了工作，远离了果胎素，却感受不到任何的轻松，仿佛心头还压着一件大事。许久，你才想起，你忘记了欣然。她的张叔叔没了，她呢？过得还好吗？

你买了点水果，顺着记忆中的路线朝欣然家里走，却发现这里早已物是人非，只剩下一座空房。

“找人？”邻居开了门，看向正在敲个不停的你。

“是，请问这户人家里的那个小姑娘呢？”

“她啊，早死了，说是得了什么病，一直找不到治病的药，真惨啊，也不知道什么病，我只知道她临走的那几天天天在哭，估计是被病折磨的，喊得撕心裂肺的，真可怜哦……”

你的心脏狠狠地疼了一下：原来张庆洲说的是真的，欣然真的非常需要药剂。

你想对邻居说一声谢谢，但你发现你连咧开嘴角都做不到，只好低下头说了声“打扰了”，便转身离开。

你突然有些恍惚，你不知道此刻的你应该怎么办，你也不知道之前自己的决定是对是错，你只知道现在你像是刚刚知道家里发生火灾的时候一样，心里似乎被人挖了个洞，外面的风直往心口里灌。

【结局六：物是人非】

评价：有时候有些人的生死其实就是你一瞬间的想法。

07

“我只是想知道真相，我现在知道了，就不想再待下去了。我想去其他的地方生活。”你叹了口气，捂住脸，只觉得满心的悲伤。

“你要去哪儿？”温雨涵伸出手抚摸着你的手背，试图让你的情绪稳定下来，“我想陪你一起。你去哪里，我也去哪里。”

“不用。”

“安元，我找了你四五年，我一直都在默默地看着你。在你不知道的地方默默地关注你，我不想再继续这样，默默地关注你四五十年，这一次，我可以好好地待在你身边吗？”

你抬起头，看着温雨涵那双闪闪发亮的眼睛，你不知道你应该点头还是应该摇头。你只知道你想去一个没有阴谋没有果胎素的地方。

【结局五:梦想的地方】

第八章 西智

01

“小严，你来公司一段时间了，网站内容也熟悉得差不多了，今天下午你跟我去采访一下使用者吧，让你学习一下怎么采访。”你的部门前辈娇姐一大早便微笑着走了过来。

“采访？”你想起之前娇姐给你交代的工作内容，一个是运营网站，另一个就是外出采访，“那我是不是要准备一下？比如换个正式点儿的衣服，又或者是带上录音笔或者录像机。”

“不用那么紧张。”娇姐拍了拍你的肩膀，“我今天是主要负责人，你就跟在一旁看着就行了。衣服什么的，我看你这身蛮好的，不用换了，就穿这身就行。”娇姐交代了你两句，便离开去忙自己的事情去了。

“不错嘛。”你旁边的同事撞了撞你的胳膊，“这么快就能去采访了？你这是很受重用嘛。”

你有些疑惑：“我都来公司有一段时间了，现在让我去学习采访不是很正常吗？”

“什么啊，你知道我什么时候接触的第一个采访工作吗？入职一年后啊，我到公司第二年才第一次让我去跟着采访。据说最快的也是半年，那个人就是娇姐。你到公司还没三个月呢，就让你去学习采访，不是重用是什么？要我说啊，说不定没多久你就能代替娇姐了。”

“哪有这么夸张。”你笑着调侃了下，便开始做自己的工作了。

下午娇姐带着你过去采访，路上她随口问道：“最近你跟陈董的女儿好像走得很近啊？”

“还好吧，上级的命令我一个新人不能不听。”

“她可不是什么上级。”娇姐咂了咂嘴，“她在公司连个职位都没有，大家对她客气只是因为她有个好爸爸，但这不代表她说什么都要听她的。”

娇姐这话让你立刻明白此次出来的目的，她表面带你出来采访学习，实则想要教育你不要跟陈歌走得太近，甚至不要太听陈歌的话，能婉拒就婉拒。

你假装没听懂笑了下，并没有表态。

“小严啊。”见你没有明确表态娇姐又补充道，“咱们这边最大的领导是谁你知道吗？”

“于董？”

“对喽，于董啊跟陈董一直都不太合得来，对他家那个陈歌啊，也不是特别喜欢。我们的领导是于董，我们就要跟着领导走，懂吗？”

“嗯，我大概明白了。”你听话地点点头，虽说娇姐这话让你有些不满，但不得不说她也算是一片好心。如果被于东明发现他底下的员工跟自己讨厌的人走得很近，还经常帮忙做事，可能不知道哪天就会找个莫须有的理由把你给开了。

“明白就好，姐姐也是好心，你学历好能力也强，姐姐我很看好你，不希望你在站队问题上出了错，闹得最后没升职也没加薪，白白浪费你的精力。”

“我知道，娇姐你说得对，我会记住的。”你嘴上这么说，但心里知道陈歌那边还有不少关于你父亲的信息你没有了解到，所以停止跟她的往来几乎不可能，但娇姐这番话也提醒了你，以后在公司做事要更加小心谨慎一些，毕竟你跟陈歌的几次见面基本上都约在她的办公室里，时间也都选在人走得差不多的时候，没想到看起来隐蔽的行为却还是能传到娇姐的耳朵里，能让她获取到自己跟陈歌关系很近的消息。

“好了，到了。”说话间的工夫，你们已经到了约好的地方，“她平日里比较忙，我们今天只能趁着她化妆的工夫快点采访，尽量不要拖。”

“化妆？她是模特？”

“哦，我忘了跟你说，我们今天采访的是个明星，叫西智。”

“西智？”你觉得这名字异常耳熟，似乎在哪里听过，不过想了想觉得毕竟是明星，可能是自己哪天看新闻的时候偶尔瞥见的也说不定。

你摇摇头，让自己打起精神来，跟着娇姐走了进去。

“西智你好，我们是H35公司……”屋子里不单单只是西智跟化妆师，还有助理跟其他几位采访的人，娇姐进去还没自我介绍完，那位面容姣好的女明星便客气地一笑，示意你们跟其他记者一起坐下聊。

“我知道，日程表上都写了。”西智回答，“不过我这边时间太紧张了，所以只能把大家的采访安排到一起了，大家不会介意吧？”

“没关系。”其中一个记者摆了摆手。

“那我们就继续吧，我化妆的时间里大家可以随便提问……”

“那请问……”

你看着西智这张脸，突然觉得十分眼熟，你在大脑里搜寻了半天，这才想起之前你跟欣然聊天时，她说到果胎素代言人时有举例过西智。当时只看网上的照片你不觉得有什么，但见了真人你不由得在心里一阵阵惊叹：这真的是三十多岁的人的皮肤吗？

你不知为何想起了小说里描写女生的词语：什么吹弹可破，什么人面桃花，什么唇红齿白……

但同时你也有了一丝疑惑：现在市场上的果胎素真的神奇至此？如果是真的，也怪不得世人会如此追捧，这简直就像返老还童药一样神奇。

“我看你从进来到现在一直都没怎么说过话，你有什么问题要问我吗？”

你正胡乱想着，西智却突然打断了娇姐的询问，转而看向了你。

“我？”你刚想说没有，但看西智的眼神，似乎是在鼓励你问些什么。你又看向娇姐，她的眼神让你意识到刚刚的提问似乎并不顺利，看起来她希望你借此机会问西智一些问题，于是你想了想问道：“你的状态这么好，真的全是果胎素的功劳吗？”

话刚问出来，你便看到娇姐的脸色沉了下来，这让你意识到自己的问题有多么的不合时宜：自己跟娇姐就是代表公司来的，当然要把功劳归功于果胎素，你这样的提问无疑是在拆自己公司的台。

你看了看娇姐又看了看西智，刚想道歉，西智却微笑着开了口：“当然不是，除了果胎素的功劳，还有就是经常会遇到像你这样可爱的人，来让我心情变好，所以我状态才会好。”

你：……

“还有一个大家比较关心的问题。”就在你纠结怎么回复时，另一个记者开了口，“说起果胎素，马上就要到票选阶段了，激进一派和保守一派，您会更支持哪一方呢？我的意思是，您作为果胎素各类产品的代言人，您更认可哪一方对果胎素的态度呢？”

“我不是特别关心这些，但我所了解到的情况是，激进一派对果胎素的态度比较随和，任其发展，新事物嘛，没有特别大的坏处就应该支持。保守一派，我印象里好像就保守一派的发言人李文有发表过一次不算正式的反对意见，后来他们内部好像有了变动，所以具体什么态度我也不太清楚……"

这些问题本让你有些昏昏欲睡，但你听到西智提到了父亲"李文"，便立刻有了精神。据你了解，父亲好像从未发表过反对果胎素的言论，除了他的小号账户。为什么这个西智会知道自己父亲对果胎素的态度?

"我可以插一句吗？"你打断西智的话，"我想知道，李文关于反对果胎素的言论，具体是在哪里发表的呢？"

"嗯……"西智微皱着眉头想了想，最后吐了下舌头，"不好意思我不记得了。"而后西智看向众人补充道，"我可能听太多小道消息了，刚刚那些就当我没说，我一个娱乐明星对这些政治问题实在是一窍不通，你们快别难为我了。"

"那西智小姐对另一半的要求都有什么？"

……

采访仍在继续，你却有些平静不下来。刚刚西智那番话如果真的是道听途说还好，如果是她真的知道，那父亲的情况或许远不止是现在你所了解到的这些。

（继续阅读2）

02

采访结束之后，你收拾东西打算跟娇姐一起离开，一个女人却朝你走了过来："你好，请问你是严文良严先生吗？"

"是，怎么了？"

"我是西智小姐的助理。西智小姐说她跟H35公司关系一直很好，这次本应该给您二位留一个VIP时间，结果她太忙了没时间，所以为了表示歉意她想晚上邀您吃饭，到时您可以采访她。”

“真的吗？”娇姐眼睛一亮，原本因为采访到的内容太少而烦躁的她，眼睛一下子亮了起来。

“哦，不好意思，是这样的，因为西智小姐怕被拍，而且今天车里的空间也不够，所以她希望只邀请严先生一个，这样会比较方便一些。”

娇姐亮起的眼睛又暗了下去，她摆了摆手道：“算了，明星嘛，要考虑行程什么的一大堆问题，能理解。小严，我这边把问题整理一下发给你，方便你晚上采访用，你就在这里等西智小姐，我先回去了。”

“好。”你点点头，乖巧地坐在化妆间里等待着西智结束工作。

几个小时后，西智缓步出现在你面前，似乎是为了晚饭专门换了套方便活动的衣服，连脸上的妆都跟白天的不太一样。

“久等了，我在附近的饭店定了位置，那边很安静，可以方便你采访。”西智微微一笑，邀请你过去。

到了地方坐下，你把娇姐发给你的问题打开，刚准备一个个问，西智突然开了口：“你跟李文，是什么关系？”

你整个人猛地一惊，瞬间不知道该说什么。

“别害怕，我只是白天回答问题，说到李文的时候，发现你反应有点大，就随口问问。”西智笑得矜持，端起桌上的红酒微微抿了一口。

你不由得暗自惊叹：不愧是混迹娱乐圈多年的明星，察言观色的能力已经到了这种地步，什么样的反应都能尽收眼底。

“哦没有，我只是稍微八卦了点，跟李文没什么关系。”你努力让自己表现得正常一些，克制着那些可能会透露出你内心的小动作。

“是吗？那蛮巧，你别看我平时工作这么忙，其实我也蛮八卦的。对了你知道李文一家的事情其实是保守一派做的吗？”

“什么？”你虽然极力克制着自己，但听到这样的消息，还是忍不住表现出了惊讶。当你意识到自己的表情太过惊讶后，便立刻补了几句，“若曼市这边斗得也太厉害了吧？就不怕被报道出来吗？”

西智微微一笑，举起红酒杯，挡住了半张脸："如果你对李文的事情感兴趣，我建议你多查查激进一派的人。"

你看着西智，搞不明白这个女人为什么突然冒出来，也搞不明白她跟你说这些是为了什么。但不论如何，谨慎一些总是没错的。

“不好意思，我对什么党什么派不太感兴趣。”你看向自己笔记里的问题，“比起这些，西智小姐，我还是采访您吧。”

“你觉得这次民选，胜利的会是激进一派还是保守一派？”西智并不打算理你，而是自顾自地提问。

“我……对这个不是很……”

你话没说完，就见西智比了个噤音的动作，指了指她斜方的桌子，你顺着她手指的方向看去，发现一个瘦小的男人正在偷拍她。那镜头对准的地方，似乎是她的裙底。

此刻的你要不要过去制止男人？

A.立刻过去制止（请跳转至177页阅读剧情3）

B.看一下情况再说（请跳转至177页阅读剧情4）

03

你有些生气地站起身走过去，一把夺过男人的手机，沉着声音质问道："你在拍什么？"

"你干什么？！"男人见状反倒大叫起来，"抢劫啊！有人抢手机！"

你看向周围，气不打一处来，你刚想说些什么，却见西智朝你走了过来。

"到底怎么了啊？"西智弯下腰微笑着看向男人，"好孩子可不能诬赖别人哦。"

男人皱紧眉头："我不知道你在说什么。"

"哦，是吗？"西智挑了挑眉，"那我让你好好回忆一下吧。"话音刚落，西智便抬起膝盖，朝着男人的鼻子狠狠撞去，紧接着不给他反应时间，又一把将他的脑袋狠狠地按在桌上。

西智好感度+1。（请转跳至179页阅读剧情5）

04

你坐在椅子上！打算看一下情况再说，却不想西智已经站了起来，微笑着走向斜方角的桌子，抬了抬眉毛问："你在拍什么？"

你顺着方向看去，角落里那个瘦小的男人摆出攻击的姿态。

"是在偷拍吗？在拍哪里呢？"西智微笑着伸出手，"可以把内容让我看下吗？我也想欣赏一下。"

"这是我的手机，凭什么给你看？"男人将手机揣回兜里，摆出一副“我就不给你，你能把我怎么样”的表情。

西智干脆坐到了男子身旁，笑容却显得越发瘆人起来：“我呢，今天好不容易邀请到了一位尊贵的客人，我不想让你毁了我的晚宴，所以呢，现在交出来我还可以原谅你哦。”

男人皱着眉，指着西智破口大骂：“我在这边就餐，我要投诉你影响我食欲才对吧。喂，保安呢？没人管管吗？！”

西智抿紧了嘴巴，像是被男人的声音给吵到了一般，伸手掏了掏耳朵，紧接着将手移到男人的脑袋上，抓住他的头发便往桌上狠狠地撞去。

“砰！”

男人摔倒在地，额头随即渗出了血，西智抬了抬眼，捡起从男人口袋里滑落的手机，漫不经心地看了眼，然后拿出自己的手机录下。不等男人从地上爬起，抬起脚便朝着他狠狠地踹去。

（继续阅读5）

05

你在一旁看得目瞪口呆，难以想象西智这样看起来美艳的女人居然拥有如此大的力量。

而此刻，原本安静的饭店，立刻有人拿出手机开始拍摄这一幕，你想阻止，却发现拍摄的人实在是太多，你根本阻止不了。

打完人的西智抬起头，看见周围一个个举起手机的人，立刻朝下抿了抿嘴角，瞬间眼泪便充盈着她的整个眼眶，甚至连鼻头都变得红肿起来："我……我被这个人偷拍了好多……他怎么能这样？"西智一边说一边流眼泪，"我刚刚过来跟他交涉，结果他还趁机摸我，我……谁能帮我报警吗？"

这一系列操作让你不由得惊叹，明星就是明星，这外形再加上娴熟的演技，整个人立刻变得楚楚可怜了起来。

但似乎也因为这一出闹剧，你们两人的谈话被迫中断，你反而长舒一口气，因为你实在搞不明白这个西智葫芦里卖的到底是什么药，你很怕自己一不小心就在她的面前暴露了什么。

温雨涵会帮自己掩盖身份，那是因为像陈歌这样的人只认证据。但西智这种人，则更相信自己观察到的情况。

证据可以被掩盖，但表情很难，你没办法让自己对父亲的所有信息都做到毫无反应。

这个西智到底是什么目的？你想不明白，只能拜托温雨涵，让她帮你查一查这个人的情况，以便应付之后的情况。

（继续阅读6）

06

几日后，温雨涵来到了你所在的酒店。

“怎么样？有查到什么吗？”你立刻将温雨涵拉进屋，迫不及待地问。

“这个西智，经历很复杂，但都不怎么重要，总之就是很早就进入了娱乐圈，凭着手段和实力混到了现在的地位。虽然她在电视里表现得很甜美，但实际上本人是个异常狠厉的角色，基本上被她视为仇敌的人都没什么好下场，就比如前段时间偷拍她的那个猥琐男，不仅被她暴打了一顿，还被她直接告进了监狱。小道消息说她甚至还认识监狱里的人，还专门交代人要在里边好好惩罚一下这个猥琐男。”温雨涵皱起了眉头，“你不会惹到她了吧？”

“我不知道。”你摇摇头，“我搞不明白她到底想干什么。”

“嗯……我这边还查到了一个消息，H35公司跟她签约合作，让西智担任各种果胎素产品的代言人，当时她跟公司还算是雇佣关系吧，现在已经入股了，属于H35公司的秘密股东，据说现在的财力能跟廖文平起平坐。”

“那她是什么党派的支持人？”你想起那天晚上西智一直追问你的问题，不由得问道。

“她跟廖文一样，都属于激进一派。不过她跟廖文一直都有点合不来，据说未来的民选，她跟廖文有一个会成为激进一派的候选人。”

“她想参政？”

“应该，但她跟廖文竞争的话，我感觉她的希望估计不大。但她找你的话，我个人觉得她是想从你这里要一些H35公司或者是廖文的黑料。”

“有可能。”你捏着下巴，想来想去西智找理由跟你吃饭应该也只有这么一个原因，“不过我在公司就是个小员工，比起收买我，她不如去收买于东明手底下的谁，权力又大又容易弄到黑料。”

“这我就不清楚了，一个人脑子里是怎么想的，对于侦探来说是最难猜的了，不然为什么电视剧里侦探都要让犯人自己说犯罪动机呢？”

“也是，真是难猜啊。”你抓抓头发，只觉得脑子有点跟不上，“那天吃饭的时候除了问到党派问题，还说到了我父亲的事情。我不知道她是什么意思。”

“你父亲不是保守一派的吗？她会不会是想拿这个事情来做文章以搞垮廖文？”温雨涵猜测道。

你抓乱自己的头发，只觉得要再想下去你的脑袋就要炸了：“算了算了，不说她了，对了，最近怎么不见白星明？他在忙什么呢？”

“陈歌知道了申林背后的人是于东明之后，一直在联系白星明监视于东明，希望能抓到他什么把柄，一举搞垮他。”

你点点头，如果陈歌能成功，这对你来说最好不过了。父亲的事情肯定跟申林脱不开关系，既然申林做的事情都是于东明认可的，那就说明父亲的事情多多少少也有于东明的份。如果能借陈歌的手除掉于东明，也算是除掉了害死你一家的凶手，或者说帮凶。

但因为西智的话，你原本认定的凶手是于东明这个结论也有了动摇，说不定父亲的事情远不止那么简单。

你打算继续调查一段时间，至少等到陈歌扳倒于东明，你能找机会问问于东明关于父亲的真正情况。如果确定是于东明做的，那你为了父亲回国这一趟也算是有了大结局，如果不是……

你在心里暗暗下定决心，一定要把那个真凶抓出来，绝不能让那个人逍遥法外。

（继续阅读7）

[07]

“Hello~”

就在你准备睡觉的时候，西智给你发来了消息。

“睡了吗，小弟弟？”

第二条信息发了过来，你不敢轻易回复，在你没搞明白她到底想干什么之前，你不能轻举妄动。

“准备睡了，怎么了？”你小心地回复道。

“我想问你一些关于于东明跟陈歌的事儿。我现在姑且算是H35公司的董事，我想通过你了解一下他们两个。”

（注意：在摸清楚西智目的之前，不要轻易暴露你自己，不然很可能让你功亏一篑。）

“你是公司的董事？公司的董事不是陈董、于董跟廖董三个吗？”你假装不知情地问。

“嗯……那你就当我是廖董的人吧。”

“不行，你问的那些算是公司机密，我不能随便透露给你，我是有职业道德的。更何况也不能你说你是廖董的人我就信啊。”

“那如果我告诉你，我能告诉你李文一家火灾的真相呢？”

父亲？！

你想起温雨涵说过，西智是公司的秘密董事，而且她很早就跟公司签了约，说不定这些事情她真的知道。但是也有可能只是之前你在李文的问题上反应太大，她现在在诈你也说不定。

“我对这个不感兴趣，西智小姐找错人了。”你回复道。

“是吗？那你知道李文还有个儿子吗？”

“那他儿子不想帮自己一家查清真相吗？”你回复。

“是啊，所以我就一直秘密观察着，看谁会在意李文的事情。”西智慢悠悠地回复，“于是我就找到了你。”

你突然庆幸西智是在手机上跟你说这番话，而不是面对面说这话，不然你一定控制不住自己吃惊的表情。

“我？你不会是在怀疑我是他儿子吧？”你拿着手机的手开始不住地颤抖，天知道你打出这段话的时候按错了多少次。

“嗯……说实话，有点。”

“我可是有身份证有家庭成员的人，你这样我爸怕是要生气了。”你打趣道，然而你在屏幕这边早已冷汗直流。

“嗯……无所谓了，这个并不是重点。重点是，我想知道你为什么会对李文的事情感兴趣。”

“这跟你无关吧？而且我对这件事也并没有你说的那么感兴趣。”

“那好吧，既然你不想跟我讨论这个话题，我们换一个。话说，陈歌最近是不是在收集于东明的什么证据，想要搞垮他啊？”

你又是一惊，你想不明白为什么这个人什么都知道。

“这我不知道，也不是我该知道的。”你深吸一口气，努力让自己冷静下来。

“你跟陈歌关系挺好的吧？那你可以跟她说一声，想要搞垮于东明，只在公司找可没用，可以试着去查查他手里的客户。但是动作要快哦，不然等到于东明反击，你们小心吃不消哦。”

你看着这行字，陷入了沉思。你跟西智这一来一回，你依然摸不清她到底想做什么，反倒是你被她逼得只能采取防守状态。

那么西智说的这个情报，你要不要告诉陈歌？

A.告诉（请跳转至184页阅读剧情8）

B.不告诉（请跳转至186页阅读剧情9）

08

把这个告诉陈歌并不会怎么样，就算是假的也不至于让她有生命危险，最多就是白白浪费了时间和精力，但如果不告诉或许会失去一个好机会。

毕竟你还等着于东明从高台跌落的那一天，亲自去问一问关于父亲的事情。

你把这条消息告诉了陈歌，并没有告诉她消息的来源，你只是告诫她一定要谨慎谨慎再谨慎，确定不是陷阱再行动。

事实证明西智说的是对的，这也并不是什么陷阱。很快陈歌就拿到了大量于东明虚假买卖以及贪污公款的证据，再加上之前陈歌一直在想办法做通其他人的工作，到了彻底曝光于东明的那一天，他身边已经没有可用的人了。

你看着于东明被带走，心里意识到这一次能如此顺利地成功，可能不单单是陈歌的功劳，或许那个西智也在背后施了不少力。但这都不重要了，重要的是你需要问他关于父亲、关于大火的消息，你需要确定害死父亲的到底是不是他。

于是在他锒铛入狱之后，你选择了探望他。

“没想到你会来探望我。”于东明笑得苦涩，“是你跟陈歌联合搞我的吧？”

你笑了笑回答：“你高看我了，我还没有能扳倒你的本事。”

“谁知道呢，或许蝼蚁有时确实也能轻而易举地击溃千里之堤吧。”于东明感慨完，紧接着看向你，“说吧，你来找我什么事？我想你应该不会闲到来看我笑话吧？”

“不，我过来是想问你几件事。第一，申林是不是你的人？”

“是。”于东明回答。

“那既然这样，你为什么要果胎素配方？”

“果胎素配方？我要那玩意儿干吗？”

“没有吗？申林派肖先生去逼问陈歌果胎素的配方，这些不是你授意的？”

于东明摇摇头：“我只授意申林让他想办法除掉陈歌，至于果胎素配方，我要那玩意儿没用。”

于东明这话一出，你突然意识到你跟陈歌犯了个多大的错误。申林或许明面上是于东明的人，实际上他另有其主。但陈歌却在问出于东明之后，便把申林移交法办，以至于在移交过程中出了意外，让申林死于非命。

你和陈歌当时都以为这是一场意外，现在想来，或许是有人刻意安排的。怕你们查出申林背后真正的那个人。

你抓了抓头发，不愿意想那么多，干脆直接问了你一直想问的问题：“李文一家人，是不是你杀的？或者说，是不是你安排的火灾？”

于东明满脸疑惑：“我为什么要安排火灾？李文是政府要员，是保守一派在若曼市的发言人，我这么做，之后要是被调查到，怕是十个脑袋都不够掉。”

“不会，因为考虑到公司，李文这件事被陈歌给压下来了。”

“得了吧，就她那个丫头片子能干什么？她还真以为有些消息她想压就能压啊？就李文的身份，十个陈歌也压不下来。”

“那为什么这件事没人调查？也没人报道？”

“只能说明火灾这件事，是个比李文更厉害的人干的，不然这种消息，哪那么容易压啊，你真当若曼市的媒体记者和调查人员是傻子吗？”

你的眉头皱得越来越紧：看来西智说得没错，父亲这件事远不止表面上看起来的那么简单。

（请跳转至187页阅读第九章）

还是不告诉比较好，万一这个是陷阱，害得陈歌出了事怎么办。

至于西智说的什么反击，你想着毕竟陈歌身后有她的父亲还有整个技术部，她不至于应付不了，还是不要说比较好。

然而没想到的是，几天后你收到消息，陈歌因为意外而身亡。

你突然意识到原来西智说的都是真的，然而此刻你再后悔也没用了。

【寻求真相失败】

提示：有时候适时地告知真相反而有利于事情的发展。返回上级重新选择。

第九章 合作

01

那天之后，西智没再跟你说过话。你知道她在等，等着你主动去找她，就像是一只猫在等待着感染了弓形虫的老鼠主动找上门一般。

你不想上钩，但是你又不得不去找她，因为你意识到她知道太多你不知道的东西。

你太想找到凶手了，太想为自己的父亲沉冤昭雪了。

你看着手机，许久你终于还是给西智发了条信息："有时间吗？我想跟你聊聊。"

西智回得迅速："下午两点，四季咖啡馆，你在那里等我。"

你看着这条消息，你想此刻她一定笑得很得意。

下午两点，你准时到达四季咖啡馆，没想到西智已经坐在那里等你了。

"你迟到了。"西智看了眼时间，"迟到了一分十秒。"

你看西智的脸色有些不悦，立刻明白对于这些大明星来说，一分一秒都意味着以万为单位的收入，想来应该只有别人等她的份，没有她等别人的份吧。

于是你赔着笑脸，拿出过来时顺手买的草莓蛋糕放在西智面前："我看你的资料上说你喜欢吃这个，就顺路给你买了一个，没想到耽误了。"

西智抬了抬眼，看了下那个精致的草莓蛋糕，轻笑道："网上的资料是假的，为了贴合人设。不过，如果你想要，我可以私发你一份真的。”

你笑了笑，摇了摇头：“算了算了，我怕你喜欢的我买不起。”

西智原本因为你迟到而黑掉的脸，因为你的甜言蜜语和调侃打趣，渐渐恢复了正常：“你约我出来，应该不是为了给我送蛋糕吧？”西智虽然嘴上说着自己并不喜欢草莓蛋糕，但还是小心地将它打开，拿出咖啡勺轻轻舀了一勺，放进了嘴里。

“确实不是，我是来感谢你的，你上次说的那些消息，很有用。”

“说的消息？哦，你是说我建议陈歌怎么做是吗？”西智放下勺子，朝你微笑道，“我还以为你说的是李文的事情呢。”

你已经开始慢慢适应西智这种突然诈你一下的说话方式。这次你成功控制住了自己的表情，反问道：“说起来，西智小姐好像很关心李文，您是跟他有什么关系吗？”

像是看到老鼠反抗而忍不住起了戏耍心的猫一般，西智听你这么问反而笑了起来：“当然没什么关系，我只是单纯觉得他们一家死得太冤了。”

“冤？”

“是啊，李文不过是好心想调查果胎素，结果被卷入了政治纷争之中，被人给杀害了。他要不是发言人，或许不会死得这么惨。”

“我有点听不明白，是网上又爆了什么消息吗？”

西智又是一笑，转而岔开了话题：“说起来，你有见过廖文吗？”

你想起之前跟陈歌去实验室的时候见过他一面，但可惜你并没有什么印象。

“见过一次。”你老老实实地回答。

“那……你在调查李文案子的时候，有没有怀疑过他呢？”

西智这话让你瞬间恍然大悟：

之前陈歌说过，她调查到申林和父亲接触密切，却没有说到张庆洲。这就说明当初张庆洲应该只是负责给申林和父亲牵线的人。

后来张庆洲跟你讲起欣然的事情时说到过药剂的事情，这就说明张庆洲多半是因为药剂而跟申林合作。

而你去询问了于东明当年的事情，他对此矢口否认。他一个可能一辈子都出不来的人，没必要在这个时候对你说谎。

那把这一切都顺着往下推的话，申林背后真正的人其实是：

A.陈其远（请跳转至190页阅读剧情2）

B.廖文（请跳转至190页阅读剧情3）

02

不对，如果是陈其远的话，他怎么可能对当年的事情一无所知，甚至连抑制副作用的药剂都不知道?

他不知道抑制副作用的药剂，就说明他没办法为张庆洲提供药剂，从而利用张庆洲。

所以应该另有其人。

（请返回上一级重新进行选择。）

03

廖文。

没错，将这一切都串在一起，你意识到一个一直被你忽略的人：廖文。

廖文作为激进一派的，必定跟身为保守一派的父亲不和。而父亲又抓住果胎素不松口，似乎打算彻底揭露果胎素，作为一手推出果胎素产品的廖文，对此当然心有不甘，于是他便设计了这么一场意外的火灾事件。

廖文资本雄厚，权力也大，如果他这么做了，确实可以轻而易举地掩盖罪行，将事情的影响缩到最小。

你有些怪自己，为什么没早点想到这一层，为什么会被申林的一个小障眼法给骗了。

这个申林表面上听于东明的话，专心当自己的反对派，实际上是听廖文的话，为他清除一切可能威胁到他未来以及公司未来的人。

就在你思索的间隙，西智将头凑了过来：“所以，你要不要跟我合作，扳倒这个廖文？”

A.合作（请跳转至191页阅读剧情4）

B.不合作（请跳转至193页阅读剧情5）

04

你点点头，随即提出了你的问题：“要怎么合作？”

“很简单。”西智微笑，“只要你把廖文谋害李文一家的情况说出来就好。”

“可是我说的话大家会相信吗？我手上甚至连证据都没有，唯一一个能称得上是证据的申林，也已经死了。”

看你不解的样子，西智笑得更加胸有成竹了：“你说的话大家当然会信，因为你是李文的儿子，安元。”

“什么？”你脑子有一瞬间的短路，你不知道西智是知道了你的身份还是怎么回事，你只好继续装傻，“我是严文良，不是什么安元啊？”

“没关系，到时候你自然就是了。”

你明白了西智的意思，她是希望你装作安元，把事实的真相告诉大家。

你来假装你自己？你突然觉得有些好笑，却又有些无力。

“说起来，你知道我为什么一开始会选择你吗？”西智笑得甜美，“我需要一个人，一个能够让陈歌和于东明的争斗有结果的人。”

“为什么？”

“我说了，我是公司的董事，跟廖文平起平坐的那种。如果廖文垮了，我希望我下边的人，或者说跟我合作的人，是我的人，而不是野心勃勃的人。而想要扳倒廖文，那对他威胁最大的便是李文一事了。而你，既在调查李文，又能让两虎争斗出结果，是最好的人选。”

“但如果我没记错，你跟廖文一样，都是激进一派的吧？你们同在H35公司，我一旦假装安元曝光了这一切，完蛋的可不只是廖文，还会有H35公司，甚至是激进一派。”

“不会的。”西智透过窗户看向远方，“果胎素已经发展起来了，没人能阻止得了果胎素的发展。”

“你好像对H35公司很自信。”

“当然。”西智笑得优雅。

为了验证西智说的，你不得不把精力转移到廖文身上去。

你不想被人当枪使，不想被人轻易利用，所以你就要更加谨慎一些。

可是要想调查廖文，这并不是一件易事，于是你打算从哪里开始调查？

A.申林家中（请跳转至193页阅读剧情6）

B.廖文家中（请跳转至195页阅读剧情7）

05

“算了。”你摇摇头，政治斗争是你最不想参与的，这里边的复杂程度远超你的想象。

对于你来说，知道一切的真相便足够了。

你想，或许以后你会成为一名彻底的反果胎素派，因为廖文。

【结局十：归于平淡】

06

如果你的推测没错，申林真的是廖文的人，那他的家里就一定会留有相关的证据。

你按照陈歌查出来的几处申林的住址，一个一个搜寻，却一无所获。

你不由得有些丧气：不知道是这个申林办事太周到，销毁了证据，还是有人已经帮他善了后。

你有些气恼，但立刻你想起了一个不会被别人轻易销毁却依然保存在你手里的证据：虚拟黑市卡。

这张卡不仅能让你知道申林跟黑市里人的关系，还能调出来申林在黑市中跟人的交易记录，运气好说不定还能找到更多线索。

你想起了这些，立刻给陈歌发了消息："申林的黑市卡还在你那里吗？"

马上，对方的消息便回复了过来："还在，不过申林去世的消息已经流出去了，这张黑市卡应该用不了了。"

"可以用，我想用它查查申林之前的记录。"

"那你中午来我办公室一趟。"

中午，你几乎刚到下班时间便往陈歌的办公室跑去。

你实在是太焦灼了，真相就在眼前，你太想立刻知道了。

见你上气不接下气地跑来，陈歌意识到问题的严重性，她指了指电脑桌道："卡在电脑上，你自己用。我只有一个要求，无论你发现了什么，我都希望你把结果告诉我。"

你不知道自己应不应该告诉陈歌这些事，但你看向她的眼睛，不由得点了点头。

陈歌这才放下心来，朝你微微一笑便离开了办公室。

申林的黑市卡虽然已经被限制了权限，无法进入黑市，但好在里边保存了许多数据，只是被加密了，需要破解。

【使用道具：申林的虚拟黑市卡片。请扫描上方的二维码，通过密令方能获取聊天数据。】

看完申林与廖文的聊天记录之后，你不禁觉得好笑。

你拔出黑卡，盯着电脑屏幕发呆，你的手无意中戳到"H35公司果胎素配方"的文件，你只看到了一个"px-3酶"便吓得慌忙关闭了页面。

你可不希望自己过来寻找证据，结果变成了盗窃公司机密。

你深吸一口气，捏紧手机。良久，你给西智发了这条消息："我想通了，我跟你合作。"

距离民选还有一周。

"我很想知道，你为什么突然改变主意要跟我合作？"西智优雅地喝着果汁，笑容甜美。

"你就那么想知道？"

"当然，一个人愿不愿意做一件事，是跟他的目的有关。就好像想要讨好老板的人就会尽可能地多在老板面前表现，想要离职的人会开始查看工作信息……那么你呢？你决定要去告诉大家廖文的所作所为是为了什么？"

A.正义（请跳转至196页阅读剧情8）

B.好奇（请跳转至197页阅读剧情9）

07

你打算潜入廖文的家里，去找找有没有能证明他犯罪的证据。

你顺着公司的资料找到了廖文的家，看着这套略显豪华的别墅，你不由得想起了自己之前的那个家。

你深吸一口气，打算潜入进去，却不想这房子的监控十分严密，根本不给你潜入的机会。

【寻求真相失败】

提示：有时候探索真相并没有那么简单。返回上级重新选择。

08

“为了正义。”

你这话一说出来，西智便笑得花枝乱颤，仿佛听到你说了个好笑的笑话：“为了正义的前提是，你能看清楚所有的真相，能够毫无偏差地判断出哪一方是正义哪一方是邪恶。且不说这个判断有多难，单说看清真相这件事，有几个人能完完整整地看到一件事的来龙去脉呢？”

西智这话说得你哑口无言，你知道她说得对，哪怕到了今天，你都不能保证自己真的找到了害死父亲的凶手。

其实若真的要追根溯源，害死父亲的不是什么申林、廖文，而是果胎素。

“好了，小弟弟，我要去工作了。”西智从椅子上站起来，朝你摆了摆手。

“那什么时候揭露廖文？”

“哦，不用了，我会另外找人的，你只负责看热闹就好。”

西智留下这么一番话便离开了，你想不明白到底为什么，她突然就选择抛弃了你。

【寻求真相失败】

提示：面对不同的人要学会说不同的话，这样才能获得他们的信任。返回上级重新选择。

09

“因为我很好奇。”你答。

“哦？你好奇什么？”

“我想知道如果我站出来说出那些真相，你真的能够取代廖文？果胎素真的能继续顺利发展？我不信，所以我想亲眼看看。”

听完你的话，西智突然忍不住笑出声来：“你也太有意思了，原来你也是那种唯恐天下不乱的人。果然，我一开始选中的人，就是注定的。”

你没接话，只是弯了弯嘴角，转而开始问正事：“相比起来，我想知道，事成之后，我能获得什么好处。”

西智睁大眼：“你可是主角，你既然是李文的儿子，又揭露了真相，你可是有机会继承李文的衣钵。当然，没机会也不要紧，我会帮你的。”西智朝你伸出手，“合作愉快。”

你握住那双手，回了句：“合作愉快。”

距离民选还有三天。

“大家好，我是李文的儿子，安元。”

随着你第一句话说出口，街上的屏幕、商场里的电视通通自动切换成了你的脸。

“不知道大家有没有听说过丽水别墅303大火事件。媒体都说这是一场意外，是因为屋主吸烟而导致的火灾。但这是假的，因为我爸爸李文从不抽烟，家里的防火设施也非常齐全。我的父亲母亲妹妹，他们是被人杀害的。”

你这话说出来的瞬间，关于“李文”这个关键词的搜索量一下子达到了最高，而你的手机也开始频繁收到信息和电话。

你知道，已经有效果了。

“我是李文的养子，我的亲生父亲跟李文是战友，他死了之后我便被李文收养了。外界很少有人知道我是李文的儿子，也正是因为这样，我逃过一劫。在火灾发生后一年半的时间里，我一直在调查着真相，想要找出父亲真正的死因，想知道到底是谁杀了父亲。”

人们的呼吸开始放轻，他们生怕错过了重要的消息。

“不知道大家对H35公司是否熟悉，这是研制果胎素的公司。而我的父亲李文，死之前就在调查果胎素。这是我父亲的私密账号……”你将父亲的账号展示出来，“他曾在里边碎片化地发表过对果胎素的看法，无一例外，是反对。大家可知道他为什么反对？这也是他被杀的主要原因，因为果胎素的副作用。”

你似乎听到了外边大家倒吸冷气的声音。

“或许我应该把H35公司发生的‘玫瑰事件’跟大家讲一讲……”你把当年的事情一五一十地说了出来。在大家还没缓过来的时候，你继续说道：“就是因为H35公司怕这些黑料被曝光，于是公司的老板，廖文，就派人把李文一家给杀害了。而动手的这个人，我想大家也听说过他的名字，臭名昭著的反对派，申林。”

紧接着你把黑市卡里的聊天记录，还有你这么久以来收集到的证据一一展示在大家面前。

……

你的直播刚结束，便听到外边铺天盖的反对廖文，反对果胎素的声音。

西智看向你，唇角上扬。“干得漂亮。”她说，“要一起共进晚餐吗？”

等你跟西智找到了一家绝对安静的饭店之后，你忍不住问道：

“我不明白，你让我这么做，对你到底有什么好处？”

“我说了，廖文是我的竞争对手，他跟我在抢夺候选人的资格，我不希望他踩着我上去。”西智耸肩，“就这么简单。”

“就这么简单？”你难以置信，“说不定这次廖文下去了，你也没戏了。”

“无所谓。”西智勾起嘴角，“我这个人呢，很记仇，有仇必报。如果能当场报，我一般是不会手软迟疑的；但有些人，却要慢慢等，慢慢报复。”

你想起之前温雨涵告诉你的情报，说西智这个人非常记仇，虽然外表看起来可爱亲和，实际上却阴毒得可怕。

但是，这些都不重要了，你只知道你把真相说了出来，不管你是真的安元，还是假的安元，你都说出了真相，为父亲、母亲和妹妹揪出了凶手。

你突然感到一阵轻松，自从回到若曼市之后，你就开始失眠，只要你闭上眼，便会看见大火中妹妹的样子，会听到母亲在大火中尖叫的声音。

你知道这多半是你的臆想，但你却开始失眠，开始难过。你想，至少今天，你可以好好地睡一觉了。

（继续阅读第十章）

第十章 真相

廖文下台了。

你的话引起了轩然大波，不少人都盯上了廖文，甚至还有人开始落井下石，最终廖文因多项罪名锒铛入狱。

西智似乎知道廖文会垂死挣扎一下，早在他入狱前便买通了他的律师。听说西智似乎还拿出了更加重量级的证据，以至于廖文连最后的翻身机会都没了。

这个女人真可怕。

听到这些消息的人如此评价西智，你却不知为何对这个女人心生敬佩起来。或许是因为你也是个狠毒的人吧?

你打开手机，发现你收到了四个人的邀请：西智、欣然、温雨涵还有陈歌。她们似乎都对你之前在公众面前说的那番话感兴趣。至于西智，你想她可能是因为想要跟你庆祝一下吧。

你打算赴谁的约?

A.西智（请跳转至202页阅读剧情1）

B.欣然（请跳转至203页阅读剧情2）

C.陈歌（请跳转至208页阅读剧情5）

D.温雨涵（请跳转至213页阅读剧情6）

01

（西智好感度＋1）

不知为何，你看着消息界面，首先想要见到的人居然是西智。

你想跟她聊聊，你总觉得有太多未解的谜团，或许跟她见面才是最好的选择。

下午两点，你准时踏进了四季咖啡馆。

“这次你没迟到，值得表扬。”西智扭过头，似笑非笑地看着你。

“找我来什么事？”你问。

“当然是跟你讨论一下关于未来的事情。”西智笑得充满诱惑。

“未来？”

“是的，很快你就会成为保守一派的……嗯……算是舆论认为的非官方代表吧。我希望那个时候，我们还能继续合作。”

“合作？”

“是啊，我很中意你，以后还想跟你继续聊聊天。”

“我看你的目的不只是聊天吧？”

“谁知道呢？未来的事情，谁都说不准。”西智端起咖啡杯，轻轻撞了下你的杯子，“cheers。”

【结局十六：身为傀儡之人】

（注：西智好感度达到2可解锁西智番外）

02

不知为何此刻出现在你脑海里的是欣然的笑脸，这个像妹妹一样的人，从你回到若曼市开始便给了你无数温暖的人。

如果要见，你想第一个见到她。

回到酒店，欣然已经在门口等你了，见到你回来，她立刻迎了上去："小严，你说你是李文的儿子，这是真的吗？"

你看着欣然的眼睛，意识到一切都结束了，你已经没有必要再瞒着她了，于是点点头道："是真的。"

"对不起……"欣然低下头，"我都不知道张叔叔做了那么过分的事情。"

你苦笑着揉了揉她的头："张叔叔也是为了你，不怪他。"

欣然抬起眼，看着你，半晌她忍不住冲过来抱住你，声音哽咽："你受了那么多委屈，知道自己父亲的事情却不能说，还要装作不知道……对不起，我要是聪明一点早点察觉到就好了，这样我说不定还可以帮帮你……"

"没关系，你不是已经给我送了很多饭了吗？你可是我那个时候的精神支柱。"你拍着欣然的背安慰道。

"是吗……"欣然的语气里有些害羞，但更多的是欣喜，"我……很开心能听到你说这些。"

欣然松开抱你的手，擦了擦眼泪，拿起放在你门口的盒饭，笑得开心："我今天又给你做了好多好吃的！"

"那我可要好好尝尝了。"你期待地接过饭盒，但就在你接过饭盒的一瞬间，欣然突然脸色一变，手紧紧捂着胸口，慢慢蹲了下去。

"欣然，怎么了？"你有些焦急地问。

"没……"欣然的话还没说完，你便看到她的皮肤从指尖开始，迅速地变化，她的身体像是突然被吸干了水分一样，干瘪而苍老。

你看见她的表情逐渐失控，她努力克制着自己不喊出声，但你从她的表情可以看出来，她现在非常痛苦。

“药剂呢？之前我给你的药剂呢？”

欣然抓住你，努力挤出一个微笑：“已经用完了，对不起小严，我想过来见你最后一面，我没想到会在你面前……”

“你别说话了，我会救你的。”你抱起欣然便往外边冲，此刻能救欣然的只有李一鸣了，他那里应该还有抑制药剂。

李一鸣，李一鸣……

你在手机上寻找着他的信息，却发现你压根没有保存他的号码，但好在你还记得那个实验室的位置，你只能一边往实验室的方向赶，一边联系着陈歌，希望能通过她联系到李一鸣。

但可惜，拨打了无数次，那边永远是暂时无人接听。

“李一鸣！李一鸣！”终于到了实验室，你立刻抱着欣然飞奔下车，闯进实验室喊着李一鸣的名字，然而你却看见他们四个人围在一起眉头紧皱，像是在思索着什么大事。

“还有抑制剂吗，快，快救救她！”你抬高音量，希望这群人能注意到自己。

姚旻转过头，看见你怀里的欣然吓了一跳：“这个，就是你说的那个孩子？”

李一鸣则站在原地，眼神冰冷地看着你：“px-3酶并不是那么容易就可以获得的，而且，你要知道H35公司是给我们的实验投入资金的公司，你这么一胡闹，我的项目要被迫中断了。”

周国成摇了摇头，表现出并不愿意看到你的样子。

陈其远则叹了口气道：“你不该那么冲动。”

你突然有些恼火：“难道对你们来说，人命还没有实验重要吗？”

“那你知道为了这个实验死了多少人吗？！”周国成忍不住对

你怒骂。

“这样吧。”看到这样僵持的局面，李一鸣开口道，“我们的实验项目其实已经完成一大半了，但是现在出现了一个奇怪的东西，我们在弄清楚之前，没办法确定到底是继续还是改换方向。”李一鸣指向密闭的玻璃仓，那里边是一个仿若黑洞的东西，那黑暗的色泽，仿佛多看一眼就会把你吸入进去。

“所以……”

“所以，我希望你能进去，作为补偿，我会救这姑娘，给她px-3酶。”不知是不是看出了你的犹豫，李一鸣再次补充道，“如果你不愿意就算了，我们也可以找其他人，囚犯、志愿者……只是这些流程太过烦琐，会耽误很多时间，正好在这个时候你来了，不如我们直接做交易如何？”

你咽了口唾沫，这个交易，你要不要做?

A.做（请跳转至205页阅读剧情3）
B.不做（请跳转至207页阅读剧情4）

03

你看了眼欣然，你怀里的那个人已经称不上小女孩了，她像是个风烛残年的老太太，但即便这样，你也无法眼睁睁地看着她死去。

你深吸一口气，道：“如果我出不来了，我希望你们能照顾好她。”

“当然。”李一鸣向你保证。

“那好，我愿意。”你如此说道。

很快，李一鸣便给你穿好了需要的衣服和装置：“这是能实时记录情况和跟我们通话的装备，我们怀疑这个是时空裂缝，但具体并不清楚，所以我只能把它按照一般的暗物质来处理。希望你随时跟我们保持联系。”

“嗯，我会的。”你点头，然后踏入了那个状如黑洞的物体之中。

在进入之前，你恍惚中听到了一个声音，她喊你：“哥哥。”

哥哥，你已经很久没有听到这样的称呼了。

你走了进去，你的机器开始失控。

你和他们失去了联系……

你昏迷了过去……

你想，或许一切就到此为止了。

【结局十一：消失】

（是否拥有密钥？拥有请前往官方公众号，输入“密钥”开启最终结局。）

04

你摇摇头，拒绝了李一鸣的要求。

你不愿意，你不能，你还有其他的事情要做。

你抱起欣然，缓缓往外边走。

你会怪我吗?

我真的贪生怕死。

对不起……

你在心里胡乱想着，直到你怀里的欣然终于睁开了眼。

“没关系，其实我早就知道我会是这样的结局了。”欣然努力抬起她那干枯的手臂，擦了擦你脸上不知何时流出的泪，“如果有下辈子，我希望我能健健康康地认识你。”

“我……”你声音开始哽咽，那句“我也希望”怎么也说不出口。

“再见了……哥哥。”欣然扬起脸，努力挤出一个她觉得算灿烂的微笑。

你的心脏被猛地一击，在你出国前，妹妹也对你说了这话，她说：“再见了，哥哥，要好好的。”

可是妹妹没有好好的，现在说这话的欣然也没有好好的。

欣然的手臂垂了下来，像是被折了根的花，弯下了它的腰。

【结局十二：遗憾】

05

仔细想来，陈歌大概是你在这段经历里遇见的最让你怀念的人。

从开始的亦敌亦友，到后来的并肩作战，逐渐获得彼此的信任，这种感觉真的很好。

如果真的让你选，你想你会选择先去见她，去跟她好好聊一聊这些事的来龙去脉。

这次你们定的地方依然是她的办公室。

中午午休时间，你准时出现在她的办公室，不出所料她早在这里等着了。

“你是李文的儿子？”不给你寒暄的时间，陈歌直接问出了口。

你想事到如今已经没什么好隐瞒的了，虽然这是西智为了扳倒廖文而给你编造的假身份，但也多亏了她，你可以正大光明地变回真正的自己了。

“是。”你点头。

“怪不得。”陈歌自嘲地一笑，“从你开始问我李文事情的时候我就有怀疑过，可惜我让白星明调查，他总不愿意接我的委托，想来估计那个时候白星明也被你收买了。”

“不是收买，只是单纯的朋友关系。”

“我想也是，虽然我很好奇你们是怎么成为朋友的。”陈歌笑了笑，“不过无所谓，我只要知道你不像于东明那样想要伤害我就够了。撇开我们各自的立场，我还是很欣赏你的。”

你微笑：“我也是。”

“不过我找你来可不是为了说这些的。”

“那是为了什么？”

“我想，因为你的发言，或许果胎素以后不会再畅销了，所以我打算干脆把果胎素的配方删掉，让它永远成为一个秘密，以后也不会有人能再创造出这个东西。但是，不知道为什么，我总觉得，这件事让你来做，是最好不过的了。”

“你喊我来，就是为了删除一份你电脑里的文件？”你笑着，虽然嘴上这么说，但你知道陈歌的意思，她把你父亲的事情归结到果胎素上，她认为这一切都是果胎素造成的，她希望由你来亲手终结掉它。

你走到电脑旁，看见那份机密文件，调侃了句：“这么值钱的东西，我觉得临删之前我需要多看两眼。”

“可以啊。”陈歌笑着开口。

你点开文件，却在目光扫向内容的一瞬间呆住了：因为这里边的内容，跟你在黑市里咕噜笔记本中看到的配方表一模一样。

怎么回事？

你觉得这里边一定有什么蹊跷，但你却有点想不通，脑子像是被什么糊住了。

“怎么了？”见你坐在椅子上发愣，陈歌不由得走上前去。

“虚拟黑市是从什么时候开始售卖可服用果胎素的？”你问。

“具体时间我不知道，但我知道这个消息，大概是在十年前，或许更早。那个时候我爸已经是陈董了。”

“可服用果胎素是赝品，所以黑市的人一直希望拿到真正的果胎素配方对吧？”

“嗯，是。”

“而申林就是负责拿果胎素配方的人。申林为什么要这么做？为了于东明？可是我问过于东明，他对配方根本不感兴趣，他只希望公司能发展得更大，他能借着公司捞更多的钱。那，到底是谁在要果胎素配方呢？是廖文吗？”

“不可能，廖文是购买人，他已经知道果胎素配方了。”陈歌纠正你道。

“那为什么黑市里的果胎素配方，跟这份表上的配方一模一样？而且还都有px-3酶？”

“什么？！”你这话一出，陈歌也立刻意识到不对。

“明明拿到了真正的果胎素配方，却依然在做着寻找果胎素配方的事情，为什么？”

“是想掩盖什么？”

“是想掩盖什么呢？”你皱起了眉头，过往的一切像是潮水般向你涌来，什么人，需要用这些事情来掩盖自己呢？

如果成功营造了“黑市的人不知道果胎素配方”的假象，那首先排除怀疑的会是谁呢？

李一鸣。

没错，黑市的人如此大张旗鼓地去寻找果胎素配方，这让大家首先排除的就是技术部的人。

而技术部的人，知道px-3酶的，也只有李一鸣。

“我觉得我需要见见李一鸣。”你看向陈歌。

陈歌点点头：“我觉得我也需要见见他了。”

“李老师，我想问您些事。”陈歌坐在李一鸣的面前，即便她心里已经猜到了七七八八，却依然对他表现出尊敬。

“什么事？”李一鸣看了眼坐在旁边的你，调侃了句，“他是你的跟班吗？”

“不，他是很重要的证人。”陈歌目光炯炯地看向李一鸣，“黑市里那个被叫作老爷子的人，给咕噜源源不断提供果胎素资源的人，是不是您？”

“是这小子跟你说的？”李一鸣瞥了眼你。

“不需要我说，这种事情，只要稍微一想就想明白了。说起来，我要是没猜错，李一鸣，你是廖文的人吧？”你不喜欢陈歌那种礼貌问话的方式，直接对面前这个人直呼其名。

李一鸣不屑地看了眼你：“猜得没错，继续。”

“黑市的老爷子是你，在黑市贩卖可服用果胎素的是你……”

“你不会还想说杀害你父亲的也是我吧？”李一鸣笑着摆摆手，“你以为你把廖文搞下去了，还能搞我吗？但可惜，我没有任何政治立场，我不参与任何斗争。”

“那为什么？”陈歌不解，“您是我最敬佩的人，为什么……”

“我不懂，难不成我为实验室挣了钱，就让你不敬佩我了？”李一鸣看向陈歌，“最初想出用果胎素挣钱的人是我，跟廖文谈合作的人也是我。如果你以为只凭果胎素的延缓衰老能力就能拿到那么大一笔钱，甚至还让你爸变成了陈董，那你就大错特错了。这些，不是果胎素的功劳，是我的功劳。因为我跟廖文说，我可以让他利用果胎素大挣一笔，除此之外，还能让他带着激进一派赢得十几年后的票选。”

你跟陈歌面面相觑，不明白李一鸣在说什么。

“果胎素有成瘾性，这就是我能下如此保证的原因。只要把果胎素推广开来，那么之后，大家对果胎素的依赖性，会使得他们不得不支持廖文。但结果你们也看到了，前期闹出了玫瑰事件那么大的娄子，还好我发现了px-3酶，及时补住了这个大洞。为了让廖文源源不断地给实验室资金支持，我告诉他，我可以为他做事。但这个老狐狸，怕我跑，于是把你爸陈其远拉了进来。”

“所以我爸表面上看起来是个董事，其实是个人质？！”

“不然呢？”李一鸣不屑地一笑，“不然你以为为什么于东明敢那么对你，还有你爸？幸亏我早就意识到廖文不可靠，于是我拓展了第二个业务，黑市果胎素。要不是申林瞎掺和进来，就没人知道黑市果胎素的配方是什么。说起来都怪于东明，他总喜欢自作主张。不过我想，让申林这么闹腾也好，这样就没人知道是我在黑市卖果胎素了，包括廖文。”

“你就不怕廖文让人去买你的东西？然后通过化验知道里边的成分，像我们一样，意识到配方一致，于是立刻怀疑到你吗？”你问。

“呵，成分哪里那么容易化验出来。”李一鸣笑得得意，“我敢把东西卖给申林，就是因为我确定廖文查不到我头上。”

“我懂了，在你跟廖文达成协议之后，廖文委托于东明大力销售果胎素，越多人使用，那就意味着会有越多的人离不开果胎素。你这样做，不怕被曝光被谴责吗？”你立刻把思路理顺了，怪不得西智面对你站出来指责果胎素一事如此冷静，大概是因为她早就知道果胎素具有成瘾性。

“是。”李一鸣点头，“成瘾并没什么可怕的，止咳水也有成瘾性，不是依然有很多人使用吗？”

李一鸣这话让你突然不知道说些什么。

“黑市不仅是我挣钱的另一个渠道，更是我实验的好渠道，比如江澄死亡的事情。申林这个人真的是丧尽天良，为了钱，居然真的能把他女朋友当作试验品，还能来给我详细汇报变化情况，不过也多亏了他，我又一次改良了果胎素，这次就算变成可服用的，也不会造成死亡事件了。”

你看向陈歌，突然不知道说什么好。你现在明白了，很多事情，并不是非黑即白那么简单，有的人有些事，不过是斗争的牺牲品。

你的父亲是，廖文也是。

可是谁是胜利者呢？你不知道，也弄不明白。

“说起来，告诉你们个好消息，时间回溯项目进行到尾声了，虽然我确实因为你严……哦，安元，站出来发言，造成我们实验室资金锐减而恨过你，不过好在实验顺利。等彻底完成了，我依然会邀请你来实验室参观。当然，如果你有机会使用的话，我想，你应该还来得及阻止你父亲的死亡。不过那个时候世界会变成什么样就不知道了。”李一鸣端起水杯，笑得意味深长。

【结局十三：一切真相】

06

她是你一直以来最为信任、也是最相信你的人。如果没有遇到她，你不知道你该怎么在这充满危机的地方生存。

“安元，你为什么要把自己的真实身份告诉所有人呢？”没等你走到温雨涵的侦探事务所，她便焦急地迎了出来。

“因为，只有完全说实话，大家才会相信我。”

“唉……”温雨涵叹了口气，但马上她便重新抖擞了精神，“既然这样也没办法了，那安元你之后是想要留在若曼市，还是想离开这里？”

A.离开（请跳转至214页阅读剧情7）

B.留下（请跳转至215页阅读剧情8）

07

“我想留下来。”你答，“我想把父亲没做完的事情做完。”

“没做完的事情？”

“是的，像他那样帮助更多的人。”

“可是……”温雨涵略带担忧地看向你，“可是你留在这里会很危险，你拽下了廖文，很多因此受牵连的人都会把你视为眼中钉。”

“我不怕。”你微笑，“我想当初的父亲也是这样吧，其实从他第一次告诫我别回来开始，我想他就已经预感到了自己的危险，但是他依然选择斗争。我也想像他这样。”

见你如此坚定，温雨涵也不再说什么，她叹了口气道：“既然这样，那我也留在这里，我也想帮你成为这样的人，还有……我想保护好你。”

你还没说话，白星明便从屋子里端着茶杯提着小椅子出来，看样子似乎准备晒会儿太阳，看见你们两个，他立刻摆出恶心的表情：“算了算了，我还是进屋晒太阳吧，我怕在屋外晒虐我心。”

温雨涵白了他一眼：“我跟安元在说事呢，你在胡说八道什么？”

“我不知道，我没听见，我只知道谁想保护谁来着。”

……

你看着斗嘴的两人，不由得扬起了嘴角。

未来会怎样呢？你不知道。你唯一知道的是，自己已经变成了像父亲一样的人。

【结局十四：抗争者】

08

“我想……离开。”你答。

“确实，现在这种情况，不管怎么看，若曼市都不适合再待下去了。”温雨涵点点头，而后扬起脑袋看向你，“你有决定去哪吗？”

“还没有。”

“那既然这样，你愿意带上我吗？”温雨涵看着你，满脸期待地问。

不知道未来会怎么样，但你知道，至少现在的你，是快乐的。

【结局十五：圆满退场】

图书在版编目（CIP）数据

人间观察实验 / 苏小晗 著 .

—武汉：长江出版社，2020.8

ISBN 978-7-5492-7106-1

Ⅰ. ①人… Ⅱ. ①苏… Ⅲ. ①幻想小说 – 中国 – 当代

Ⅳ. ① I247.5

中国版本图书馆 CIP 数据核字（2019）第 138831 号

人间观察实验 / 苏小晗 著

出　　版　长江出版社
（武汉市解放大道1863号　邮政编码：430010）

选题策划　漫娱　陈 然

市场发行　长江出版社发行部

网　　址　http://www.cjpress.com.cn

责任编辑　江　南

特约编辑　许斐然

总 编 辑　熊　嵩

执行总编　罗晓琴

装帧设计　朱　可

印　　刷　武汉新鸿业印务有限公司

版　　次　2020年8月第1版

印　　次　2020年9月第1次印刷

开　　本　880mm × 1230mm　1 / 32

印　　张　12.75

字　　数　350千字

书　　号　ISBN 978-7-5492-7106-1

定　　价　58.00元

电话：027-82926557(总编室)　027-82926806（市场营销部）

EXTRA CHAPTER

陈歌番外

C H E N G E

[01]

我曾做过一个很长很长的梦，梦里我跟一个长相清秀的男生是很好的朋友，我们一起经历了许多事情，一起玩耍、吃棒冰、他在医务室满脸担忧地看着我……

醒过来的一瞬间，梦里的一切我都记不清了，唯独记得他最后跟我说的那句："我叫严文良。"

严文良？

世界上真的会有人叫这个名字吗？

我试着在网上搜了一下，呵，一无所获，不是比我小十岁的小屁孩，就是比我爸年纪还大的老爷爷。

果然梦就是梦啊。

[02]

我想，有时候改变人一生的，或许就是某些突如其来的事件吧？

就好像我从来没想过有一天我能成为某个董事的女儿，我不知道怎么形容这种感觉，或许是不安吧。

丑小鸭一直以为自己是个丑小鸭，当它被白天鹅接走时，感到的只有惶恐和不安。

我已经不是小孩子了，这里边的利益纠纷我多少还是弄得清楚的，我希望爸爸好，至少希望爸爸能够专心自己的项目。

自从妈妈去世之后，他一直都在研究这个时间回溯。以前他是希望证明自己，现在他是希望能够回去再见妈妈一眼，跟她说一些当初他没来得及说出的话。

时间回溯项目成了他全部的希望，也成了他的光。

我希望他能完成自己的项目，我也喜欢看他追梦时熠熠生辉的样子。我想那个时候他才算是在真正地活着吧。

公司的事情我并不想父亲过多掺和，很多事情一旦掺进了权力与金钱，人心就会变得污浊不堪，有时一句无心的话都能成为他人陷害你的把柄。

这种痛苦我来承受就好了，毕竟，我也想再见妈妈一面。

我想，那段时间里，父亲的研究应该就是我生命里唯一的光了。但我没想到，很快我就遇见了我的第二道光。

第一次见到严文良是在办公室里，那个时候我知道这次去见客户可能会凶多吉少，我需要找一些看起来可靠的人跟我一起。但不知为何，我还是一眼看到了那个新来的男人。

因为他……很面熟，不，也不能说面熟，就是有一种似曾相识的感觉。我过去跟部门的娇姐聊天，有意无意问起了这个新人。

我问：“今天部门来了个新人？怎么样？”

“看起来挺精神的，学历也不错。”娇姐回答。

“他叫什么？”我又问。

“好像叫……严文良。”

严文良？这个名字，有点耳熟啊。

我看向那小子，一副探头探脑的样子，于是我指着他喊：“喂，你，过来。”

等等，我这话刚一出口就后悔了，我不是打算喊个壮汉陪我去见客户的吗？怎么就喊了这个新人呢？

算了，自己喊的人，带走就带走吧，应该不至于有生命危险吧？

03

真的有危险。

原本我想谈生意的人大多有头有脸，就算想要害人，也不会太明目张胆，但这个肖先生完全出乎我的意料。

好后悔，我应该喊个能打的人过来才对。

……

等我再睁开眼，我看到的是从门外射进来的阳光，还有站在我面前一脸担忧的严文良。

这个场景好熟悉。

我突然想起了那场梦，梦里那个叫严文良的男生也是这样一脸担忧地站在我面前，等着我从医务室的床上醒来。

我突然想起小时候听的童话故事，故事里说公主到了年龄就会走出城堡，满世界地走，去寻找她命运中的王子。

那一刻，不知为何，我脑子里全是这个童话故事。可是……我明明早过了相信童话的年纪。

我承认我有一瞬间的失神，但仅仅只有一瞬间，因为下一秒我便强迫自己的大脑运转起来，思考着这个肖先生在整个事件里所扮演的角色。

后来我委托白星明办事时，捧着自己的脸，笑得像是个怀春的少女，问他："你觉得严文良怎么样？"

白星明喝了一口果汁，笑得痞气："你们不可能成为朋友。"

"什么意思？"我第一次意识到自己听不懂白星明的话，"是说会陌路，还是说会比朋友更近一步？"

白星明只是笑，没有回答。

我虽然很欣赏白星明的聪明才智和办事能力，但却没办法跟他成为平等的朋友关系，因为他总让我觉得他会轻易看穿我，我的想法、我的未来、我的选择……但我却看不透他。

这样不对等，太不对等了，我不喜欢。

【04】

发生了好多事，多到我分不清到底什么是真什么是假，多到我分不清什么人该相信，什么人不该信。

直到严文良站出来告诉大家，他叫安元，一直在调查自己父亲的死因。

我突然明白了，他那些解释不通的行为，一下子就变得顺理成章了起来。

我也突然明白白星明说的“你们不可能成为朋友”是什么意思了。

没关系，如果严文良不介意，我也不会介意的。我们两个人，并不是有什么深仇大恨，朋友还是可以做的。

我这样的想法，却在李老师把一切真相告诉我们的那一刻，破灭了。

他说：“如果我不这么做，实验室怎么可能有钱，怎么可能继续项目？”

他说这话的时候我看向严文良，或许应该叫安元。他的表情带着一丝愤怒，但我却愤怒不起来，因为我是那么期盼时间回溯项目的完成。我想看见父亲眼里的光，我想重新见到母亲，我想……

我垂下了眼睛，我想白星明说对了，我和安元，是无法成为朋友的。

西智番外

EXTRA CHAPTER

X I Z H I

01

“听说老张的事儿了吗？”

“老张？是前两天瘸着腿回来的那个老张？”

“对对对，就是他。”

……

我蹲在地上，前半身伏在椅子上，一笔一画写着作业，听到阿妈跟隔壁的邻居聊起了天，不由得停下笔，竖起耳朵，也想听一听他们在聊什么。

“东张西望什么呢？”阿妈轻拍了下我的头，“快写你的作业！学学你小景哥哥，医大第一名！”

“哦。”我闷声闷气地应道，低下头摆出思索的样子，耳朵却依然竖着。

“你继续说，那个老张怎么了？”邻居问。

“他啊，之前在H35公司打工的，你知道吧？最近啊，这个H35公司不知道在搞什么新项目，老张就负责新项目的流水工作，结果……那个东西有副作用！”

“副作用？”

“对，老张的腿就是被那玩意儿搞残的。”

“到底是什么东西有这么厉害的副作用？”邻居睁大眼睛，一副难以置信的样子。

“就这两天在我们这儿附近挂的那个大海报，说什么果胎素的，就是那个。”

“我的天，那玩意儿有毒还敢往外边卖啊？”

“可不是，资本家真是不要脸……”

我晃晃脑袋，果然阿妈又在聊一些我完全听不懂的八卦了。我拿起笔，打算继续写题，这时却过来了个清秀的男人。

“这是女装店，不接待男士。”

阿妈顾不上八卦，走上前试图把那个男人赶出去。

“大姐大姐，我妈最近打算让我去H35公司打工，刚路过门口听见你们聊天，我就想来问问。”男人一边说一边偷偷给阿妈塞了一沓钱，“您能不能给我说一下具体情况，我可不想年纪轻轻就残废了。”

“具体情况我也不太清楚，但那天因为我家饭做多了，我就去给老张送了点吃的，结果他一边吃一边流眼泪，哭着给我说H35公司不是人，搞得他变成了这样，只赔了他一点钱……唉……也是个苦命人。”阿妈一边说一边把男人的钱推了回去，“我只能说你要是想过去打工，最好多考察考察再决定。”

“嗯，谢谢大姐。”男人点头，微笑着离开了店。

不知为何，在男人走出店门的一瞬间，我笔上的挂饰突然断掉了。

[02]

那天之后不知过了多久，一条新闻突然引爆网络：

《暗访！H35公司与果胎素的秘密》

果胎素？

我想起那天阿妈和邻居的聊天，忍不住点了进去。果然，这是一篇揭露果胎素不良副作用的报道，里边阿妈的脸还被打码贴了出来。

这是什么时候拍的？

我举着电子报纸颠来倒去地看，看了好久才明白：哦，这是偷拍。

在这上面刊登偷拍的照片，可以吗？我看着报纸，有些疑惑。

“西智，吃饭了！”

阿妈在门外喊我，我应了一声，拿起电子报纸打算把这篇新闻拿给她看，却不想，报纸还没拿到跟前，那篇文章便消失了。

被删除了。

从惊爆网络到被删除，前后似乎不到一个小时。

我想了想，放下手里的电子报，乖乖走出卧室准备去盛饭。

“有人吗？开门！开门！”

大门被人用力敲打着，我刚走出卧室便被这敲门声吓住了。

“谁啊，这么用劲？门砸坏了你赔啊！”阿妈扯着嗓子一边骂一边开门。

“还钱！快点！”几个看起来异常魁梧的男人顺着门缝硬生生挤了进来。

“什么钱啊？还什么钱？”阿妈整张脸都皱到了一起，用力关门，想要把他们赶出去。

“还钱！你们欠我们钱！快还钱！”那伙人用力将门推开，阿妈被他们推得连退几步。

“你们要干什么！”

……

我站在原地睁大眼睛看着这一幕，第一次感到了一种无力的恐惧。阿妈不骂了，只是站在我面前，为我挡住这群凶神恶煞的人。

像一座山，高大又让人心安。

这场闹剧最终以他们搬空了我家的客厅而结束。

阿妈看着空荡荡的客厅，开口：“你爸好像在外边得罪了人。”

[03]

事情的起因很简单，阿爸在进货的时候跟一辆车发生了碰撞，因为处于非监控区域，谁也说不清是谁撞的谁。但跟我阿爸比起来，另一辆车因为碰撞而有了伤员。

阿爸老实巴交，想私了，便给了对方一笔医疗费，让对方去医院检查治疗。可谁知那个伤员突然死在了医院。

于是这件事便说不清楚了。

病人家属不知从哪里弄到了我家的地址，不断地上门来要钱，不给便会搬走家里的东西，撕毁店里的衣服。

阿爸跪在阿妈面前，痛哭流涕，他说："对不起，我连累了你们，我们离婚吧，债务我来偿还，我不想连累你们。"

阿妈摇了摇头，她的眼神温柔："我们是一家人，不是吗？"

再后来，我就辍学了。因为这群无赖，我没办法正常学习，店也经营不下去了，别说学费了，就连生活费阿妈都拿不出来了。

不过好在当时有一家广告公司看中了我，告诉我如果感兴趣，可以来找他们。

我看着那张电子名片，听着那人嘴里报出的广告价格，我心动了。

我需要钱，阿爸阿妈需要钱，我可能是他们唯一的希望了。

我决定退学那天，阿妈看着我，她问："你确定自己不会后悔？"

我摇头："不会。"

阿妈就这么盯着我，像是从未见过我一般，看了很久，她猛地一把抱住我："对不起，西智，是阿妈无能……"

我拍了拍阿妈的后背，微笑着说："我从来没有怪过你们。"与此同时，我告诉自己，我要变成独当一面的大人了。

[04]

拍广告并不轻松，被欺负、被挑剔都是再正常不过的事情。不过还好，每次想到我多拍一条广告，就能让阿爸阿妈轻松一点，我就觉得这些都不算什么了。

我不太记得自己拍了多久的广告，可能五年也可能八年，我只知道我终于慢慢混出了名气，还参与了电视剧的拍摄，虽然只是个女配角，但这已经足够了。

入了这行大概有十年吧，我终于帮家里摆脱了这群人的纠缠，赔完了该赔的医疗费，家里终于再一次回归平静。

一切都结束了。

我看着晴朗的天空，突然感觉到前所未有的轻松。

“西智，你的十年约马上就到期了，你要不要续约呢？”大老板廖文给我发来了信息。

我虽然没怎么见过廖文，但听经纪人说他好像蛮中意我的。我这十年能一步步走到现在，多多少少有他的提拔。

“我考虑一下吧，我想先回家一段时间跟我父母好好聚聚。”我回复。

“好。”

我想这大概是我这么久以来，第一次能发自肺腑地笑出来。

只是上天总是喜欢给人们开玩笑。

在我打算回家的前一天，我阿爸阿妈死了，死于食物中毒。

食物中毒?

我看着永远闭上眼的阿妈，她还跟以前一样，有着温柔的眉眼。我伸出手，想要触碰她的脸，却又怕那个触感是僵硬而冰凉的。

我收回手，像是受到感召般，我拿起手机拨通了一个号码："小景，我需要你帮我个忙。"

小景是我的邻居，我虽然跟他有年龄差距，但好在他一直不嫌弃我，总会带着我四处玩。后来他从医大毕业，回来成了当地有名的法医。

"西智，你父母的情况我还没查清，但是应该不是食物中毒，他们的情况跟前几年去世的老张很相似。"

小景发来这么一条消息，我捏紧手机，看着这些字，过往的一切突然浮现在我的眼前。

我觉得，我需要调查下某些情况了。

05

我以父母过世为由在家乡待了半年，在这半年里我委托人调查老张的事情，还有当年闯进阿妈服装店谎称要去H35打工的男人……

最终真相一点点浮出了水面：谎称打工的男人是名记者，他了解到果胎素副作用一事之后开始着手调查报道。当初那篇被秒删的报道便是他发在网上的，他原本握有大量关于果胎素的信息，但报道被删之后没多久，他便突然“意外死亡”了。

而那些要求我阿爸索赔的人，其实并不是什么家属，而是H35公司故意派来的。他们对当初报道中的人物都进行了打击报复。

了解到这里对我来说便足够了，果胎素是什么、副作用是什么我都不感兴趣，我感兴趣的是，H35公司里差使人做这些事的人到底是谁？

最终我查到了一个熟悉的名字：廖文。

所以，把我家搞垮的是他，给我希望的也是他，这个人，是把自己当成玩弄世人的神了吗？

既然玩弄别人这么快乐，我也想让他感受一下被玩弄的感觉。

我拿起手机，拨出那个被我小心翼翼存在通讯录的电话：“喂，是廖老板吗？我恢复好了，我也想好了，我打算跟您继续签约，时间是……十年。”

十年，十年之内，我一定把你踩在脚下。

[06]

不知何时，人们对我的评价变了，他们都说西智是一个蛇蝎心肠的女人，被她视为仇敌的人，永远没有好下场。

是的，这不是公司给我树的新人设，是我意识到我本该如此：诽谤我的人隔天我就能让他身败名裂，阻碍我的人我让他永远停滞在原地。而我，转头便能对着镜头露出甜美的微笑。

……

快十年了，我一点点地收购H35公司的股份，冷眼看着廖文借用于东明的手一点点地实现自己的政治目的。

我忍不住笑了起来，马上，你所想要的这一切都是我的了，而你也马上就会身败名裂。只是……似乎还少了一枚棋子。

我撑着下巴，翻看着手中的文件，在一个人名那里停住了：严文良。

严文良是一枚棋子，用完就丢弃最好。

我这样想着，约他出来喝茶，却发现这个人意外的可爱。或许……如果他足够听话，不丢弃摆在那里也是可以的。

“咔嚓！”

我这样想着，却发现旁边似乎有人正在偷偷摸摸拍着什么，我扭过头，眯起眼看着那个角落里的男人，心里想着要怎么处置他，却没想到那个叫严文良的男人却突然站了起来，走到男人面前，把我挡在身后。

我看着他的背影，不知为何，心突然一颤，我想起了阿妈。小时候，阿妈就是这样把我挡在她的身后，避免让我看见那些闯入家中的可怕男人。

严文良……

我在嘴里反复咀嚼着这个名字，我想，如果可以，我想把这枚棋子珍藏起来。当然，前提是，他不会让我失望，以及永远不会伤害我。

廖文被我弄下台了，我看着他可怜虫的模样，想起阿爸跪在阿妈面前说让她跟自己离婚的样子。就是这个人，让我的阿爸那么卑微，就是这个人，让我的家毁掉了。

我看着此刻如老鼠的廖文，笑问：“你想体验一下食物中毒的感觉吗？”

……

果胎素会继续推行的，它的副作用会延续很久，但没关系，罪魁祸首廖文被惩罚了，H35公司也马上就要结束了。

至于我，我会让我的新公司开始出售抑制果胎素副作用的产品，我想这一定会大卖的。

温雨涵番外

EXTRA CHAPTER

W E N Y U H A N

[01]

“听说了吗？那个女生啊，父母离婚了。”

“咦，是吗？真可怜啊。”

“可怜什么啊，你知道他父母为什么离婚吗？”

“为什么？”

“因为她爸偷女人……”

“咦……好恶心……”

“听说她好像还被传染了病。”

“啊？”

“你想啊，整天跟有病的人待在一起，怎么可能会没有病。”

“那我们会不会被传染？”

……

温雨涵看了眼说八卦的女生，有些无力，这大概就是所谓的谣言吧，常常在本人都不知道的情况下传出去，越传越离谱，而听众却能信以为真。

“你们刚刚是在说我吗？”温雨涵微笑着走过去拍了拍两个女生的肩膀，而后紧接着膝盖一抬，用力踢向说话者的腿，下一秒，就听“扑通”一声，刚刚还兴致勃勃讲八卦的女生瞬间跪倒在了地上。

“你在干什么？！”旁边的女生惊叫出声。

“没什么，教教你们话要怎么说。”温雨涵依然笑着，但表情却让两个女生打了个寒战。

似乎就是从这一刻开始，温雨涵被孤立了。

温雨涵看着班上的同学，又一次想起了妈妈的话：“你要坚强。”

坚强，忍受孤独忍受冷漠是不是也算一种坚强？

这种状态持续了整整一年，直到高二，班里来了个转学生。

“你好，我叫安元。”

温雨涵看着长相清秀的男生，不由得在心里暗自发笑：这人真有意思，明明在讲台上自我介绍过了，找到位置坐下来还非要跟前后左右都打声招呼，不嫌麻烦吗？

温雨涵似笑非笑，还没点头表示知道了，就看见他同桌悄悄拽了拽他的袖口，低声说：“这个人脾气很怪，要是不小心得罪她，她可是会打人的。还有……她好像有传染病……”

温雨涵被这话搞得突然没兴致了，看了说话的学生一眼。不知道是自己的表情太过凶恶，还是因为他自己说八卦心虚，说话的人慌忙将头扭了过去，丝毫不敢看温雨涵。

温雨涵也没有继续听转学生打招呼的心情，瞥了眼转学生，便低下头继续做自己的事情了。

“反正再热情的人到最后都会被谣言洗脑，然后乖乖远离我。”温雨涵心想，耸了耸肩在心里自我嘲讽道，“我都习惯了。”

[02]

五月四日，是温雨涵的生日。很少有人记得，包括她的父母。

温雨涵在上学的路上路过一家蛋糕店，看着橱窗里摆放的样品蛋糕，想了想进去花了几元钱买了个小蛋挞。

“这也算是生日蛋糕了吧。”温雨涵捧着蛋挞这么想。

……

五月四日，生日对自己来说不过是跟平常一样的日子，温雨涵听着敲响的放学铃，默默地收拾着书包。

“雨涵，今天是你生日吧？”转学生背上书包，转过头看向温雨涵。

温雨涵愣了一下，没有答话。

“生日快乐啊。”转学生从口袋里拿出一盒巧克力放在温雨涵的桌上，笑得灿烂。

“嗯……”

温雨涵拿过那盒巧克力，再抬头，转学生早已不见踪影。

那个人叫什么来着?

温雨涵盯着巧克力努力回想着：好像是叫……安元?

温雨涵不知道该如何形容自己此刻的心情，她只知道那一天，她在心里重复了无数遍“安元”这个名字。

这个名字，这个人，就像是一道阴雨天的阳光，刺破黑色的乌云，照亮了整个世界。

哦，还有，这是她升入高中以来，第一次在放学的路上轻哼起了曲子。

[03]

“安元。”温雨涵在第二天放学的时候叫住了安元，“这个给你。”

递过去的是制作得并不规整的蛋挞。

“这个是你做的？”安元一脸期待地接过蛋挞。

“嗯。”温雨涵点头，因为太紧张表情僵硬得像是在生气。

安元拿起一个一口塞进了嘴里，一边嚼一边含糊不清地夸赞：“好吃！”

不知为何，温雨涵突然觉得自己心里流起一股暖流，太过温暖，以至于差点湿了眼眶。

“你是怎么知道我生日的？”温雨涵努力让自己表现得平静。

“哦，前段时间我去一个朋友家里玩，结果在他家里翻到了同学录，你跟他好像是初中同学，我当时看到就记下来了。”安元笑笑，说得异常轻松，似乎记别人生日对他来说是一件再自然不过的事情。

这大概就是太阳吧，耀眼却不自知。

温雨涵默默地想，紧接着又问：“你不怕我？”

“怕？为什么要怕？”

“你没听他们说……”

“道听途说的话我都不信，再说了，你人这么好，我也没必要怕啊。”安元收拾好书包，朝温雨涵摆了摆手，“好了，我要走了，拜拜。”

温雨涵举起手臂，略带僵硬地挥动，直到安元消失在教室门口，那手臂也没有停下来。

[04]

——我的爸爸是个传染病防疫专家。说是专家，其实不过是个怀抱一腔热忱的菜鸟罢了。不然他也不会在去那些部落地区调查期间染上了AIDS。

——无聊的真相和匪夷所思的八卦，人们总会选择相信后者。明明我的爸爸是为了人类的未来感染了疾病，他们却能把爸爸污蔑成这样。

——这是我第几次解释了？无力，好无力，为什么没有人听？为什么？

——今天是我的生日，但他们都忘记了。以前妈妈还会提前一天给我买蛋糕准备生日礼物，可自从爸爸生病以后，她就再也没有为我准备过这些了，甚至连一句生日快乐都没有。

——爸爸说要跟妈妈离婚，因为他不想连累我们。他说他好几次见到我因为外边的谣言而躲起来偷偷哭，他想，比起让我受这种委屈，比起让妈妈花费时间精力照顾他，不如让他一个人等死。

——我恨爸爸，恨他居然会这么想；我恨妈妈，恨她居然会同意；我恨那些传播谣言的人，他们嬉笑的嘴脸下是肮脏的心；我更恨我自己，为什么我不能坚强点？

——爸妈离婚了。

——妈妈说我要学会坚强一点，什么叫坚强？不流眼泪是不是就算坚强了？

——我好久都没有哭了，我变得坚强了，但是……我的生活并没有因为我的坚强而变好。

——我讨厌这个世界。

……

温雨涵将自己的日记本翻到最后一页，叹了口气慢慢合上，日记本的封面写着这样几个字：《我所讨厌的世界》。

而后，她将这本日记锁进了最下面的抽屉里。紧接着，温雨涵从最上面的抽屉里拿出一本崭新的笔记本，想了想在封面上写上这样几个字：《我所喜欢的一切》，然后在第一页上写下了两个字：安元，第二页上写了三个字：巧克力。

从此，你便是我所喜欢的一切。

温雨涵抚摸着日记本上的字，笑得温柔。